バルデル・
ガスプ
ベリル・
ガーデナント

「――そういうのは感心しないねぇ」

すれ違いざま、
闇夜に紛れて伸ばされた腕を、掴む。
こいつ、スリか。
しかし残念。
おじさん、目だけは
そこそこ良い自信があるんですよね。

クルニ・
クルーシエル

アリューシア・
シトラス

「……クソッ！　離セ！」
ミュイ・フレイア

OSSAN-KENSEI
片田舎のおっさん、剣聖になる
2
佐賀崎しげる
Illustration
鍋島テツヒロ
～ただの
田舎の剣術師範
だったのに、
大成した弟子たちが
俺を放って
くれない件～

CHARACTERS

ベリル・ガーデナント

片田舎で剣術道場師範をしていたおっさん。レベリオ騎士団の特別指南役として都に出向く。本人は謙遜するが、長年培われた剣筋は芸術の域。麦酒（エール）が好き。

フィッセル・ハーベラー

ベリルのかつての弟子。剣術とともに魔術をも操る、魔法師団の若きエース。
ベリルをもちろん尊敬している。

クルニ・クルーシエル

ベリルのかつての弟子。いつも元気いっぱいで、騎士団のムードメーカー。
ベリルを心から尊敬している。

スレナ・リサンデラ

ベリルのかつての弟子。冒険者ギルドにて最高位・ブラックランクの実力者。
ベリルを長年尊敬している。

アリューシア・シトラス

ベリルのかつての弟子。レベリス王国の誇り高き騎士団長。
ベリルを強く尊敬している。

ミュイ・フレイア

夜の街でスリを働く不良少女。
どうやらワケアリの様子だが——？

ルーシー・ダイアモンド

幼い見た目ながら、その正体はレベリス王国の魔法師団・団長。
強力な魔術の研究に日夜取り組んでいる。

バルデル・ガスプ

ベリルのかつての弟子。豪快な性格で、王都にて鍛冶屋を営んでいる。
ベリルを熱く尊敬している。

片田舎のおっさん、剣聖になる

CONTENTS

STORY

片田舎の村で細々と剣術道場を営む男、ベリル・ガーデナント。
いつか夢見た剣士としての栄光はどこへやら。
「しがないおっさん」を自称しながら過ごす今日この頃。

〝このまま静かに年を重ねていくのだろうか〟

そうぼんやり考えていたある日のこと、
若くしてレベリス王国騎士団長に昇り詰めたかつての教え子、アリューシアが訪れる。
「先生を騎士団付きの特別指南役として推薦しました」
困惑したまま王都へ発ったベリルだが、
最高位冒険者のスレナや剣魔法を操るフィッセルなど、
大成した弟子たちに次々と再会。
おまけに魔法師団団長、ルーシーにまで目を付けられてしまう。

「絶対俺もう必要ないでしょ……」
と、慣れない都会生活を送るなか、長年培われた剣術で騎士団からの信頼を勝ち取り、
さらには特別討伐指定個体《ネームド》ゼノ・グレイブルの撃破をも成功する。
こうして今日も、ベリルの与り知らぬまま〝片田舎の剣聖〟の評判は
日増しに高まっていくのだった。

OSSAN-KENSEI

一　片田舎のおっさん、剣を探す

「うーん、やっぱり落ち着かないな……」

新人冒険者たちの研修、そして特別討伐指定個体《ネームド》ゼノ・グレイブルとの戦闘を終えてから数日。

いつもの宿でいつものように朝食を終え、宿から出てきた先で、自然と腰元に指が伸びる。

さて、どうしたもんかなあ。

いや、騎士団での指南は引き続きやる予定だし、先日のあれで冒険者ギルドからの助力要請ってのも一旦は落ち着いたらしいので、これで本来の業務……業務？　に戻れるってことではあるんだが。

ただ、ギルドマスターのニダスから露骨ではないものの、俺を何とか引き留めたいという意思は感じた。

そりゃ新人ってのは何もポルタたちのチームだけって訳ではないだろうし、スレナの言葉が事実なら、新人研修に人手を割きたいというのも分かる。

でもなー、こんなおっさん捕まえてダンジョンアタックの監督はなあ。

先日のゼノ・グレイブル戦だってかなり焦ったのだ。スレナが居なければ間違いなく失敗していた。そうそう特別討伐指定個体が出てくることはないにしても、ああいうのは出来れば御免こうむりたい。

おっさんとしてはそこら辺、もうちょっと穏やかに生活したいのである。

そういう意味では騎士団の指南役ってのはあながち外れてもいなかった。

「……いかん、思考が逸れた」

冒険者ギルド絡みで色々と考えてしまう頭を軽く振って思考を追い出す。

今はとりあえず、ぽっきりと折れてしまった剣の代わりをなるべく早急に手に入れたいところだ。

木剣があれば訓練は出来るのだが、やっぱり剣士たるもの帯剣してなんぼ、みたいなところあるからなあ。俺自身が長年剣とともに生きてきたから、腰が空いているってのはどうにも落ち着かない。

「まあ鉄板なら……鍛冶屋かな」

以前アリューシアと一緒に向かった鍛冶屋にもいい剣はあったし、俺の得物はロングソード。片田舎の鍛冶屋でも売っている、オーソドックスと言える種類のものだ。

別に冒険者として各地を渡り歩くわけじゃないから、そこまでの品質は求めていない。まあ折角だし前のやつより良い物を……みたいな考えは出てきちゃうけど、俺の懐だってめちゃくちゃ温かいという程ではないからね。

剣に関して、当然折れてしまった事はスレナも知っているわけで、冒険者ギルドから用立ててくれる、みたいな話もあった。

だが、そこに関しては俺がお断りした形だ。

何と言うか、冒険者ギルドに借りを作りたくないというか、そんな感じ。別に悪感情を抱いているわけじゃないし、ニダスもメイゲンも悪い人じゃないと感じてはいる。

何となく、借りを作るという行為自体が憚《はばか》られた。

彼らは悪人ではない。

しかしながら、騎士団と違い冒険者ギルドには明確なビジネススタンスが存在している。損得で物を見る目がある。そういう世界から目を付けられるってのは、ちょっと勘弁願いたいってのが正直なところだった。

「この時間から鍛冶屋って開いてるのかな」

バルトレーンの街並みを歩きながら零す。

以前はこのタイミングでルーシーに絡まれたんだが、今日はそんなハプニングもなく。早朝の人気が薄い首都の街並みを落ち着いて観賞しながら歩けていた。

「……あれ？　先生じゃないっすか！」

「ん？　クルニ？」

しばらく歩いていると、前方から走ってくる小柄な女性の姿。

互いの顔が何となく判別出来る程度の距離まで近付くと、彼女――クルニはにぱっと表情を綻ばせ、声をかけてきた。

「どうしたんだい、こんな朝っぱらから」

「ランニングっす。騎士団は身体が資本っすから！」

そう言って笑うクルニは、朝早くにもかかわらず結構な汗をかいている。

……もしかして、家のある東区からずっと走ってきたのだろうか。普通は乗合馬車とか使う距離のはずなんだけど。

「……東区から走ってきたの？」

「？　そっすよ？」

「ははは……元気だねえ」

いやー俺にはとても真似出来ん。若いってすげえや。

「先生は朝からどうしたんすか？」

その碧眼をぱっちりと開き、クルニが問うてくる。

少女然とした空気は抜けないが、クルニはクルニで整った顔をしている。年の差を考えたら邪《よこしま》な気持ちなど持ちようがないものの、彼女の無防備さはちょっと心配になるな。何だか親になった気分だ。子供居ないけどさ。

「俺は早朝の散歩みたいなもんだよ。あと、鍛冶屋を覗いてみようかなと」

「鍛冶屋……っすか？」

「そう。ちょっとね」

言いながら、腰を叩く。

本来ならロングソードの鞘を差している箇所だ。

「……あっ、そういえば帯剣してないっすね？」

俺の所作を見て、クルニも見当が付いたらしい。

「折れちゃってさ。新しい剣を探さないと」

「なるほど！　っす！」

ふんす、とこれまた分かりやすい気勢を上げて同意してくれるクルニだが、そんな気合を入れる場面だっただろうか。

まあでも剣士にとって、剣を選ぶってのは確かに一大イベントではある。テンションが上がるのも分からなくはない。俺はもう慣れちゃったけど。

「やっぱり先生程の方の剣となると、オーダーメイドっすかね？」

「いやいや、そこまでは考えてないよ」

ランニングは丁度一区切りした、と見て良いのだろうか。

俺の隣に並びながら、のんびりと二人で歩きながら会話を交わす。

オーダーメイドってのは文字通り剣の材質、刀身の長さや重心のバランス、また柄の素材など、剣を作るにあたっての要素を一から注文して作るタイプのやつだ。

当然ながら、人間ってのは一人ひとりサイズが違う。手の大きさも腕の長さも腰の位置も、何もかもが違うのだ。

自然、その人その人にベストフィットする得物、というのは変わってくる。勿論好みの部分も大きいが、突き詰めていくと個人で特注の剣を持つ者ってのは剣士ならそう珍しくはない。

ただし、当たり前だが個人で一から発注するとなると、お値段もメチャクチャにお高くなる。打ち合わせも一度じゃ済まないし、鍛冶師と何度も入念に詳細を詰める必要も出てくる。膨大な手間暇と金がすっ飛ぶ、それがオーダーメイドだ。

「えー、もったいないっすよー」

「そうは言うがね。そこまでの金もないしなあ」

ビデン村の道場という、いわゆる実家暮らしから追い出された俺は日々宿の主人に金を払っている。

長期間にわたって泊まるということで多少割引は利かせてくれているらしいが、それでも無駄遣いが出来る程余裕があるわけでもない。

いや、剣の購入が無駄遣いかと問われれば決してそうではないのだが。

「まあ、とりあえずは店を色々回ってみるつもりだよ」

「そっすかー。お気に入りの剣が見つかるといいっすね！　……あっ」

「うん？　どうかした？」

調子よく会話を続けていたクルニだが、思い返したように声を漏らす。

「いえ、私も剣を研ぎに出さなきゃいけないの、忘れてたっす……」

「ははは、クルニは相変わらずだね」

道場に居る頃から彼女は何かと忘れがちで、何かと慌てん坊だった。

こういう性根というか、根本の人柄は年を経ても変わっていないんだなあとほっこりするばかりだ。騎士としてはもう少ししゃんとした方がいいかもしれないが。

「あ、そうだ！　今日の稽古後に先生も一緒に来るといいっすよ！」

「ん？　お薦めのところがあるのかい？」

騎士団お薦めの鍛冶屋としては、以前アリューシアに紹介されたところがあるが、それ以外にもあるのだろうか。

「バルデルさんがやってるとこっす！」

「……バルデルって、あのバルデルかい？」

「そっすよー！」

ほほう。

これはまた懐かしい名前が飛び出したものだな。思わぬ名前の登場に、少しばかりテンションが上がる。

「それは楽しみだね。稽古が終わった後のお楽しみにしておこう」

「はいっす！」

まさか本当に鍛冶屋を営んでいるとは、月日が経つのは早いものだ。

さて、おしゃべりもほどほどにして、俺もクルニも今日の鍛錬に赴かねばな。剣士は弛《たゆ》まぬ努力でしか成長しない。いやまあ、どんな技術もそうだと思うけどね。

◇

レベリオ騎士団の修練場は、どの時間帯でも常に一定の人が居る。

この時間からこの時間まで、といった明確な鍛錬の時間が決められておらず、各々の騎士が自身の予定とやる気を勘定してやってくる場所だ。

まあそれでも、夜に近付けば近付くほど人は少なくなる。騎士は朝が早い分、夜も早いのである。

俺も指南の予定をぎちぎちに決められているわけではないので、割かし顔を出す時間ってのは疎《まば》らではある。自分の中で午前中から昼過ぎ、くらいにざっくり決めてはあるけどね。

俺が来るようになって、日中の訓練者の数が増えたとかなんとか言っていたのは確かアリューシアだったたか。

騎士になるくらいだから、皆真面目で誠実だ。才能の多寡は一先ず置いておくとして、剣だって勿論、真面目に振り続けたやつの方が上手くなる。

教える身としては喜ばしい限りだ。

俺はと言えば、騎士の剣筋を見てアドバイスをしたり模擬戦をしたりと、まあ剣術指南役っぽいことをやらせてもらっている。

ここは道場ではないから、全員集めて型を繰り返す、なんてことはしていない。

彼らの剣は乱暴ではないものの、より実直に強さを追い求めているが故、どうしても模擬戦など実戦に近い部分の指導が多くなってしまうのは致し方ないことか。

まあ、それはそれで新鮮だ。

彼らもよく言うことを聞いてくれているし、今のところ大きな問題は見受けられなかった。

「よし！　先生、行きましょうっす！」

「はいはい、着替えてからね」

本日の訓練メニューを終わらせたクルニが、またも汗だくになりながらこちらへと話しかけてくる。

彼女はいっつも汗だくだな。元気なのは良いことではあるが。

今朝話をしていた通り、今日は鍛錬終了後にクルニがお世話になっている鍛冶屋に顔を出す予定である。

本来であればそこまで期待値を持つものでもないのだが、そこの店主がバルデルと聞けば、俺の期待も膨らむというもの。

「先生、私もご一緒してよろしいですか？」

「アリューシア……いや、うん、断る理由はないよ」

今日は俺と同じく騎士団への指南役として汗を流していたアリューシアが会話に合流する。

いや別に来ること自体は構わんけどさあ。来る意味ある？　俺はあんまりないと思う。わざわざそれを言ったりはしないけど。

「先生の剣選びとなれば当然のこと最高級の剣を打って然るべきですしその鍛冶師の腕前というものもしっかりチェックせねばなりません当然です」

「分かった分かった。一旦落ち着こう。な？」

うわ、ダメな方のアリューシアが出てきた。

一旦落ち着かせよう。

アリューシアはずっと、俺が渡した餞別の剣を扱っている。

もっと上物なんて幾らでもあるだろうに、彼女は頑なに新しい剣へと手を伸ばそうとしない。興味がないわけではないのだろうが、騎士団長という立場なのだから、もっと質と見栄えの良い剣を掲げて欲しい、というのはお節介な親心だろうか。

折角なのでこの機会にアリューシアにも剣を新調してもらいたいところだ。

骨折り損になる可能性も高いけどさ。

「じゃあ、全員着替えた後に庁舎前で集合しようか」

「分かりました」

「はいっす！」

そういうことで、クルニお薦めの鍛冶屋には俺、クルニ、アリューシアの三人で赴くこととなった。高々俺の剣を見繕う程度なのに、相変わらず落ち着かない面子だ。

俺もいい加減視線に慣れなきゃいけないんだろうなあ。やだやだ。

「お待たせしました」

「お待たせせっすー！」

やっぱり男と女では男の方が着替え等の諸々の準備は早く終わる。

庁舎前で一人待っていると、しばらく後に着替えの終わったアリューシアとクルニがやってきた。

クルニは相変わらず動きやすそうな格好だが、アリューシアは何というか、派手ではないものの身体のラインがよく分かる格好だ。

ただでさえ注目を集める立場の存在である、恥ずかしくないのだろうか。いやまあ、本人がそれでいいなら俺が口を出すことではないんだが。

クルニは俺やアリューシアより幾らか刀身の短い、いわゆるショートソードを帯剣している。きっとこれを研ぎに出すのだろう。

小柄なクルニにはよく似合っているな。

「じゃあ行こうか。道案内は任せるよ」

「はいっす！　バルデルさんのとこは中央区にあるんすよ」

合流を終え、いざ鍛冶屋の下へ。

とはいえ俺は場所が分からないので、先導はクルニに任せる形だが。

「先生はやはり変わらずロングソードを？」

「うん、その予定だね」

歩きがてら、アリューシアが振ってきた話題に答える。

もう随分とロングソードの長さと重さに慣れてしまったので、今更他の武器種に変更するってのは考えていない。

この年で新しい武器に馴染むってのもしんどい話だしな。

ゼノ・グレイブル戦では火力の無さが浮き彫りになってしまったが、俺はそもそもそういう連中と戦う立場でもない。あれは完全にイレギュラーだった。

願わくは、あんな鉄火場におっさんが放り込まれる事態など今後は無いことを祈りたい。まあ騎士団の指南役って立場ならそうそうあることでもないだろう。

西区の喧騒とはまた違う、しかし確かな活気を感じる中央区を練り歩く。

見た感じ、割とお堅い服装の人たちが多いようにも思う。冒険者ギルドや騎士団等、国の中枢を担う組織が幾つか入っているから、それ関係の人も多いんだろう。

正確に言えばギルドは国の管轄ではないが、国家の枠組みを超えて世界中に入り込んでいる。特に治安維持に関して、程度の差はあれど世界の国々はギルドに依存しているのが現状だ。

……そういえば、魔術師学院って結局何処にあるんだろうか。

今のところ特に用事はないもののルーシーには改めて文句を言いたいので、また時間が出来たら場所を調べて足を運んでみてもいいかな。

「着いたっす。ここっすね」

「ふむ」

しばらく歩いた後。

目についたのは、一軒家をそのまま鍛冶屋に改装したような、言ってしまえば変哲もないシチュエーションだった。

扉の上には大きく、店の名前が描かれた看板が掲げられている。

バルデル鍛冶屋、か。そのまんまだね。

うんうん、シンプルなのは良いことだ。

「バルデルさーん！」

扉を勢いよく開き、中に入る三人。

クルニが大声で店主であるバルデルの名を呼ぶ。

「おーう！　いらっしゃ……なんだ、クルニか」

「む！　何だとは失礼っすねー！　これでも客っすよ！」

「がっはは！　悪い悪い！」

呼びかけに答え店の奥から出てきたのは、引き締まった身体を持つやや老齢の男性。

渋みのある声。短く刈り揃えられた銀髪に加え、整えられた髭がダンディさを一層引き立てている。肌着から覗く逞しい二の腕、服の上からでも分かる精悍な胸筋。いい意味で年齢に不相応な肉体を持つ偉丈夫だ。

年で言えば俺よりは上、おやじ殿よりは下。

豪快とも言える笑い声とともに、クルニとの挨拶を交わす。

「おっと、シトラス様もご一緒で。んで……おぉッ!?」

「久しぶりだね、バルデル」

クルニ、アリューシアと視線を流した後、俺の顔で視線が止まる。

「……ベリル先生じゃねえか！　久しぶりだなあ！」

その声色と表情には、分かりやすい驚愕と喜色が表れていた。

「何年ぶりだ？　先生も元気してたか？」

「ぼちぼち元気にやっているよ。バルデルも元気そうだね」

「まあな。この身体を見てくれりゃ分かるだろ！」

むん、と、言葉と同時、力こぶを作るバルデル。

いや本当に元気そうだな。病気とか怪我とか無縁そうな感じするわ。

「先生、お知り合いで？」

俺とバルデルのやり取りを、やや呆気にとられながら眺めていたアリューシア。彼女からしてみれば当然とも言える疑問を口に出す。

確かに、アリューシアとバルデルは時期が被っていないからな。知らないのも無理はないだろう。

「ああ。驚くだろうが、彼も俺の元弟子のひとりだよ」

バルデル・ガスプ。

俺も彼についてはよく覚えている。数多く居る俺の弟子の中で唯一、俺より年上の弟子だったからだ。

クルニが彼と懇意にしているように、バルデルはクルニやフィッセルと道場に通っていた時期が被っている。アリューシアよりは後に来たから、彼女は知らなかったのだろう。

まあビデン村ならともかく、首都バルトレーンで俺の道場に通っていたことを声高に語ってもあまり意味がないからな。どこの誰だよ、で多分終わっちゃう。

バルデルが道場に居たのは一年と少しだ。彼は剣の道を究めることが目的でなかったが故、そう長い期間道場には居なかった。

鍛冶師を目指す傍ら、剣を振る者の気持ちも知りたい、なんて動機で道場の門を叩く者は珍しい。

俺よりも年上ながら、その飽くなき探求心と好奇心にはほとほと舌を巻くばかりだった。

だから彼には剣術がどうこうというより、普段剣士が何を思って剣を選び、振っているか。剣士にとって良い武器とは、みたいな講義的な部分が多かったように思う。

月謝を納めてくれていた以上俺も文句はなかったが、弟子たちが懸命に素振りを繰り返す中、道場の端からずっと眺めていた姿は記憶に新しい。というかそんなやつバルデル以外に居なかった。

勿論鍛錬にも参加はしていたが。

「本当に、自分の店を持ったんだね。おめでとう」

「おう、ありがとな先生。まあ苦労はしたけどな」

ひとつ感想を零すと、バルデルが自慢げに店内を見回す。

やや小ぢんまりとしてはいるものの、良い店構えだと思う。

俺も職業柄鍛冶屋のお世話になることは多いが、その店が、ひいてはそこで働いている人がしっかり仕事をしているのかどうかは店を一通り見れば大体分かるつもりだ。

狭い店内の壁には、様々な武具が並べられている。

見た目だけで述べれば、どれもよく手入れされており、鋭い切れ味を想像させるに容易いものだ。

彼の腕前の一端が垣間見える、といったところだな。

「んで、わざわざ来たってことは何か用事があるんだろ？」

「はいっす！　私は研ぎっすねー」

声の調子を整えて、バルデルが問う。

その言葉に真っ先に反応したのはクルニであった。

まあ俺の剣については後でいいや。元々クルニのついでだったしね。

「どれ、見せてみ」

「ほいっすよー」

クルニが腰からショートソードを外し、バルデルに預ける。

彼は鞘から剣を抜き出し、まじまじと刃を眺めることしばし。

「……クルニ、こりゃ駄目だ。新品買いな」

「どぅええっ!?　なんでっすかあ!?」

小さなため息とともに宣告された剣の寿命に、クルニが仰天していた。

武器でも防具でもなんでもそうだが、モノには寿命がある。

俺のロングソードがぽっきり逝ってしまわれたように、いつか使えなくなるタイミングがやってくる。いやまあ、あんなに綺麗に折れるのは稀だが。

で、鍛冶師となれば、その寿命というやつをある程度は精度高く見抜けなきゃならない。

俺のは事故だ事故。あれを予測しろってのは土台無理な話として。

「刃が潰れでもしたのかい」

「ん、ちょっと違えな。刃毀《はこぼ》れって問題に収まらない『欠け』が幾つもある。こりゃ研ぎじゃ直せん」

「なるほどね」

質問を飛ばしてみれば、どうやら剣の寿命というよりは使い手の問題らしかった。

まあ、よくあるっちゃよくあることだ。

剣に限らず、武器ってのは万能じゃない。

その武器に添った正しい使い方、というものがしっかり存在する。

極端な話、如何に切れ味のよい業物であっても、剣の腹で相手をぶっ叩けば剣の本領は活かせないし、すぐにダメになるだろう。そういうことだ。

逆に言えば、正しく扱いさえすれば道具、特に武器ってのは驚くほど長持ちする。戦うための道具なんだから、耐久性は本来高いのだ。

今回の件で言うと、剣に『欠け』が出てしまう原因は主に三つ。

剣自体が寿命を迎えるか、斬るに適さない物を斬ろうとしたか。

自身の力量と武器が合っていないかのいずれかだ。

「クルニ、何か変なものでも斬った？」

「いや、そんなことしてないっすよ!?　鍛錬と実戦で使ってるだけっす！」

その鍛錬や実戦が怪しいんだが、それは置いておこう。

「私も彼女の剣筋は見ますが、そう無茶に扱っているようには思えません」

「ふむ……」

ここでアリューシアの援護射撃が入る。

まあクルニだって俺の道場で学んでいたし、騎士団という場所柄、そうそう無茶な使い方はしないはずである。

俺も鍛錬の時に彼女の動きなどは見ているが、力任せに剣を振っているという印象は受けない。

となると、原因は別にあるのかな。

「つっても、通常ならこういう欠け方はしねぇぞ。お前どういう使い方してんだ」

「だから普通っすよ！　ふーつーうー！」

「まあまあ」

むきー！　と、不満を露わにして声を大にするクルニを抑える。

別に彼女を虐めたいわけではないからな。クルニにケチをつけて話が前に進むならまだいいものの、それだけでは建設的とは言い難い。

んー。彼女の体格からは考えにくいが、もしかしたら。

「クルニ。ショートソードを持っていてどう感じる？」

「ふぇ？」

俺の突然の問い掛けに、一瞬反応が止まる。

「どうと言われても……軽くていいなー、くらいっすかね……？」

「それだ」

「それだな」

彼女のしどろもどろな返答に、俺とバルデルの声が重なった。

「うぇっ？　ど、どういうことっすか？」

「結論から言うと、クルニの得物としてショートソードが合ってないんだね」

驚きの声を連発しているクルニに一言。

そう。ショートソードという武器自体がクルニに合っていない。この答えが一番しっくりくるのである。

当たり前の話だが、使い手一人ひとりに合った武器は異なる。

勿論、剣以外でも様々な武器種が存在している。その中で自分に合う武器を見つけるってのは簡単そうに見えて、案外難しい。

これは武器のオーダーメイドなどとはまた別の話だ。

オーダーメイドってのは要は、自分に合う武器種の中から更に厳選する行為であって、槍が得意な人間が剣を特注しても意味がない。

クルニの場合で言えば、道場に居た頃から筋は悪くなかった。剣が合っている、というのはほぼ間違いないだろう。流石に俺も、道場の門下生で明らかに剣に適性のない弟子が居たらそれくらいは分かる。

俺が教えていた時はそこまで違和感はなかったから、騎士団に入ってから一気に力が付いたのかな。

「得物の重さも感じられねえんじゃ、碌に振れるわけねえだろ。お前が伸び悩んでる原因は多分そこだな」

「俺もその通りだと思うよ」

「むー……」

バルデルが腕を組みながら、ため息と共に言葉を放つ。

こういう助言を行いたいがために、彼は俺の道場に通っていたと言っても過言ではない。その意味では彼の時間を無駄にしなくて済んだようで何よりである。

それはそれとして、クルニが伸び悩んでいるかどうかはまた別の問題ではあるのだが。ただ、彼女の反応を見る限りではそう外れてもいないのだろう。

武器は、適切な重みを感じて初めて機能する。

無論、重すぎても駄目だ。

軽すぎず、重すぎず。得物の重心を測り、効果的に振るえる重量感というものが個人個人にあるのだ。こればっかりは言葉で説明するのが難しい。

俺の場合はそれがロングソードだということである。そして、クルニは恐らくその範囲がショートソードではない。

「バルデル、ちょっと剣を見せてもらってもいいかい」

「ああ、ご自由にどうぞだぜ先生」

壁に掛けてある武器を眺めながら、さてクルニに合う物はどれかな、と物色する。

ショートソードは軽いということだから、多分ロングソードでも同じだ。名前がややこしいが、実際の刀身にそこまで差があるわけじゃないからな。

単純な重量だけで言えば槍や斧なんかも候補に入るんだろうが、彼女の動きは剣術に最適化されている。

他の才能が眠っている可能性は否定出来ないものの、今からそれを発掘するってのはかなり難しい。そもそも俺自身剣以外はよく分からん。

それに騎士団と言えばまあ剣だろう。多分。

「……おっ。こいつなんかどうかな」

「えっ、マジっすか」

ああでもないこうでもないと考えを巡らせながら、店内を眺めることしばし。

俺が手に取ったのは、長大な刀身と特徴的なリカッソを持つ大型の剣。

俗にツヴァイヘンダーと呼ばれる両手剣だった。

「まあひとまず持ってみるといいよ」

「うー、分かったっす」

俺が持ってきたツヴァイヘンダーに仰天しているクルニに、とりあえず構えてみることをお薦めする。

どんなものでもそうだが、性能と好みと相性ってのは実際に使ってみないと分からないものだ。

クルニは小柄な割に力のある方だから、案外こういう武器の方が合うかもしれないしね。

「……よっと。こんな感じっすかね？」

「そうだね、悪くないと思う」

俺の薦めでツヴァイヘンダーを構えたクルニが、不安げに声を漏らす。

道場で持っていたのはほとんど片手用の木剣だった。今もショートソードを得物にしているくらいだから、その教えの延長で剣を選んだのだろう。いきなり両手剣を持たされて困惑する気持ちはよく分かる。

「持ってみてどんな感じだい？」

ただまあ、俺だって何もツヴァイヘンダーを押し付けたいわけじゃない。あくまでクルニに合う武器を探すのが目的だからな、これで感触が悪ければまた別の剣を探すのみである。

「んー……。軽くはないっすけど、言う程重くもないっすね」

「ふむ。悪くないんじゃないかな」

両手剣持って重くないって凄いな。お前いつの間にそんなゴリッゴリのパワータイプになったの。

それこそ剣に収まらず、ハルバードとかポールアックスとか持っても似合いそうで怖い。

クルニの感覚で言えば、ショートソードなんてそれこそ枯れ枝くらいにしか感じなかっただろう。

そりゃ剣に力を上手く伝えられないはずだ。

「このリカッソ？　て言うんすかね、特徴的っすね」

「そうだね。普通の両手剣とはちょっと使い勝手が違う」

クルニが色々と持ち方を変えながら一言。

ツヴァイヘンダーは普通の両手剣と違い、刃の無い持ち手、リカッソがあることが特徴だ。ここを支点にすることで、斧槍のような使い方も可能になる。

普通の剣と比べ、戦術の幅が広い武器と言えよう。

「似合ってんのはいいけどよ、お前代金払えよ代金」

「あ、そうっすね。幾らっすか？」

様子を見ていたバルデルが当然の催促をしてきた。

そりゃ武器はタダで手に入るわけじゃないからね。鍛冶師のバルデルからしたら紛うことなき飯の種である。おいくらぐらいするんだろうな、これ。

ていうか俺は割と気軽にこれでもどう？　みたいな感じで薦めたんだが、さも当然のようにそれで決まりみたいな空気になっている。いいのかそれで。おじさんはもうちょっと考えた方がいいと思う。

「そうさな……割り引いて八万ダルク。それが限界だな」

「むー……ちょっと持ち合わせが足りないっす……」

バルデルの提示した金額に渋面を返すクルニ。

八万ダルクか。武器の種類と品質を考えたら大分安いとは思うが、まあ元々研ぎのつもりで来たんだ。そこまでの持ち合わせがないってのが正直なところだろう。

ダルクというのは、レベリス王国で扱われている通貨の単位である。

住む場所、生活レベルにかなり左右されるが、例えばビデン村のような田舎で一ヶ月過ごそうと思えば大体十万ダルクあれば十分生活出来る。

バルトレーンのような都会だと諸々の物価も高いし、家賃も含めて十五万から二十万ダルクくらいは要るだろう。

その金銭感覚で行けば、八万ダルクは安い買い物ではない。無論、新品の武器を買うとなればかなり安い方なのだが。バルデルが割り引いて、と言ったのも頷ける金額だ。

ちなみに、俺の取っている宿は一晩三千ダルクで契約している。長期滞在ってことで結構割引してくれているらしい。

ていうか、宿じゃなくてどっか借家借りた方がいい気がしてきた。

そこら辺もまた考えるか。

「仕方ねえな、ちょっと待ってろ」

クルニの持ち合わせが足りないと分かるや否や、バルデルが一言置いて工房の奥に引っ込む。と思ったらすぐに出てきた。その手には同じような、しかしやや刀身の短いツヴァイヘンダーが握られている。

「こっちなら二万ダルクでいいぞ」

「えっ！　本当っすか！」

「そりゃ安い」

あまりの安さに思わずそのツヴァイヘンダーを見る。

うーん、見る感じ別に不良品って訳でもなさそうだ。目に見えて分かる範囲では欠けや刃毀れも見当たらないし、よく研がれているようにも思う。

「なんでまたそんなに安価で？」

なので、気になって聞いてみた。どう考えても、二万ダルクで出していい品物ではないと感じたからだ。

「ああ、こいつぁ昔手慰みに作ったやつでよ。言ってみりゃ試作品みてえなもんだ。刀身もちょいと短いだろ？　工房で埃被ってるだけだったんだが、クルニが使うなら格安で譲ってやろうと思ってな」

「なるほどね」

バルデルの説明に、頷きを返す。

こういうことは、稀にだが有り得ることではある。

鍛冶師に限らず、職人ってのは腕を磨くことが全てだ。勿論、宣伝活動も最低限しなければならないが、基本鍛冶屋が繁盛するかどうかはそこの鍛冶師の腕による。

で、腕を磨くために色々作ってると、それなりの出来で、それなりに思い入れもあるけど売りに出すのはちょっとなあ、みたいなレベルのやつが出来たりする。

質が悪ければ迷いなく破棄出来るものの、言う程悪くもないから扱いに悩む、それくらいのやつだ。俺も昔は、そういう類の剣をビデン村の鍛冶師から譲ってもらっていた。

「刀身が短めなのは逆にいいんじゃないかな。クルニは小柄だし」

武器としては破格の安さ、そして質が悪いわけでもない。

うん、新たな武器種を試すには丁度いいんじゃなかろうか。

それに、通常のツヴァイヘンダーより刃渡りがやや短いのは逆にメリットになり得る。クルニ自身が小柄だから、長過ぎると逆に扱えないからだ。

「分かったっす！　じゃあそっちにするっす！」

「あいよ、毎度あり」

そうして、特に疑問を差し挟む余地もなく、あっさりとクルニの新武器がツヴァイヘンダーに決定された。

いや薦めたのは確かに俺だけどさ。それでいいのか。ちょっと心配。

「あ、ところでアリューシア」

「はい、何でしょう」

ふと気になったことがあるので、壁に飾ってある剣を眺めているアリューシアへ声を掛ける。

ていうかやっぱり剣に興味がないわけじゃないんだね。ちゃちゃっと買い替えてくれればいいのに。

「その、ツヴァイヘンダーで騎士団って大丈夫なの？　皆普段は長剣を使っているようだから」

アリューシアはロングソードだし、副団長のヘンブリッツ君も剣捌きを見る限り、得手としているのは長剣の類だろう。

他の団員も見ているが、ほとんどが通常の木剣を使って訓練している。つまり長剣類を得物としていることが分かる。

そんな中で一人両手剣ってのはどうなのかなと思っちゃったわけだ。

「それでしたら特に縛りはありませんよ。騎士となる際にロングソードを下賜《かし》されますが、それはあくまで形式上のことですから」

「……そうかい」

どうやら問題は特にないらしい。おじさん安心。

いや、つーか下賜されるならそれを使いたまえよ。これ突っ込んだらダメなやつか？

多分あれだろ、叙任式か何かがあってそれで貰えるやつだろ。まあ貰えるのは祭事用の剣で、実戦には耐えられないという線も考えられると言えば考えられるのだが。

「あ、先生ー、先生ー」

「ん？　どうした？」

刀身がやや短めのツヴァイヘンダーを鞘ごと受け取り、ご満悦と思われたクルニが声をあげる。

「私、両手剣って初めて持つので、色々教えて欲しいっす」

「ああ、うん、分かった。基本は俺が教えよう」

いきなり両手剣だけ持たされてはいどうぞってされてもそりゃ困るわな。

「悪いがうちにはそんなスペースねえぞ」

俺とクルニの会話を聞いていたバルデルが口を挟む。

うーむ、ここには試技場がないのか。

場所も中央区だし、土地代だけで結構かかるんだろうな。試技場まで準備するとなると、そこそこの広さが要る。

「それじゃあ、騎士団の修練場でやろうか」

「はいっす！　宜しくお願いするっす！」

首都バルトレーンで剣を気兼ねなく振れる場所って案外少ないからなあ。騎士団の修練場か冒険者ギルドの訓練場くらいしかない気がする。

まあ街中で振るうもんでもないしね。

しかし両手剣か。

お薦めしといてアレだが、俺もそこまで精通しているわけではない。いやまあ、ロングソードさえ押さえておけば大体は応用が利くのだが。

「お待ちください先生」

クルニの用件も終えたし、じゃあ修練場でちょっと基本だけやっとくか、と思ったらアリューシアが待ったを掛けてきた。何かあるのかな。

「先生の剣をまだ選び終えておりませんが」

「あ、そうだった」

完全に忘れてたわ。ありがとうアリューシア。

「ほう？　先生の剣だと？」

そしてそれを耳にしたバルデルの瞳が妖しく光ったのを俺は見逃さなかった。

やめろ、俺は普通のでいいんだよ普通ので！

「そう言えば、帯剣してねえな先生」

「ああ、ちょっとね。折れちゃって」

目聡く俺の腰の違和感を拾ったバルデルが問う。

俺としてもそこで嘘を吐いても仕方が無いので、正直に現状を吐露することにする。まあ折れたのは事実だしな。折れ方は想定外だったが。

「先生が変に扱うとは思えねえし、なんだ、事故ったか」

「そんなところ」

がはは、と笑いながら零すバルデル。

事故と言えば事故になるだろう。特別討伐指定個体《ネームド》の口の中に剣を突っ込んで、更に上から切り込んできたブラックランクの冒険者に特別討伐指定個体ごとぶった切られました、は正しく事故以外の何物でもない。

「しかし、ロングソードか。うちでも取り扱いは勿論あるが、先生ならオーダーメイドじゃねえのか」

こいつもまたクルニと同じようなこと言いやがる。

別に普通のでいいんだよ普通ので。

「いやあ、そんな余裕はなくてね。既製品で俺は十分だと思っているけど」

これもまた偽りない言葉である。

そりゃオーダーメイドの剣に憧れが無いとは言わない。剣士である以上、一度は手に取ってみたいものだ。

しかしそれが俺の手に相応しいかと問われると疑問が残る。第一そこまで金と時間に余裕があるわけではないからな。いや時間は割とあるかもしれんけども。

「先生がそう言うなら無理強いはしねえが……」

「俺なんかより、アリューシアの方が余程オーダーメイドの必要性はありそうだけどね」

話題の矛先をアリューシアに振ってみる。

無論、餞別の剣を使ってくれていること自体に悪い気はしないが、片田舎で打った変哲もない剣だからなあ。レベリオ騎士団長が振るうに足るかと問われれば、これもまた難しい問題だ。なまくらを渡したつもりはないが、これぱっかりはね。

「いいえ、私には既に私の剣がありますので」

「……らしいぜ？」

これだもん。

俺の言うことは割と聞いてくれるアリューシアも、これぱかりは頑なに譲ってくれない。何が彼女をそんな風に駆り立てるのだろうか。俺にはちょっと分かりません。

「まあ、本人が言うことを曲げることもあるめえよ。ほれ先生、ロングソードなら沢山あるから選んでくれ」

「ああ、そうさせてもらうよ」

俺がオーダーメイドの剣を作らない理由と、アリューシアが餞別の剣以外を手に取らない理由。それぞれ違いはあるだろうが、一つ共通して言えるのは他人が無理強いするものではないということ。

俺自身がそう考えている以上、仕方がないか。

気を取り直して、バルデルの店に飾ってあるロングソードを眺める。

数は豊富にあるが、その見た目は似通ったものだ。

刃渡りは凡そ八十センチから百センチほど。厚みもほぼ同じで、スレナの持つブロードソードよりも刀身が細い。重量も似通っており、俺の手によく馴染む重さである。

「うーん」

手に取っては眺め、手に取っては眺めを繰り返す。

どれも、悪くはない。流石と言うべきか、どの剣もよく磨かれており、重心バランスも良い。一般的な長剣としては申し分ない出来と言っていいだろう。

体感だが、アリューシアの薦めで覗いた騎士団ご用達の鍛冶屋にも見劣りはしていない。

「良い剣だ、どれもよく研がれているね」

「そりゃまあ、それが仕事だからな」

呟いた言葉をバルデルが拾う。

えー、何かどれでもいい気がしてきた。決して悪い意味でなく、どれも良い剣に見えるから良い意味で大差はないだろうと感じる。

ロングソード以外の武器も興味が無いわけではないが、今更別の武器種の鍛錬をするのもなあ、という感じ。

「バルデルのお薦めはあるかい」

「つってもな……ロングソードは大体どれも同じだからなあ」

一応店主のオススメを訊いてみるものの、返ってくる答えは予想の範疇。

高い汎用性が長所でもあるからな、ロングソードは。突飛な武器の場合それはそれで名前が付いているものだ。

言ってしまえば凡庸である。そしてあらゆる局面に於いて汎用性が高い。それがロングソードだったりショートソードだったりするわけである。

「そんなに悩むならやっぱりオーダーメイドがいいんじゃないっすか？」

色々と剣を手に取っていると、クルニが突っ込んできた。

ツヴァイヘンダーは腰に下げるには些か大きく重いので、帯を付けて背負う形になっている。

小柄な体軀に長大な剣ってギャップ、いいよね。

扱えるかどうかはまだ未知数だが、騎士団だから見た目も大事だろう。このギャップが受け入れられるかは別として。

「それはあまり考えていないが……うーん、もしかしたら前の剣にまだ引き摺られているかもしれないね」

ぽっきりと折れてしまった俺の愛剣は、業物ではないが悪くはなかった。なまじっかずっと使っていただけに、無意識的に愛着が湧いていたのかもしれない。

「長く使う武器には、愛着も湧きますからね」

俺の呟きに、アリューシアが賛同してくれる。

まったくもってその通りなんだけど君が言うと何か重いな。どうか俺の気のせいであって欲しい。

同じ武器には、二度と巡り合えない。

同一の素材、同一の製法であっても、やはりどこか異なるものだ。それは目に見えて分かる時もあれば、持ってみて初めて違和感を感じる場合もある。

前の剣もうちの地元で打った変哲もない剣だが、使っていた期間は長い。知らず知らず、その感覚が染み付いてしまっているのかもしれないな。

「まあ、こういうのは巡り合わせもあるしな。不便がねえなら無理に今日買う必要もねえだろ」

バルデルは鍛冶師である。その本質は職人であり、剣士でもあり、また一方で商人ではない。なので、こういう場面でもいわゆる押し売りをしてこない。俺としても非常に助かるところだ。

「そう、だね」

腰の軽さからくる違和感は拭えないものの、とりあえずの間に合わせを買うかどうかは悩みどころである。俺だってオーダーメイドを頼む程じゃないが、拘《こだわ》りがないわけじゃない。

決して、バルデルの打つ剣が劣っているわけではないのだ。ではないが、何というかこう、ピンとこないんだよなあ。中々理屈立てて説明するのが難しい感覚である。

「ああそうだ先生、もしダンジョンアタックとかやるなら素材持ってきてくれよ。俺が買い取るし、何ならそれで先生の剣を打ってもいいぜ」

「ははは。まあ、そういう機会があればね」

バルデルの言葉を笑いながら誤魔化す。

何でどいつもこいつも俺がダンジョンアタックに行く前提で話を進めるんだ。

前回俺がアザラミアの森に赴いたことをバルデルは知らない。アリューシアは知っているはずだが、別段言い触らす内容でもないだろう。

にもかかわらずそういう話題が出るってことは、俺がそれをすると考えられているということ。

何故だ。俺は平穏に生きたいだけのしがないおっさんだぞ。

「邪魔をする。バルデルは居るか……おや、先生……と、シトラスも居るのか」

「何ですかその顔は。しかし最近よく会いますね」

ああでもないこうでもない、と色々と考えていたところ。

更なる闖入《ちんにゅう》者がバルデル鍛冶屋の扉を開いた。

「おん？　スレナじゃねえか、どうした。ブロードソードはこないだ研いだばっかりだろ」

現れたのは、ブラックランクの冒険者であるスレナ。

俺たちと出くわしたのは本当にたまたまっぽい。どうやらバルデルに用事があるようだ。

しかし本当によく会うな。冒険者なんてビデン村に籠っていた頃は本当に会うことがない相手だったんだが、首都バルトレーンに来てからというもの、やたらと縁がある。

「ああいや、今日は研ぎじゃなくてな」

話を振られたスレナがバルデルの言葉に頷きながらも、背負ってきた大荷物をカウンターにどさりと置き放った。

「特別討伐指定個体、ゼノ・グレイブルの素材だ。こいつを使ってロングソードを一本、拵《こしら》えてほしい」

「特別討伐指定個体だと？　お前いつの間にそんな大物を……」

「つい先日だ。やっと素材の回収が完了してな」

バルデルがカウンターに置かれた爪や皮、骨などをまじまじと観察しながら、思わずといった体で声を漏らす。その声を受け取ったスレナはどこか誇らしげであった。

「ふむ……硬えな」

素材を手に取り、指で弾き、それでは満足出来なかったのか、小振りの槌で叩きながら一言。

ゼノ・グレイブルは確かに硬かった。外皮だけでも傷つけるのがやっとだったから、その骨や爪なんかは相当な硬さを持つはずである。

「だがお前、何でロングソードなんだ」

当然の疑問をバルデルが放つ。

俺としては何となく嫌な予感がしていた。いや、嫌なというのは失礼か。何にしろ、あまりよくない予測が当たりそうだったので口を噤んでいたのだが。

「先生にお渡ししようと思っていたんだがな、ここにいらっしゃるのなら話が早い」

「スレナ、それは断ると俺は言ったじゃないか」

ほらあ。やっぱりそういう話になってんじゃん。

いやね、ありがたいことには違いないんだよ。実際今は手持ちの武器が無いわけだし、特別討伐指定個体の素材から作られる剣に興味がないとは言わない。正直に言ってそそるものがあるのは認める。

しかし、だ。

ゼノ・グレイブルを倒したのはスレナだし、その管轄は冒険者ギルドにある。横からしゃしゃり出てきたおっさんが、その成果物だけ掻っ攫《さら》って行くってのはどうにも気が引ける。

あと冒険者ギルドにそういう類の借りを作りたくない、というのもあるな。これは前にも言ったが。

「だがよ先生、こいつぁ上物だぞ。俺の腕次第だが、相当のブツが出来上がる予感がする。折角の話だ、貰っとけばいいじゃねえか」

「ん？　先生？　バルデルもなのか？」

バルデルがゼノ・グレイブルの素材を前に、忌憚《きたん》のない意見を言ってくれているところ、スレナが突っ込んだ。そういえば説明していなかったというか、それを知っている人間が少ないからな。

そもそもスレナは、正確に言えば俺の弟子ではないわけだし。

剣を教えていたのは事実だが、師匠と弟子という間柄ではないと思っているんだけどな俺は。いつまでも保護者視点が抜けないのはそういうところもあったりする。

「ああ、バルデルも俺の道場出身者だよ。居たのは一年と少しだけどね」

「そうだったのですか。道理で鍛冶師にしては剣士の感覚に近いなと」

「まあそのために弟子入りしたようなもんだしな」

返ってきた反応は、少しの驚愕と大きな納得。

バルデルも言っている通り、そのためにこいつはビデン村まで来てたからな。つくづく物好きというか、変わったおっちゃんである。

他に剣術道場くらい幾らでもあると思うが、どうしてあんな片田舎を選んだのか。本人が後悔していないのならそれはそれでいいことだけど。

「ただ先生、一つ訂正しておきたいのですが。これに関して、冒険者ギルドは既に関係がありません」

「と、言うと?」

俺が渋っていることはスレナも把握しているはず。

それでもなお、俺にゼノ・グレイブルの素材で作った武器を薦めるということは、何かしら俺の懸念を払拭したということだろうか。

「これらは討伐報酬として既に私個人の所有になっています。それに先生は、ゼノ・グレイブルの討伐褒賞金も受け取っていません」

「討伐したのはスレナだろう。俺が貰う筋ではないと思うけど」

「いえ、臨時とは言えチームを組んでいた全員が貰うべきものです。ポルタたちも発見報酬は受け取っていますよ」

「ふむ……」

むむ。そう言われるとちょっと弱い。

確かに特別討伐指定個体《ネームド》には、討伐の褒賞金が出ることも聞いている。俺には関係ないことだと思って詳しくは耳にしていなかったが。

ポルタたち新人冒険者も貰っているとなれば、俺が固辞する理由もなくなる、か？　よく分からん。何にせよギルドから金を貰うつもりはないんだけども。

「褒賞金のことを抜きにしても。あくまでこれは私個人の感情から、先生の剣を折った弁償として作る……そういうことです」

「そこまで言われるとね……」

気にしなくていいっつったのに、スレナはまだ俺の剣を巻き込んでしまったことを気にしているのだろうか。

「こうまでされて逆に受け取らねえってのは失礼だぜ、先生」

「……そうだね」

ここでバルデルが会話に参加してくる。

まあ確かに、ギルドからの恩賞とかそういうのじゃなく、スレナ個人からの贈り物と考えればまだ俺の気持ちも収まりがつく、か？

いや、あんまりつかないな。スレナに拵えてもらう理由がない。

とは言え客観的事実として、スレナが俺の剣を叩き折ったのは間違いではない。それに対して本人が償うと言っているのに断り続けるのは、あまりよろしくないのだろうか。

ここら辺、そういう心の機微ってのはイマイチ俺には分からない。ずっと片田舎に引っ込んでいた弊害かもしれん。

「うーん、まあ……そこまで言うなら、ありがたく頂戴しようか」

「はい！　是非受け取ってください」

何にせよ、俺が一番気にしているのは冒険者ギルドとの必要以上の関わりだ。そこの懸念がないのであれば、武器が欲しいのはその通りだし、お言葉に甘えておくのも悪くないのかな。

「先生の剣！　こいつは腕が鳴るぜ！」

素材を見つめながら、バルデルが吼える。

まあ彼の腕の良さはここにある武器が証明している。せめてキワモノが出てこないことを祈るばかりだ。

「普通の剣にしてくれると助かるよ」

「おうよ、変なモン打つつもりはねえから安心してくれ」

「彼は腕の良い鍛冶師だと思いますよ。剣を見ていれば分かります」

アリューシアはどうやら俺たちが会話している間、クルニと一緒に店の武器を見ていたようだ。

彼女のお眼鏡にも適ったようで何よりである。

その流れで君も剣を新調してくれるとおじさんは大変嬉しい。

ダメか。ダメっぽいな。ちくしょうめ。

「そうさな……素材の加工もあるから、一週間は欲しい。一週間後に取りにきてくれ。代金はスレナ持ちでいいんだな？」

「ああ、それで構わん。金に糸目は付けんぞ、全力でやってくれ」

「がっはは！　了解だ！」

俺の剣のことのはずなのに、俺抜きで話がガンガン進んでいた。

本当に変なの出てこない？

それにお金大丈夫？　おじさんちょっと心配。

「まあ、楽しみにしておく……でいいのかな？」

「おう、楽しみにしといてくれよ先生。じゃあな皆」

言いながら、早速バルデルが素材を持ってカウンターの奥に引っ込んで行く。

多分、俺の剣どうこう関係なく武器を打つのが楽しいんだろうな。それに素材も一級となれば、鍛冶師としては正しく腕の見せ所だろう。

クルニやスレナの用事も終わったようだし、俺たちもお暇《いとま》するか。

「じゃあ先生、修練場に戻るっす！」

「おっと、そうだね」

俺の脇ではツヴァイヘンダーを背負ったクルニがにっこにこで控えている。

何だかんだで彼女も新しい武器、というものが楽しみでもあるのかもしれない。これまでとは扱いが異なるし、その辺を重点的に教え込むか。元の筋は悪くないから、基本さえ押さえればあとはある程度勝手に伸びていくはず。

「では先生、私はこれで」

「ああ、ありがとうスレナ。出来上がったらありがたく使わせてもらうよ」

「いえ、とんでもないことです。それでは」

一通り素材を預け、身軽になったスレナがバルデル鍛冶屋を後にする。

憑き物が落ちたような、随分とすっきりした表情をしていた。それほどまでに俺のロングソードを折ってしまったことを気にしていたのだろうか。

彼女の心境を考えれば、ここで断るのはかえって要らぬ感情を抱えさせることになっていたかもしれない。俺も割り切って、出来上がりを楽しみにさせてもらうとしよう。

「それじゃ行こうか。鍛錬の後だから、今日は軽めにね」

「はいっす！」

「では私も戻ります。少し執務がありますので」

その状態で俺に付いてきたのかよ。滞ってなければいいんだけども。

まあアリューシアも普段から忙しそうだし、俺とクルニの剣探しが少しでも彼女の息抜きになっていれば幸いだ。

さて、大剣の扱いを仕込むのは随分と久し振りになるな。

俺の道場は道半ばで飛び出してしまったクルニだが、こうやって再び指導の機会に恵まれるのは、元師匠としてはありがたい限りである。

よーし、おじさんほどほどに張り切っちゃうぞ。

◇

「さて、それじゃ始めようか」

「はいっす！」

レベリオ騎士団の修練場にて、クルニと対峙する。

今日はもう一日の鍛錬を終えた後ではあるが、珍しいことに俺たち以外の人影は見当たらなかった。普段はどんな時でも何人かは居るものなんだけどな。

時刻は夕刻に差し掛かろうかというところで、間もなく闇が足を伸ばし始める頃合だ。流石に時間が遅過ぎたか。

しんと静まりかえった修練場はだだっ広い分、有り余った空間に声が反響する。

「まずは普通に構えてみよう」

「分かったっす！」

俺の声に合わせて、クルニがツヴァイヘンダーを構える。

普通の鍛錬なら木剣でやるところだが、彼女がツヴァイヘンダーを持つのは今回が初めてである。なので、最初は真剣でその感覚を摑んでもらいたい。

別に打ち合うわけじゃないからね。俺は木剣だし。

「基本の扱いは今まで使っていたショートソードとそう変わらない。けれど、大きく運用が異なる点が二つある」

「ふむふむ」

両手剣という大得物ではあるものの、分類で言えば同じ剣である。基本の扱いにそう大きな違いはない。

ないが、気を付けねばならない点は幾つかある。

「まず一つ。いわゆる袈裟切り……振りかぶって下に振り下ろす動きは、ほとんどしません」

「えっそうなんすか」

クルニからは意外そうな声。

うんうん分かるよ。大きな剣を振りかぶって振り下ろす。そこにはロマンがある。格好いいもんな。

ところがどっこい、現実でそんなことをする馬鹿はほとんどいないのである。

「理由は幾つかあるけど、まず消費する体力に対して得られる成果が少ない。試しに振り上げて下ろす、を何回かやってみるといい」

「はいっす！　……ほっ！　やっ！」

俺の言葉に従って素振りを繰り返すクルニ。

やはり素直さというのは一つの武器だな。疑問を持つのはいいが、その疑問を持つ前にまず実践するというのは非常に大切である。

「……意外としんどいっすね」

「そう。武器のサイズが違えば、それに必要な体力も違ってくる。がむしゃらに振り回すとすぐに疲弊するからね」

振り上げて下ろす動作というのは、腕力を主に使う。他の筋肉で代用が利きづらいから、どうしても疲労が先に来る。

重力を味方に付け、かつ背筋や腰の可動域を存分に使った振り下ろしは確かに強烈だ。威力だけで言えば多分、一番大きい動きになるだろう。

ただし、それは当てることが出来ればの話。

そして、相手が単体であることが前提の話だ。

「勿論、振り下ろしは一番破壊力が大きい。だけど当然ながら隙も大きいし、当てるのも難しい」

「うー、そういうもんっすか」

「そういうものだよ」

相手が動かなければ当たる。しかし当たり前だが人間にしろモンスターにしろ、騎士団が想定する敵は動くのである。

これが鉱石を掘る鉱夫なら問題はない。鉱山は動かないからな。

つるはしを振り上げて下ろす。そして砕く。理に適った動きだ。だが、戦闘をベースに考えるとそれは必ずしも正解とは言えない。

「大剣での振り下ろしは、相手が単独で、かつ確実に当てられる状態でやるべきだね。だから、基本の動きは一言で言っちゃうと振り回しになる」

「振り回し……っすか」

薙ぎ払いとも言う。つまり横に斬る動きである。

「ショートソードと違ってリーチも重さもあるから、遠心力を上手いこと使うんだ。振り回されるんじゃなくてね。こんな感じ」

「……なるほどーっす！」

試しに俺の木剣を両手剣に見立てて振ってみる。

腕で振るのではなく、腰で斬る。無論腕も動くが、腕力で御《ぎょ》すという考えを捨てねばならない。腕の力一つで登れるほど、剣の道は単純ではないのだ。

「当たり前だけど、縦に振るより横に振った方が標的には当たりやすい。それに、持ち上げるより体力の消耗は少なくて済む」

「ふむふむ……」

俺の講釈を耳に入れながら素振りを繰り返すクルニ。

うん、いい感じじゃなかろうか。元々剣術については明るい子だから、違いさえ先に教え込んでおけば後は楽ちんな気がしてきたぞ。

「で、ちょっと回転力を上げたいとか、あるいは突きだね。そういう動きを取る時にリカッソを使うといい。これが二つ目の違いだ」

支点から遠ければ遠いほど、遠心力は強く働く。

しかしその分、制御する側にも力が必要だ。一回振り回して終わり、ならいいが、実戦ではそうはいかないだろうからね。

その時に便利なのがツヴァイヘンダーにあるリカッソである。こいつは柄よりも重心が真ん中寄りだから、振り回されることも少ない。突きを行う時にもブレを最小限に抑えることが可能だ。

「おー……おぉ……？　あー、なるほどっすね」

グリップを持ったまま何回か振り回し、今度はリカッソに片手を添えて振り回したり突きをしてみたり。クルニなりに感触を掴もうとしているようだ。

そして何度か試行錯誤を行う中で、自分の中でしっくりくる持ち方が生まれたらしい。

「注意点は最初にも言ったけど、腕力で振ろうとしないこと。剣は腰で斬るものだからね」

「腰で斬る！　懐かしい言葉っす！」

どうやらクルニも覚えてくれていたようだ。ありがたいことである。

腰で斬る。

俺が道場でよく教えていた言葉の一つだ。

剣に馴染みのない者は、腕力だけで振りがちだ。それでも筋力がしっかり付いていれば、ある程度は出来てしまうので矯正が難しい。

だから俺は道場の門を叩いた者には、この理屈を最初に教えている。

ロングソードやショートソードで行う袈裟切りも同じだ。振り上げた時に左右どちらかで溜めを作り、振り下ろしと同時に逆方向へ腰を切る。

この動きや理屈を最初から身体に覚え込ませておかないと、ほぼ上達しない。剣に限らず、武器というものは全身を使って使用するべきものだからだ。

無論例外はあるし、広い世の中には型破りな剣客も居るかもしれない。だが、それはあくまで基本を押さえた者にのみ許される例外であって、そうでない我流はただの形無しだ。

俺は、俺の弟子たちに形無しにはなってほしくない。なので、こうやって基本の動きを重点的に教えている。

そこから先、歩んだ剣の道の先で、新たな可能性を切り開く分には俺は何も言わない。むしろ歓迎したいくらいだ。それはその個人が到達した型破りの可能性だから。

しかし、残念ながらというか何というか。

クルニはまだその領域には達していない。若いし、これからの伸びしろも十分にあるだろうから、順当に鍛えて行けばいい線は行くと思う。

既に道場の師匠と弟子ではなくなってしまったが、そのいい線にクルニを乗せられるかどうかは、今度は特別指南役としての俺の仕事だ。

「ほら、また腕で振ってる。もっと腰と足を意識して」

「はいっす！」

「腕と身体は連結した同じパーツだと考えるんだ。腕だけ独立して動かそうとするからそうなる」

「む、難しいっす……！」

「意識の問題だよ。気にしないと絶対に無理だから、常に気を配って剣を振るんだ」

「は、はいっすー！」

「そうそう、いい感じ。はいあと十本いってみよう。いーち、にーい」

「はっ！　ほっ！　やっ！」

男女で二人っきりの空間、しかし甘い空気など漂うはずもなく。

ただ只管《ひたすら》に訓練を繰り返す俺とクルニ。

「――おっと、もうこんな時間か」

それは灼熱の根源が西の地平に姿を隠し、足元に伸びる影が闇全体に飲まれるまで続いた。

「は、はひぃ……」

クルニの様子はまさに息も絶え絶え、といった有様である。

たかが基本的な構えのみと侮るなかれ。両手剣という重量物をずっと持ったまま姿勢を保ったり、更には振り回したりすると結構な体力が消耗される。それが慣れない武器であれば尚更だ。

「……うん、初日だしこれくらいにしておこうか」

「は、はいっすぅ……」

というわけで、基本的な構えの確認と素振りを繰り返していたら結構な時間が経過してしまった。

修練場に明かりはあるものの、外は既に真っ暗。完全に日の入りの時間を越えてしまっている。

うーん、ちょっと長居し過ぎた、もとい熱が入り過ぎた。体力に自信があるであろうクルニも流石にヘトヘトの様子である。

「しばらくは基本的な構えと扱い方を中心にやっていこう」

「はいっす！」

剣の道は一日にして成らず。

たった一日、それも数時間振るうだけで上達するのであれば誰も苦労しない。血の滲むような、そして気の遠くなるような反復練習の末にやっと幾ばくかばかり身に付くのが剣術というものだ。まあ、何事もそうだとは思うけど。魔法だって一日二日で完璧に扱えるのなら、魔術師学院なんて存在意義がないわけだしね。

今日少し見ただけだが、それでもクルニの動きはまともな方ではある。

ただ、やはりと言うか何というか、剣を腕力で振ろうとする悪癖がある。本人は意識していないのかもしれないけどね。

矯正に時間はかかるだろうが、元々筋もよく、また逆に言えば腕力で剣を振れるくらいには力もある。気長にやっていくか。

しかしやっぱり個人個人としっかり向き合って、かつ『そういうもの』として前提を持っておかないと、このような癖の類を見抜くのは難しい。

本人だって間違っている認識が無いまま振っているのだ。傍から見るだけで気付くってのはかなり難易度が高い。だからこそ師範なんて役目があるわけだが。

これは改めて、クルニに餞別の剣を渡せるようになるまでしっかりと見届けたいところだ。得物がツヴァイヘンダーになっているので、剣を渡すかどうかにそもそも疑問符が付いて回るけれど。

「腕も痛いっすけど腰と太ももがぱんぱんっす……」

「いいことだよ。ちゃんとその部位を使えてるってことだから」

ショートソード以上にツヴァイヘンダーなどの大型は踏ん張りが大事だ。いつも以上に足腰に負担がかかっていることだろう。

無理をさせてもよくないので、身体が本格的に悲鳴をあげる前に切り上げておく。時間も遅いからね。

しかし、クルニのような小柄な騎士が大得物を振り回すってのは中々絵になっていいな。

これは俺の個人的な好みも多分に反映されているが、見ていて華がある。俺自身がロングソードという変哲もない武器の使い手だから、余計にそう映るのかもしれない。

「うーん、暗いねえ」

「流石に人通りも少ないっすねー」

修練場から庁舎前に辿り着けば、そこには最低限の守衛として立っている騎士以外はさっぱり人影が見当たらない。時間も時間だし当然か。

「クルニ、よかったら送ろうか？」

「あ、いやいや大丈夫っす！　これでも騎士なんで！」

「そうかい？　ならいいけど」

夜分に女性の一人歩きというのは、いくら首都とはいえ危ないだろうと提案してみたものの、何だか結構な勢いで断られてしまった。

こんなおっさんでも厄除けくらいにはなると思ったんだけどな。まあ騎士だというのも間違っちゃいないし、無理強いするものでもないか。

「それじゃあクルニ、気を付けてね」

「はいっす！　先生もお疲れ様っす！」

「うん、お疲れ様」

庁舎前でクルニと別れ、一人で暗闇を歩く。

無論、街灯や漏れ出る光の類がまったくないわけではないので、完全な暗闇ではないけれど、やはり視界は通らない。

騎士団庁舎から俺がとっている宿までは、少し歩く。その間に今日の出来事を簡単に思い返す。俺はおじさんだからな。結構長いこと生きてきたから、こうやって記憶を掘り起こしておかないとすーぐ忘れちゃうのである。

クルニの両手剣への適性は、悪くないように思えた。

元々パワーがあるタイプなのだろう、単純に扱い慣れていないという点はあるが、それでも剣に振り回されるような事態には陥っていない。足腰も頑丈そうだし、グッと根を張って大剣を振り回すってスタイルは彼女に合っている風にも見える。

唯一懸念があるとすれば、騎士団に交じってひとりツヴァイヘンダーってのが目立つかな、ってくらいか。アリューシアが問題ないと言っていたから大丈夫だとは思うけど。

「……ん」

つらつらと訓練のことを思い返していると、正面から歩いてくる人影が一人。

騎士団庁舎前から離れて宿の方に向かっているから、ここは人通りはほとんどない通りだ。暗闇で視界は利かないものの、俺以外の人が居るのを見るとついつい視線がそっちに寄ってしまう。それに、日が沈んだ後に外出する人間はそう多くない。

月明かりが出ている分、まだ視野は利く。

前から歩いてくる者はどうやら暗闇に紛れるようなローブを着込んでいる様子だ。フードを深く被っているせいか顔までは分からない。

いやまあ、たかだか通行人の顔が分かったから何だって話ではあるんだが。

こんな時間にローブを着込んで独りで出歩くなど、あまり褒められたものじゃないなとは思うものの、俺だってその独りで出歩いている不審者には違いない。

傍から見ただけでそういう判断は付かんのだ。俺も守備隊に目を付けられる前にさっさと宿に向かった方がいいかもしれんな。

「おっと」

道幅はそう狭くないはずなんだが、このまま進むと前から来る人とぶつかってしまう。あまりじろじろと見続けるのもよくないだろう、ささっと道を譲って宿に帰って一杯やりたいところ――

「――そういうのは感心しないねえ」

「……ッ!?」

すれ違いざま、闇夜に紛れて伸ばされた腕を、摑む。

何となく怪しいかも程度には思っていたがこいつ、スリか。

しかも相当手馴れている。直前まで違和感なく歩いていたところから、一直線に俺の懐に腕を伸ばしてきやがった。

しかし残念。おじさん、目だけはそこそこ良い自信があるんですよね。

「……クソッ！　離せ！」

「離さないよ」

俺に腕を摑まれたスリは一瞬硬直したものの、直ぐに気を取り直して暴れ始める。

声から察するに女性か。それもあまり年は食ってないように聞こえる声だ。

うーむ、こんな若い子が落ちぶれているってのはちょっと心が痛む。おじさん今から彼女を守備隊に突き出さなきゃいけないわけなんだけど。

「……チッ！」

「うおっ!?」

ゴウ、と。

摑んでいた彼女の腕から、突如爆炎が巻き上がる。

――魔法か!?

炎と熱に、反射的に防護動作を取る。当然だが、その過程で摑んでいた腕を離してしまった。

「……ッ！」

「あっ」

気付いた時には既に遅し。

俺の腕を炎をともにして振り解いた女性は、脇目も振らず中央区の路地に駆け込んで行った。

一瞬追いかけるか、とも思ったが、俺はこのバルトレーンに来てまだ日が浅い。土地もよく分か

っていないし、大通りを外れた路地などほとんど知らない。

更にこの暗闇だ。追いかけたとて、追いつける保証がなかった。

何となく無念である。いや、実際にスられたわけじゃないから実害はないんだけどさ。

「……うん？」

スリの女性が走り去って行った方向を眺めていると、月明かりに照らされて地面の一部が光っていることに気付く。

ちょっとした興味本位で近付いてみれば、光の正体はどうやらペンダントのようであった。

「……落とし物、かな」

手に持って見てみると、随分と古ぼけている。ところどころ細かい傷も入っているが、よく手入れされていたのだろう、埃や汚れといったものは見当たらなかった。

騎士団がそういう仕事をしているかどうかは分からないが、とりあえず遺失物として明日届け出てみるか。アリューシアかヘンブリッツ君辺りなら、どこに届ければいいかくらい教えてくれるだろう。

「……どうにも、炎は苦手だねえ」

ルーシーといいゼノ・グレイブルといい。どうにも火ってやつには最近いい思い出がない。

しかし魔法の使い手がスリにまで落ちぶれるとは、何か特別な事情があるのだろうか。声色から察するに、クルニたちと同じか、あるいはそれ未満の年に思えた。

まあ、仮に何か事情があったとして、俺にはどうしようもない。

少しばかり不運な出来事があった。そう片付けて気持ちの整理をつける以外の選択肢を、俺は持ち得ていない。俺は英雄ではないし、義賊でもなし。更には気高き正義漢というわけでもないのだ。悪人ではないつもりだが。

「帰るか」

こういう日はさっさと帰ってひとっ風呂浴びて寝るに限る。

当然ながら俺の呟きに返しの言葉はなく。誰も居なくなった首都バルトレーンの通りを歩く、俺の足音だけが小さく響いていた。

二　片田舎のおっさん、盗賊と出会う

「それはまた、災難でしたね」

「うん、まあ被害はなかったんだけどね。取り逃がしちゃって」

翌日。

いつもの修練場で稽古をつけながら、昨日の出来事について雑談がてら話題を振った相手は、副団長のヘンブリッツ・ドラウトだった。

彼はほぼ毎日、この修練場に顔を出しては鍛錬に精を出している。初めて会った頃よりも更に一段、筋肉の付き具合が増しているかもしれない。

模擬戦も行っているが、最近は力任せの攻撃だけでなく色々と試しながら攻撃を出しているようで、進歩が感じられて大変に良い。

まあまだ負けてはやれないけどな！

相手がレベリオ騎士団の副団長とは言え、一度勝ってしまった以上、おっさんにはおっさんの意地と見栄が一応あるのである。

「しかし……クルニが両手剣とは、また思い切りましたね」

他の騎士たちが修練に励む様子を傍目に、皆の邪魔にならないよう隅の方で大型の木剣を振るっている小柄な騎士に話題が移る。

「今のところはだけど、彼女に合っていると思うよ」

クルニの動きは、地味だ。

華々しく剣を振るって活躍、というステージにまだ彼女は立てていない。それは本人もよく理解しているようで、基本の構えと素振り、そして確認を繰り返していた。

その表情に迷いや不安といった、ネガティブな感情は見られない。

彼女自身が、ツヴァイヘンダーという武器に可能性を見出しているのだろう。俺が薦めたってだけであそこまで精力的になれるかと問われれば、ちょっと疑問が残る。

「将来、化けるかもしれないね」

「それは楽しみです。騎士の成長は、何時だって喜ばしい。私も負けてはいられません」

いい笑顔とともに、ヘンブリッツがそんなことを述べた。

褐色を帯びた肌に切れ長の目が、その頼もしさを倍増させる。

彼は彼で良い人なんだよなあ。武に対して実直だし、負けん気の強さはあるものの認めた者に対しての素直さもある。面倒見の良さだってある。

国民や騎士たちからアリューシアが絶大な人気を誇っているのは事実だが、俺が見た限りではヘンブリッツも負けちゃいない。いやそれは言い過ぎか。流石に人気の面では負けている気がする。

だが、騎士たちからの慕われ方という見方では負けず劣らずだ。

アリューシアの方になまじっか近寄りがたい雰囲気がある一方、彼は誰に対しても気さくである。無論、アリューシアがぶっきらぼうだと言うつもりはないが。

俺から見ても、ヘンブリッツ君は貴重な男性の話し相手でもある。

別に女性が嫌いとかそういう訳じゃまったくないんだけど、女性ばっかりだと息が詰まるんだよな。決して彼女らの相手が嫌だとかそういう話じゃなくてさ。

俺はおじさんだから、同性の話し相手というだけでなんぼか気楽になれるのだ。

「ですが、ベリル殿がスリ程度を取り逃がすとは……余程の手練れでしたか」

「それが魔法を使われてね。思わず捕えた手を離してしまったんだ」

クルニから話題が昨日のスリの話へと戻る。

いやあ、俺も取り逃がすつもりはなかったんだけどさ。あんな隠し玉を出されてはびっくりせざるを得ない。

「魔法……ですか……」

魔法。

その一言を告げると、ヘンブリッツは何かを考えるように黙り込んでしまった。

「……何か問題でもあったかな？」

「ああいえ、ベリル殿が、という訳ではないんですが……」

まさかそんなやつを取り逃がすなんて何事だ、みたいなことを言われるのかと思ってちょっと身構えてしまった。どうやら俺を責める類のものではないようで安心。

いや安心じゃねえな。魔法を使える不届き者が首都に潜んでいるってのは、あまり無視できない内容かもしれん。

「……通常、レベリス王国内で魔法を扱える者は、そのほとんどが魔術師学院に入学します。そこから先は魔法師団だったり冒険者だったりしますが……ベリル殿を怯ませる程の魔法の使い手がスリにまで身を落としている、というのは少し違和感がありますね」

「ふむ……」

まあ、普通はそうなんだろう。俺も同じことを考えたからな。

この世界では、ただ『魔法が扱える』というだけで才能を持つ者の仲間入りだ。扱える者自体が希少だから、国が放っておかない。

魔術師を一人見逃すってことは、それほどまでに国力、戦力に直結する。だからレベリス王国は直轄で魔法師団を持っているし、魔術師学院を建てたりしているわけだ。

他国がどうしているかまでは流石に知らん。ただ、様々な面から考えても、少なくとも冷遇してはいないはずである。

レベリス王国はそういう才のある者を見逃さないように頻繁に告知を行っているし、学費もかなり良心的だと聞く。

確か、ある程度優秀なら無償じゃなかったっけな。折角才能があるのにお金がないので魔術師学院に通えません、では意味がないからだ。

ちなみに、魔法の才能はいつ何処で花咲くか分からないらしい。

血統とか、生まれとか境遇とか、色々と研究はされているらしいんだが、その因果関係は結局のところ判明していないそうだ。それが分かればもっともっと効率的に魔術師を増やせるわけだしな。今のところはとにかく才能のある者を探し出し、確保する方向で動いている。

だから、もし自分に魔法を使える自覚があるのなら、そのまま魔術師学院に自分を売り込みに行けば全て上手くいく。フルオートでビクトリーロードの出来上がりだ。そして少なくとも、レベリス王国民にそのことを知らない者は居ないはず。

魔術師ってやつは本当に羨ましいね。

で、問題のスリの話に戻るわけだが。

魔法を使えるのなら、その足で魔術師学院に行くのがぶっちぎりで手っ取り早い。むしろ、それをしない理由がない。わざわざ暗闇に紛れて窃盗せずに済むわけだ。

だが現実、昨日出会ったスリはそれを続けている。初犯ってわけじゃないだろう、動きに無駄と躊躇が無さ過ぎた。ある程度の期間、それで飯を食ってきたと見える。

「考えられる可能性としては……魔術師ではない、という線でしょうか」

「魔術師じゃない？」

魔法が使えるのに魔術師ではないとはいったい。

「魔装具です。緊急避難的な意味合いで持ち合わせていたのかもしれません」

「あー……なるほどね」

流石はヘンブリッツ君と言うべきか、レベリオ騎士団副団長と言うべきか。様々な可能性に瞬時に思考が及んでいる。

　俺は魔装具という単語を聞いた今、初めてその可能性に思い至った。

　スリの常習犯が、万が一しくじった時の逃走手段として魔装具を持っている。有り得ない話じゃない。魔術師が落ちぶれているという線よりは余程現実的だ。

「じゃあやっぱり、普通の小悪党って感じかな」

「でしょうな。魔法の才を持つ者が盗みを働く理由がありません」

　ふむ、なんだか腑に落ちそうだな。

　ただ攻撃的な魔装具を持っていた小悪党。この線が一番しっくりくる。それはそれで逃してしまったことが悔やまれるのだが。

　まあそれはそれで、何で小悪党がそこそこ以上に高級品である魔装具を持っているのか、という別の疑問は出て来てしまうが、それを俺が考えたって仕方がない。

　この話はここで終わりとしておこう。どうせ俺には関係ない話だ。

「いやはや、都会は違うねえ」

「あまり褒められているようには感じませんが……まあ、人が多く集まると様々な面が見えるものです」

　いやごめん、別に皮肉ったわけじゃないんだよ。ただ本当にそういう感情を素直に持ってしまっただけで、悪意はないんだ。

「あ、そうだ。スリと言えば」

昨日の出来事を思い出した俺は、ついでに拾ったペンダントを見せる。

「これは……アクセサリー、ですかね」

「そう、昨日拾ってね。どこに届け出ればいいのか分からなくて」

別にこのペンダントと件のスリが直接関係しているわけではないが、俺の時系列で言えば地続きの話だからな、ついでに思い出してしまった。

俺の手にあるペンダントをしげしげと見つめるヘンブリッツ。

反応から察するに、どうやら彼はこういう方面にはイマイチ疎《うと》いらしい。そりゃ毎日鍛錬ばっかりしてたらそうなるよ。俺も人のこと言えないけどさ。

俺に鑑定眼はない。

このペンダントが果たして値打ちものなのかどうかはサッパリ分からない。

がしかし、少なくともその物自体が大切に扱われていたかどうかくらいは分かる。その視点で行けば、このペンダントは間違いなく大切にされていた。だとすれば、せめて持ち主の手に再び戻ることを期待したい。

「でしたら、この庁舎にも遺失物の預り所はありますので、後ほどそちらを案内致しましょう」

「ありがとう、助かるよ」

じゃあこのペンダントについてはそういうことで。

何にせよ俺が独力で持ち主を探すってのは不可能だからな。地元に根付いている騎士団にお願いする方がその可能性も高くなるというものだ。

「では、ベリル殿。一つ手合わせを願えますか」

「お、構わないよ。やろうか」

話は一段落ついたと見たか、ヘンブリッツが早々に仕掛けてきた。

何だかんだと言ったが、鍛錬に熱心なのは好いことだ。俺もスリやらペンダントやらの話題に花を咲かせるのは一旦置いといて、本来の役目に戻るとしよう。

◇

「では、確かにお預かりいたしました」

「うん、よろしくお願いします」

本日の鍛錬を終えた後。

俺は庁舎入り口の横にある、騎士団の詰め所みたいなところに拾い物のペンダントを届けていた。

どうやら庁舎の警備と人々からの問い合わせ窓口なんかを統合した部署らしい。数人の騎士が比較的ラフな格好で詰めていたが、俺が訪ねると皆一様に姿勢を正していた。

いや別にそんなに緊張せんでも。ちょっと落とし物を届けに来ただけですから。

今詰め所に居る彼らも含め、鍛錬の方は順調である。

無論、短い期間で飛躍的に技術が向上するわけではないが、それでも俺程度が教えられることはまだいくらかあったようで、充実した時間を過ごせているとは思っている。ヘンブリッツ君もますます鋭さを増しているしな。

一方、俺は現時点で頭打ちだ。

これでも小さい頃から人並み以上の修練に身を置いてきた自負はある。それでも俺は、英雄だとか勇者だとか、そういう類の人間には成れなかった。

年齢的な限界もある。俺のおやじ殿なんかは今でも元気だが、それは置いといて剣士としては今後衰えていくか、現状維持が精々だ。

剣術道場の一師範から一転、レベリオ騎士団の特別指南役とかいう大層なポジションを仰せつかったことは、一般的には成功したと言うべきなのだろう。

これ以上は望むべくもない。この地位自体、アリューシアが意味の分からない積極性を発揮しただけに過ぎんのだが。

「さて……帰ろうかな」

いかんいかん、今更感傷に浸っても何も良いことはない。

やることはやったし、後は宿に戻ってのんびりするか。

そうそう。

バルトレーンに来てからずっと使っている宿屋ではあるが、いい加減俺もここでちゃんとした家を探した方がいいんじゃないかと思い立ち、こういう時間が出来た時にちょこちょこ物件を見て回ってはいる。

ただ、やはりというか何というか、中央区かつ利便性がある程度担保された場所ってメチャクチャ高いんですよね。俺の貯蓄じゃとてもじゃないが手が出せない。

騎士団からはお給金も出ているので、別に今すぐ引っ越さなきゃいけないってわけじゃない。いずれ金が貯まれば引越しも考えるべきなのだろうが、今はまだちょっと諸々の視点から目処が付かないってのが正直なところだ。

まあこっちはこっちで急ぐもんじゃないし、良い物件があればいいな程度で見て回っている。今では随分と宿の店主とも仲良く接せられるようになったことだし。

しかし世話になっているというのは事実ではあれど、向こうも言っちゃえばビジネスだからなあ。居心地も悪くないだけに少しばかり後ろ髪を引かれる気持ちにもなるが、今後ずっとバルトレーンに住むかもしれない、と考えれば拠点を持つこと自体は悪いことじゃない。

いや、正確に言えば嫁を見つければ実家には帰れるはずなんだが……そっちは進捗がまるでダメなので、期待を持つ方が間違いである。

「おやじ殿は今更何を期待してるんだろうな……」

そんな呟きが思わず漏れてしまうのは致し方ないことなのだろう。

いや本当に何を思って俺を追い出したのか。当時は勢いやら何やらあって流されてしまったが、俺何も悪くなくない？　今更ながら不満が少しずつ湧いてきた。

とは言え、別に今の生活に言うほど不満を持っていないってのはあるんだが。何だかんだで道場と違った空気は新鮮だし、教えていて悪い気もしないしね。

そんなことを考えながら中央区の道を歩く。

まだ日は高く、決して少なくない人の通りが見受けられる首都バルトレーン。様々な店もあり、十二分に活気が感じられる光景だ。

ちなみにだが。レベリス王国は、その名の通り王制である。

初代の王、スピキノ・アスフォード・レベリスがガレア大陸の北の端に国をぶち上げたのが始まり、とされている。俺も歴史にそんなに詳しいわけじゃないが、一般教養として初代の王の名前くらいは教えられた。

領土に肥沃な大地を多く持ち、農業が盛ん。事実、この首都バルトレーンにおいても南区は一帯まるっと農業地区だ。

森林は少なく、山と平野が多い影響で原生生物も多種多様で、また海に面していることから海の恵みも大きい。一言で言って恵まれた国であると言えるだろう。

だからこそビデン村のような片田舎でも、野生動物やモンスターの襲撃を除けば飢饉や不作なども少なく、かなり平穏に暮らすことが出来ていた。

ただ、何処の国でもそうだと思うが、国民全員が富んでいるかと問われればそうではない、というのが現実だ。

ビデン村には居なかったとはいえ、国政のセーフティネットから外れてしまった者は少なからず存在する。

まあ一言で言えば盗賊だとか山賊だとかならず者だとか、そういう連中だ。

この首都バルトレーンでもあまり表立っては出てこないものの、一定数は居る。昨日のスリなんかは正にそうだろう。

噂では、そのような連中が屯《たむろ》している地区もあるとかなんとか。中央区ではないと思いたいが、奴らは何処にでも出てきそうだからなあ。

「……うん？」

この国について色々と考えながら歩いていたところ。

道の端っこの方で膝を折り、地面を凝視しながらじりじりと動いている人影を発見した。

何だろうな、別に物乞いって訳じゃなさそうだ。

道行く人々も物珍しそうに一瞥はするが、特別何かアクションを掛けるわけでもなく通り過ぎていく。

「ない……ない……！　何処で落とした……！」

距離が近付くと、その人物が漏らした声も聞こえてくる。

周りからの視線なども一切気にせず、地べたを這いずるかのように動いている人物。

顔は分からないが、その上半身は襤褸《ぼろ》のようなローブで覆われている。首都バルトレーンの通りには、言ってしまえば些か不似合いな格好である。

さて、俺は別に彼女を道行く人々と同様に無視してもいいんだが。

「……何か探し物かい？」

聞こえてきた声、そして見た目の服装が、昨日俺に仕掛けてきたスリと同じなんですよね。

「るっせえ！　アタシに構う……な……!?」

念のため少しだけ距離を取って声を掛けてみれば、返ってきたのはいかにもな声色と内容。多分俺以外の、声を掛けてきた全員にこういう対応を取っていたんだろう。

勢いよく振り返ったその顔は、俺の顔を見て分かりやすく『しまった』みたいな表情をしていた。

ほほーん。

その反応を見る限り、俺の顔も昨日見えていたのかな。まあ夜だったとはいえ、明かりが皆無という訳ではなかった。向こうは俺以上に注意を払っていたはずだから、見えていても不思議ではないだろう。

彼女の表情は見るからに逼迫《ひっぱく》しており、焦りが前面に押し出されたようなものだった。

ローブから僅かに覗く、くすんだ青髪。年齢は多分だが十代半ば程度だろう。少なくともクルニやフィッセルなどよりは年下に見えた。

「……んだよ……何か用かよ……？」

数瞬の間で外面を取り繕った彼女は、ぶっきらぼうにその先の言葉を紡ぐ。

恐らく、俺が昨日の出来事を覚えていない方向に賭けたと見える。声を掛けてきた親切なおっさんの線に持っていこうという魂胆だな。

「もしかして、探し物はペンダントだったりするかい？」

「……てめ……ッ！」

ところがどっこい、そうはならんのですよねえ。

俺の発した言葉に、眼前の少女は憎らしそうに眼を細めた。

「返せ！　今すぐ返せッ！」

「おっと」

落とし物がペンダントなのかどうか問うた瞬間、少女は勢いよく立ち上がり、俺の胸倉を摑もうとする。

ただしこっちも黙って摑まれるわけにもいかんので、ひょいと躱してしまったわけだが。

動き方を見る限り、戦闘の心得があるとは思えない。持っているのはあくまで、スリのために特化した俊敏さのようだ。

「……このッ！」

「まあ落ち着いて。返さないとは言ってないだろう」

摑みかけた手を躱された少女は勢い余って二、三歩前によろけると、フー、フーと、鼻息荒く俺を睨み付けている。

おぉ怖。この殺気はとてもじゃないが、年端もいかぬ少女が放っていいそれではない。これまで余程過酷な環境に身を置いてきたと見える。

おじさんからしたら少女が放つ殺気そのものよりも、この年齢の少女がこれほどの殺気を放つまでに育ってしまった環境の方が怖いんだけども。

何にせよ国家繁栄の裏でこういった日陰者が出てきてしまうのは、ある意味で致し方ないことなのだろう。だがどうしても、やるせない気持ちは持ってしまうな。

まあ、俺にはどうしようもないことか。

「人目に付くのも困るだろうから、そのまま静かにしてくれると嬉しいんだけど」

「……」

あまり騒がれても困るので提案してみたんだが、どうやら俺の言いたいことは正しく伝わった模様。

相変わらず目付きは鋭いままだが、その口は閉じてくれたようで何よりだ。

彼女としても、周囲に騒がれるのは望むところではないはずである。やましいことをこれまで繰り返してきたわけだし。

「結論から言えば、今俺はそのペンダントを持っていないんだ」

「何だと……?」

ただでさえ険しかった少女の顔付きが、一層の棘を持つ。

「レベリオ騎士団の庁舎に預けてある。落とし物としてね」

「……ちっ!」

これだけ伝えれば、大まかな事の顚末は彼女にも理解出来るだろう。

俺は何一つ間違った行動をとっていない。たまたま拾い物をして、それが大事にされてそうなアクセサリーだったから、バルトレーンでも有数の組織に預けた。

そして眼前の少女も、その行動を咎めるのは違うということくらい分かっているはずだ。だから、どうしようもない苛立ちを前面に押し出した舌打ちしか出来ない。

「俺は意地悪ではないつもりだからね、落とし主が見つかったと伝えてペンダントを返すことは出来る。だけど、君にも一緒に来てもらうよ」

彼女が昨日、俺から財布をスろうとしたことはほぼ確実だ。

同じく、彼女が初犯ではないこともほぼ確実ではある。

しかし、証拠がない。

見目だけで述べれば、そういうことをやっていてもおかしくない格好はしているだろう。だが実際にやっているところを捕えたわけじゃないから、連れて行ってそのまま突き出すってのはちょっと非現実的だ。

とはいえ、推定犯罪者を野放しに出来るかと問われれば、それもちょっと良心の呵責がある。

俺がペンダントを取りに騎士団庁舎まで行く間に、誰かがスリの被害に遭わない保証はないのである。

それで出てきた折衷案が、とりあえず連れていくといったものだ。

アリューシアあたりにお説教でもしてもらおうかな。レベリオ騎士団の団長を使うには少し案件の規模が小さい気もするけど。

「……クソ、分かったよ」

少女もどうやら、これ以上の妙案は思い付かないらしい。

数瞬の逡巡を見せた後、俺に従うことを決めた。

しかし、間違っても俺を信用したわけではないだろう。それでも大人しく付いてくることを選ぶあたり、あのペンダントは相当大事なのだろうか。だったら落とすなよって話でもあるんだが、まあ落としちゃったものは仕方がない。

「じゃあ行こうか。君が何かしない限り、俺も何かするつもりはないよ、一応ね」

「……ちっ」

いかにもしぶしぶといった感じで俺の言葉に舌打ちを返す少女。本当に素行が悪いなこの子。

その育ちも気になるところだが、こういうお年頃の子はどうにも道場で教えていた門下生たちと被ってしまう。

かつての門下生の中には乱暴というか、有り余るエネルギーの発散先として道場にぶち込まれた悪ガキも居たからなあ。何だか懐かしい気持ちにもなる。

「君、名前は？」

「うるせえ。オッサンに教えるもんは何もない」

歩きがてら、話を振ってみてもこれである。

おっさんの自覚は勿論あれど、こう真っ直ぐに言われるとちょっと凹む。

「そ、そうかい。……まあ君にも事情はあるんだろうし、分かっているとは思うけど。あまりお薦めしないよ、ああいうのは」

「……うるせえ」

説教くさいことを言ってみれば、少しばかりばつが悪そうな反応が返ってきた。

うーん、今の反応だけ見ても、別に彼女は好き好んでスリをやってるわけじゃあなさそうだ。

俄然その事情が気になるところではあるが、俺はこの少女の親でも保護者でも後見人でもないからなあ。わざわざ首を突っ込む理由がないのである。

俺の少し右斜め後ろを追従してくる彼女は、やはり見た目通りの少女のようにも思う。ルーシーのような異質な雰囲気は感じられなかった。

くすんだ青髪は肩に届くか届かないか、といったところ。頬は少しこけているようにも見え、健康的とは言い難い。

目尻はやや吊り目がちで、これまた色素の薄い茅色《かやいろ》の瞳が、油断なくこちらを覗いている。

身長は小柄なクルニよりもやや小さめに見える。ローブでよく分からないが、体型も女性的と言うには程遠い。スレンダーなフィッセルを更に一段細くした感じだ。

総括して、貧相な身体つきの攻撃的な少女といった容貌である。

スリを働くくらいだし、日々の食事情もそこまで良くはないだろう。

なんだか捨てられた猫を偶然拾ったような気分になる。別に養うわけじゃないし、今後更なる縁が紡がれるわけでもないけどさ。

「着いたよ。まあ知ってると思うけど」

「…………」

「別に君を突き出そうとは考えちゃいないさ。今は、だけどね」

騎士団庁舎が近付くにつれ、明らかに警戒度を増した少女。

そりゃまあいつ捕まってもおかしくないようなことをやってたんだし、今の彼女から見れば騎士団なんて天敵みたいなもんだろう。

ただ言った通り、別に彼女を突き出すつもりはなかった。

お偉いさんからのお説教は食らってもらうつもりだけどな。

「すみませーん」

今にも咆えそうなくらい硬い表情をした少女を連れたまま、庁舎横の詰め所に声を掛ける。

「はい……あれ？　ガーデナントさんじゃないですか。……今度は迷子のお子さんですか？」

「いや、違う違う。さっき渡したペンダントの持ち主らしくて」

声に応じて出てきた騎士は、先程ペンダントを預けた人物だった。

連れている少女に一瞬視線を預けた後、迷子かと問われたがそこは否定しておこう。というか騎士団は迷子の保護もしてんのかな。仕事の幅が広いな本当に。

「ああ、なるほど。じゃあ持ってきます」

俺の説明に納得してくれたのか、応対した騎士が奥に引っ込む。

「……一応言っておくけど、受け渡しの瞬間を狙っても無駄だよ」

「……ちっ」

先んじて可能性を潰せば、返ってきたのは苦々しい舌打ち。

まあ俺が彼女の立場なら、間違いなくそうする。残念ながらおじさんは子供、特におてんばな子が考えることはよーく分かるんですよね。

「お待たせしました。これですかね」

「それだ！　返せッ！」

「……らしいです。それじゃ今度はこっちが預かりますね」

騎士が戻ってきてペンダントを差し出した瞬間、少女が咆えた。

ただし騎士から直接は渡さない。しっかりと俺が預かっておこう。

「オイ！　もういいだろうが！　返せよ！」

「えーっと……ガーデナントさん？」

「はは……申し訳ない、ちょっとやんちゃみたいで」

俄かに騒ぎ出した少女を尻目に、受け渡しを終えた騎士が遠慮がちに聞いてくる。

返すには返すがそれはもうちょっと後である。アリューシアかヘンブリッツ君あたりから、ありがたーいお説教を頂戴した後だ。

「どうしました、騒がしい……おや、先生」

いっぱいに手を伸ばし、何とかしてペンダントを強奪せんと騒いでいる少女を苦笑とともに躱していたところで、第三者の凛とした声が響く。

「アリューシアか、丁度良かった」

声の主に答える。

恐らく、今日の執務を終えて帰るところだったのだろう。服装は俺をビデン村まで迎えに来た時と同じく、レザージャケットを中心とした比較的ラフなものだった。

いや本当にナイスタイミング。ここまで連れて来たはいいものの、果たして勝手に中に入れていいかは悩みどころだったからな。

「ええと……先生、その子は……？」

俺と、騎士と、少女。

一通り視線に収めた後、やや困惑を織り交ぜたアリューシアの声と視線は、俺ではなく隣の少女へと向けられていた。

「ああ、えっと、なんて言えばいいのか……」

「まさか……先生の隠し子……!?」

「いや違うよ!?」

危うく吹き出すところだった。

違う。そうじゃない。

「えーっと……端的に言うと、ちょっとワケありでね。アリューシア、少し時間貰えるかな」

「それは構いませんが……」

とりあえず訳の分からない方向に飛び出した話題の軸を戻そう。

外で立ち話をするのも何だかもの寂しい気分になるし、とりあえず庁舎の中で話をしたい。

そういう願いもあってアリューシアに時間を頂戴出来ないか聞いてみたところ、まあそこの問題はなさそうだった。

「…………」

ただ、もう一人の少女の方はそう素直には従ってくれなさそうなんだよなあ。

彼女はアリューシアを見て、更に表情を歪ませていた。そりゃスリの身からしたら、レベリオ騎

士団の団長なんて目を合わせたくもないだろう。

それは逆に、そういう類の人種にもアリューシアの顔は知られている、ということでもある。しっかり警戒されているということは、騎士団は常日頃から十分に役目を果たしているとも取れる。

しかし何にせよ、このままでは埒が明かない。

何とかしてここから移動したいんだが、付いてきてくれるかな。

「何も拘束しようって話じゃないよ。これは後でちゃんと返すから」

「……ちっ、分かったよ。手短に済ませろ」

俺の言葉に少女は少しの間逡巡した後、渋々ながら首を縦に振る。少なくとも危害を加えるつもりはない、ということくらいは伝わっただろうか。

普通のスリであれば、今は逃げるチャンスだ。

誰も彼女を拘束していないし、何なら警戒もしていない。ちょっと服が汚れている少女がおっさんの隣に付いてきているだけである。

それでも逃げないのはやはり、俺の持っているペンダントがあるからなのだろう。下手をしたら捕まるかもしれない。けれどそのリスクを呑んでまで、彼女はこのペンダントを取り返したいと考えている。

これが実はとんでもない値打ちものでした、という線もなくはないだろうが、それはちょっと考えにくい。

というのも、もしそうであればとっくに売り捌いているはずだからだ。スリを働くくらいなのだから、金目の物を換金せずに持っておく必要がない。

まあ結局、俺がどれだけ考えても正解は分からないんだけどさ。

「それでは、応接室を使いましょうか」

「分かった。ほら、おいで」

「うるせえ。ガキ扱いすんじゃねえ」

どう見てもお子様なのだが、そこは突っ込まないであげよう。

そして少女の反応を見て、アリューシアがピクリと眉を動かしたのを俺は見逃さなかった。いいぞ、その流れでキツいお灸を据えてやってほしい。

で、庁舎内を歩くことしばし。

俺が実家から追い出された時の相談にも使っていた一室に、三人が足を運ぶこととなった。

「それで先生。その子は一体……？」

全員が椅子に腰掛けたところで、アリューシアが口を開く。出てきた疑問は、一番気になるであろう少女の存在についてだった。

「結論から言うと彼女はスリで、昨日俺の財布がスられかけた。で、このペンダントを俺が拾ってね。どうやら彼女のものらしくて、回収に来た」

「な……」

「ただ、俺は彼女を突き出そうとは思っていないよ。今のところはね」

勿体ぶっても仕方が無いので、端的に事実のみを告げる。

俺の言葉に一瞬言葉を失うアリューシア。中々珍しい表情だ。だが騎士団長としての矜持か、そんな珍しい顔は早々に鳴りを潜め、次いで冷ややかな視線が隣の少女を見つめる。

「……んだよ……」

その少女はそれなり以上に緊張していた。借りてきた猫みたいになっている。

そりゃそうだろう。いきなり訳の分からないまま正体不明のおっさんとレベリオ騎士団長と、密室で密会である。緊張するなと言う方が無理な話である。

「はあ……先生がそう言うなら、ここでの拘束はしませんが……」

一つ息を吐き、アリューシアが仕方なくと言った体で言い放つ。

まあ、現状だとやろうと思っても出来ないんですけどね。

この国の法は割と平和的というか、余程の犯罪でなければ基本的に親告か現行犯じゃないと効力を発揮しない。

この子の場合で言えば、直近で直接の被害者である俺が突き出すか、スリの現場を押さえられないと逮捕が成立しないのである。

言ってしまえばたかが盗みだ。

表現は悪いが、人命が直ちに危険に晒されるわけではないので、こういうところは割と緩いというか穏当な国家なのである。

ただ、俺が彼女を突き出さないのは一応他にも理由がある。

「それでまあ、俺はスられちゃいないんだけど。とっ捕まえようと思ったら、魔法で反撃を食らってね」

「魔法……ですか？」

次いで、気になったところを伝えておく。アリューシアならこれだけで、俺が何が言いたいかは分かるはずだ。

ヘンブリッツ君との話では、可能性は低いものとして結論付けていた。俺も低いと思う。あの時はそれで納得していたし、筋も通っている。

だが魔装具ってやつは魔法の使い手ほど貴重ではないにせよ、それなり以上に値が張るものだ。以前クルニやフィッセルと西区の商店を覗いた時に痛感した。魔装具、お高いんですよ。

更に、直接攻撃的な効果を発揮する魔装具はことさら数が少ない上に高級品である。そんなのがありふれていたら、犯罪の温床になっちゃうからね。

となると、スリ程度が何故そんな魔装具を持っているのかという話になる。

盗んだのか、誰かからの譲り物か。普通の物品よりも足は付きやすいだろうから、売り捌くのも難しいと判断して、盗んだ物をそのまま利用している可能性もあるが。

俺を退けたあの炎の出どころは、果たして魔法か魔装具か。

これ多分、地味に重要なところだと思う。おっさんの勘がそう告げている。あんまり当たったことはないけれども。

「貴方、魔法が使えるんですか？」

「……教える必要ねーだろ」

「あります。この国を預かる騎士の一人として、魔法の才を持つ者を野放しにするわけにはいきません。それは貴方も知っているでしょう」

おお、思ったよりグイグイ行くなアリューシア。

少女も否定しないあたり、本当に魔術師の卵である可能性が出てきた。ローブの下に装備していたのなら分からんが、見る限りそういう類の装飾品も見えないしな。

「貴方がもし魔法を使えるのなら、身を窶《やつ》す必要はありません。何より、貴方のような少女が憂き目に遭っていること自体、我々としては看過できません。我々が味方になれるかは分かりませんが、少なくとも敵ではないですよ」

「…………うるせえ」

アリューシアが攻め落としにかかっている。怒濤の勢いだ。

仮にここでアリューシアがこの少女を魔術師学院に推薦したとしても、アリューシア個人の懐は何も温まらない。にもかかわらずここまで押すというのは、偏に彼女の人格が表れていると言えるだろう。

「最初にも言ったけど、俺は君を陥れたいわけじゃないんだ。スリ未遂から始まった奇妙な関係だけどね」

おじさんもここで援護射撃を飛ばしておく。

隣に座る少女から感じられる感情は、緊張と不安。ただ、警戒の色は大分薄れているようにも思えた。

しかし言う通り、変てこな縁である。スリを働いた子をしょっ引くわけでもなく、何とかしてあげたいと思っているんだからな。

残念ながら俺は英雄じゃないし聖人でもない。貧困に悩んでいる子供たち全員を助けるなんて不可能だ。

ただまあ、たまたま手の届く範囲にそういう子が居て。

たまたま何とか出来そうな手段が転がっていたら、そりゃ何とかしてあげたくなるのが人情というものだろう。

「……足りねえんだ」

「うん？」

しばらくの沈黙の後。

意を決したような声色で紡がれた言葉。

「……姉さんを生き返らせるには、金が足りねえんだよ」

少女の顔には、決意と苦痛が入り混じっていた。

え、何？　そっち系の話？

おじさん魔法はさっぱり分かりません。思わず目を少し見開いたが、特に取れるリアクションもなく、無言の間が続く。

うーん。生き返らせるときたか。

随分とキナ臭い予感がするけど、どうなんだろうね。

少女の告白を機に、しばし静寂に包まれる応接室。

生き返らせるってどういうことだろう。いや文字通りのことだと思うけど、なんで彼女のお姉さんは亡くなったんだ。そもそも蘇生魔法とかあるのか？

ただの一言に付随する情報量が多すぎる。おじさん少し混乱。

「時間も金も足りねえ。だから……」

「犯罪に手を染めている、と」

「……」

言い淀んでいた言葉の先を、アリューシアが代弁する。

少女の顔は何というか、どんどんと悲痛の色合いが強くなってきていた。

多分、本人だってこれが悪いことで、本来なら罰せられて然るべきってことは十二分に理解しているんだろう。更に、好き好んでやっているわけでもなさそうだ。

うーん。個人的には十分情状酌量の余地はあると思うのだが、そこは俺が口を挟むところでもあるまい。俺はただのおっさんであるからして。

「しかし……いえ、止めておきましょう」

次いで何かを言いかけたアリューシアだが、途中でその言葉を止める。視線は主に俺へと注がれていた。

うんうん、言いたいことは分かるよ。

蘇生魔法なんてあるわけないじゃんって言いたいんでしょ。

俺だって突っ込みたい気持ちを頑張って抑えている。

俺は魔法についてはてんで無知だし、仕組みについても全然詳しくない。それでも、蘇生魔法なんてものは存在しないだろうくらいの予測は付く。もし蘇生魔法がこの世に存在していたら、世界の有り様はもっと違っていたはずだからだ。

だが、それを今眼前の少女に力説するのも、現時点ではあまり意味のない行為のように思えた。

「ちなみに、幾ら足りないの？」

とは言え、どうにもこの類の沈黙は居心地が悪い。

重たい空気はおじさんあまり好きじゃあない。茶化すつもりは毛頭ないが、とりあえずといった体で俺は、話題の間合いを少し外にずらした。

「……言われたのは、五百万ダルク」

「……それはまた、大金だね」

少女は俯き加減のまま、俺の質問に静かに答えてくれた。

五百万ダルクね。確かに真っ当に勤め人をしていく上では中々貯まらない金額だ。

言われた、ということは、誰かからその金額を提示されたということ。どうにも嫌な予感というか、彼女を体よく利用している存在が背後にチラつく。

あーやだやだ。おじさんそういう輩《やから》大っ嫌いです。

判断力に乏しい子供に犯罪の片棒を担がせるなど、大人の風上にも置けない連中だ。

「すみません、少し席を外します」

「ああ、うん、分かった」

と、ここでアリューシアが応接室から離脱。

俺がこう言うのも何だが、俺に用件を言わずにその場から居なくなるってのはちょっと珍しいムーブだ。何か急用でも思い出したのだろうか。

「……」

「……」

結果出来上がったのが、おっさんと少女が二人で沈黙するこのシチュエーション。うーん、苦しい。今すぐこの場にクルニを召喚したい。

「……お姉さんは、どうして亡くなったのかな」

で、沈黙を嫌って出してしまった話題がこれである。

言ってすぐに少し後悔した。間違ってもこの空気でぶっぱなす質問ではなかった。

「……分かんねえ。ただ、死んだって聞かされた」

だが隣の少女は俺以上に、場の空気というやつを気にしていなかった。気にするほどの余裕がなかったとも言えるかもしれない。

ちらと横目に見てみれば、椅子に座って俯いたまま膝の上で拳を握っている様子が窺えた。

彼女の姉が何故死んだのか、どういう状況だったのか、俺には何も分からない。故に、彼女を慰める手段も持ち得ていなかった。いたずらに慰めの言葉を吐いてしまったら、少女の精神を余計に追い詰めてしまいそうだったから。

「……そうか」

そこで会話は途切れる。

間が持たなさすぎるぞ。アリューシア早く帰ってきて。

「そう言えば、もう一回聞くことになっちゃうけど」

「……んだよ」

しばしの沈黙の後、俺はふと思い返して言葉を紡ぐ。

思えば、俺と彼女はそこそこ話をしている——とても友好的とは言えないが——割に、基本的なことを何も知らないままだった。

「名前くらいは、教えてくれてもいいんじゃないかな。あ、俺はベリル・ガーデナントね」

「……ミュイ。ミュイ・フレイア」

「ミュイちゃんか、分かった」

「やめろ。ちゃん付けすんな。アタシはガキじゃねえ」

「ははは、すまない」

なるほどミュイちゃんね。態度の割には随分と可愛い響きである。ちゃん付けは嫌とのことだが、脳内では遠慮なくちゃん付けさせてもらおう。

ルーシーと違って彼女は見た目通りの少女だ。年齢で言うと十代半ば、もしくは前半くらい。具体的な年齢を聞く必要まではないが、若いというよりは幼い印象が先に来る。

言葉遣いといい態度といい、凡そ平均的な十代の子からは程遠い。

彼女が置かれていた環境がそうさせたのだろうが、生憎俺はやんちゃな子の相手は慣れているんだ。小さい頃から剣を嗜《たしな》む子供なんて大抵が腕白坊主だったからね。

「おいおっさん」

「ん、何かな」

やっと会話らしい会話が出来て、ほっと一息吐いていたところ、ミュイの方から話を振られる。

おっさん呼びを訂正しようかと一瞬迷ったが、まあそのままでもいいや。俺がおっさんなのは事実だからな。

「もういいだろ。そろそろ返せよ」

「ああ、そうだったね。ごめんごめん」

そういえばペンダントを俺が持ったままだったな。そろそろ返してあげてもいいだろう。

「返すよ。ただし」

「んだよ」

彼女の目の前でペンダントを翳《かざ》す。

「もう少しだけ、付き合ってもらうよ。何とかしてあげたいって気持ちはあるんだ」

「……ちっ」

返ってきたのは舌打ちだが、これは拒絶の舌打ちじゃないと思う。俺には分かる気がする。いや多分だけど。

まあ、名前は分かったから調べようと思えば調べは付くだろう。アリューシアがどこまで本腰を入れるつもりかは分からんが。

ペンダントを手に取ったミュイは少しばかりそれを撫でた後、大事そうに懐へと仕舞う。先程までの攻撃的な表情とは裏腹に、その一瞬だけは柔らかい顔であった。

「……お姉さんの、ものかな」

「……そうだ。これだけしか返ってこなかった」

悲しみを呑み込んだような声色。

ミュイは若い。身内の不幸なんてそうそう割り切れるものじゃないだろう。その態度から、姉を慕っていたであろうことも分かる。

ご両親はどうしているのかとか、別の疑問も湧いて出てくるが、それは一旦置いておく。何にせよ、五百万ダルクという大金を掠め取ろうと、ミュイを利用している存在が裏に居るってのはほぼ確実だろう。

本当に蘇生魔法が存在していたら話は別だが、その可能性は多分低い。機会があればルーシーやフィッセルに訊いてみてもいいかもしれない。

「すみません、戻りました」

「ああ、おかえり」

ミュイとの会話が一段落ついたところでアリューシアが帰って来た。

「さて、ええと……貴方についてですが」

「ああ、彼女はミュイというらしい」

「そうですか、ではミュイさん」

「……んだよ」

席に着くなり話し始めたアリューシア。その視線はがっちりミュイの方向に固定されている。どうやら席を外していた間に何かしらの進展があったようだが、何をしていたんだろうか。

「貴方の資質を確認するため、魔術師学院の者がこちらにやってきます。処罰を下すかどうかも含めてその後検討を――」

「来たぞアリューシア！　魔術師の卵を発見したと聞いて……なんじゃ、ベリルもおるんか。して、お主がそうか!?」

バダンッ！

応接室の扉が勢いよく開かれ、威勢のいい声が響く。勢いそのままにミュイへと食い付き、長く整えられたプラチナブロンドの髪が大きく揺れていた。

「んなっ！　な、なんだよお前!?」

その突然の登場に、大きな驚愕を露わにする少女。

うんうん、気持ちはよーく分かるぞ。俺だって初対面の時には何だこいつって思ったもんね。

でもね、その子魔法師団のトップなんですわ。残念ながら。

「おっと、驚かせてすまんの。わしはルーシー・ダイアモンド。レベリス王国魔法師団団長の座を預かっとる者じゃ」

上がりに上がったテンションをどうにか落ち着かせたルーシー。

相変わらずちっちゃいなーこの人。少女であるはずのミュイよりも明らかに一回り小さい。これで魔法師団の長というのを信じろってのに無理がある。

「……んだよ、ガキじゃねえか」

「誰がガキじゃ！　お主こそ小童ではないか！」

「誰が小童だ！」

「まあまあ、落ち着いて」

ほらね。こういう流れになるじゃん。

予想通りの返しを行ったミュイと、予想通りの反応を見せたルーシー。俺の時も同じようなやりとりしたなあと、少し懐かしく思いながらも彼女たちを諭す。なんだか保護者にでもなった気分だ。

「ミュイ、彼女が魔法師団の団長なのは事実だよ」

「……本当かよ……」

俺が再度説明を行うも、その視線からは疑いの色が晴れない。

うーん、俺の時は分かりやすく魔法を実演してもらったというか、ルーシーが勝手に炎を生み出してしまったんだが、この狭い室内でそれは流石に都合が悪い。

しかし、何とかして信じてもらわないことには話が進まない。さて、どうしたものか。

「ほれ。これで納得出来るかの？」

「……！」

と思っていたら、ルーシーが手のひらの上に小さい燈火《ともしび》を発生させる。

お前俺の時にもそれをやれよ。何であの時は豪炎だったんだよ。おじさん納得がいかない。

「……まあ、魔術師だってのは信じてやる」

ルーシーが生み出した燈火を見て、やや認識を改めたミュイ。

少なくとも、魔術師でなければ中空にいきなり炎は生み出せない。納得してくれてありがたい限りだが、こいつ何で俺の時はそうしなかったの？　今聞くことじゃないのは分かり切っているのだが、気になって仕方がない。

「で、お主が魔法の素養を持っておる者じゃな？　いやあ有り難い有り難い。魔術師はいつの時代も不足しとるからのー」

炎を仕舞い込んだルーシーが上機嫌に話す。

「その前にルーシーさん。彼女は少々事情が込み入っておりまして」

「ほう？」

そこにアリューシアが、一旦区切りを入れた。

恐らくこのテンションの上がり方からして、ミュイに関する詳細は伝わっていないと見た。アリューシアがどうやってルーシーにこの事態を知らせたのかは分からんが、タイムラグがほとんどないということは、ほぼすっ飛ぶようにして出てきたのだろう。

そもそも、ミュイの素性や蘇生魔法というワードが伝わっていれば、今こうはなっていないはずである。

普段の行いはひとまず置いておくとして、魔法に対してはとことん真摯なはずのルーシーが、その話題をスルーするとは思えなかった。

「ルーシー。一つ聞きたいんだけど」

「ん。なんじゃ？」

ミュイが居る前で、これを聞くのは果たして正しいのか。

ただ、遅かれ早かれ彼女には真実を告げるべきだと思う。

あるならあるでそれは良しとして、折角の魔法の才能をならず者に落としてしまうのは多分ルーシーが許さないし、ないならないでミュイのフォローも準備しておいた方がいいだろう。

どうか暴れ出すことがないように祈るばかりだ。

「蘇生魔法とかって、あるのかな」

「ない」

からからと上機嫌な音を鳴らしていたルーシーが、はたとその動きを止める。

齎《もたら》された答えは、酷く簡潔で、残酷だった。

「う、嘘だ！　嘘を言うな！」

「嘘など吐かんよ。蘇生魔法なんてものは、この世に存在せん。それこそわしの命をかけてもいい」

にわかに騒ぎ出したミュイの言葉を、切って捨てる。

ルーシーの表情は、真剣であった。間違っても冗談を言っている類の顔ではない。そんな顔も出来るのかと、いまいち的外れな印象を抱いてしまうくらいには。

魔法師団の団長ということは、この国で一番魔法に精通している者と見てほぼ間違いないだろう。そのルーシーが、言葉を一切濁さず否定した。無論、まだその方法自体が見つかっていない可能性は残るものの、流石にそうであれば断言はしないはずだ。

「う、嘘に決まってる……そんな……そんな……ッ！」

「……ベリル、アリューシア。こりゃ一体どういうことじゃ」

ミュイの慌てぶりから、ただの冗談の延長で蘇生魔法の話を振ったわけではない、程度には誰でも察しが付く。ルーシーの視線は俺、アリューシアと流れ、再び俺の方に定まった。

いやそこはアリューシアに尋ねてくれよ。ただのおっさんと騎士団長だったら騎士団長を優先するでしょ普通。何で俺やねん。

アリューシアもルーシーの視線が俺の方へ向いているのを確認したからか、完全に語り手を俺に譲ったように見える。

「あー……実はね……」

うーん、致し方なし。

俺はミュイと知り合った経緯と、彼女の魔法について、そして話に聞いた姉と蘇生金のことをルーシーに伝えた。

「……なるほどの」

一通り説明を黙って聞いていたルーシーは、静かに頷く。

その顔に、蔑みや憐れみの色は見えない。ただただ真剣に話を聞いてくれていた。

「さて、ミュイとやら」

「クソ……なんでだよ……どうして……！」

ルーシーがミュイへと話しかけるが、反応がない。顔は俯き、目線は漂い、ぶつぶつと呟きを続けている。

予想はしていたが、かなりのショックを受けているみたいだな。

ただそれでも自暴自棄になっていないあたり、彼女の精神力が窺える。まだまだ肉体的にも精神的にも幼い子供だ、ギリギリで耐えられているだけでも十分だろう。

蘇生魔法の話を誰かから聞いたとしても、普通なら一笑に付すか、そもそも相手にしない。それが如何に非現実的なことかくらい、一般的な教養があれば分かるからだ。

ただし、それが幼い子供相手であれば話は変わる。もしまともな教育を受けていないのなら尚更である。成熟していない子供に嘘やまやかしを教え込み、非道の道へ引きずり込む。

俺自身が経験したわけじゃないが、よく聞く話だ。

俺の道場に通っていた子供でも様々だった。いいところの出で利発な子も居れば、そんなことも知らなかったのかというくらい、無知な子も居た。

子供の世界というものは、驚くほど狭い。

知見を広めるにも、幼少の身では限りがある。

そんな中で、表向きは理性的友好的に接触してくる大人の甘言を全て信じ込んでしまうのは、無理からぬことだろう。

――だからこそ、許し難い。

剣術は、何も剣を振るうことだけを教える場じゃない。

剣を通じて、それこそ色んなことを教える場であり、学ぶ場でもある。少なくとも俺はそう考えている。

皆聖人であれ、とまでは俺も思わないが、少なくともいい年こいた大人には、何も分からぬ子供を最低限導く義務がある。

それはある時は親であったり、ある時は上司であったり、ある時は師匠であったりするわけだが、何にせよ、ミュイを誑《たぶら》かした者は大人の風上にも置けん奴だ。

きついお灸が必要なのはミュイではなく、どうやらその更に上に居る、黒幕のようである。

まあ、俺が具体的に何か出来るわけでもないのだが。形容し難い、モヤモヤとした鬱憤だけが溜まっていく感じだ。

「おい、ミュイとやら」

「そんなこと……そんなことってあるかよ……」

「ミュイッ!!」

「……ッ！」

ルーシーの叫びにも近い大声が、室内に響く。

その声を聴いてやっと、ミュイは視線を少し上げた。

「お主にそのことを教えた者は誰じゃ」

「……知って、どうすんだよ……」

「ぶちのめす」

彼女の答えは、先程と同じく簡潔だった。

「お主のような幼子を誑かし、あまつさえ悪事に手を染めさせるような者を野放しにはしておけん。それに、魔法の在り方を侮辱した罪は重い」

真摯な眼差しで力説するルーシー。

失礼ながら、彼女にもそういう視点での怒りがあることに、少し意外な気持ちだった。魔法馬鹿だってことは知っていたが、まあそれ以上に善良な倫理観を持っていなければ、魔法師団の長なんて務まらないか。

一般的な観点から述べれば、ミュイに嘘を教え込んだ者は到底許されるべきではない。

ぶちのめすのは騎士団か魔法師団あたりにお任せするとしても、その気持ちには大いに同意したいところだ。

「……んなことしたって、もう姉さんは……」

対するミュイの反応は、鈍い。

きっと彼女はその者の言葉を頑なに信じ、姉を生き返らせるためだけに悪事に手を染めてきたのだろう。その梯子がルーシーの言葉で突如外され、茫然自失に近い状態にある。

ただ、それでも意思疎通が取れているだけまだマシだ。本当、幼い子のはずなのにそのメンタルの強さには恐れ入る。

「ミュイよ」

椅子に座るミュイの傍にルーシーが腰を下ろし、握られた拳に手を重ねる。

「お主の姉君については気の毒に思う。じゃが、このままお主に嘘を教え込んだ者を放置していてはお主も、そして姉君も侮辱されたままじゃ。それでよいのか」

「……」

ミュイの視線は、下を向いたままだ。

こういう時、かける言葉ってのは案外難しい。変に慰めても意味がないどころか、下手したら逆効果。その点、ルーシーの言葉選びはほぼ満点と言っていいだろう。

彼女を誑かした誰か。そいつはミュイのことは勿論、ミュイの姉の死を利用した甘言によって、その姉をも侮辱している。

俺は英雄でも義賊でも正義漢でもない。

確かに憤りは覚えるが、その志を燃やして行動に移せるほど身軽じゃないし、ミュイとの関わりも薄い。

だが、ルーシーは違う。

関わりが薄かろうが、相手が盗賊崩れだろうが関係がない。彼女は俺なんかよりも遥かに上等な、感情の軸を持っている。核と言ってもいい。

その感情の流れに彼女が従った結果、初対面でいきなり腕試しを吹っ掛けられたりしたわけだけども。

しかし今回この場合においては、彼女の軸は正しき方向へ発揮されているように思えた。

「……よくねえよ。よくねえに、決まってる……」

「そうじゃ。お主の尊厳も、姉の尊厳も守らねばならんものじゃ。そして、それを守れるのはお主しかおらん」

絞り出すように発せられたミュイの言葉に、ルーシーが躊躇なく応じる。

俺とアリューシアが完全に空気と化しているが、まあこの空気を邪魔してしまうのも違う気がするしな。ここは沈黙を保つシーンと見た。

接点を持ったのは一番最後ながら、ミュイの心に今一番迫っているのは間違いなくルーシーだ。

蘇生魔法の有無から発生した話題のすり替えも見事である。ミュイの心痛を、上手いこと外的要因へとシフトさせていた。

ここら辺は流石だな。年の功とでも言っておくべきかな。いや、茶化す空気でもないし別に茶化すつもりもないんだけど。

さて、ここから一気に解決、と行けばいいんだが。どうだろうね。

「……アタシに蘇生魔法の存在を教えた奴の……名前は知らない。〝宵闇〟とだけ名乗ってた……」

「宵闇……」

つらつらと語り始めたミュイ。

当然と言うか何というか、出てきた単語に俺はまったく心当たりがない。宵闇というのも多分、通り名か何かだろう程度の予測は付くが、じゃあそいつがどんな奴なのかは全然分からんのである。

「宵闇……恐らく、『宵闇の魔手』のことかと」

「アリューシア、知っているのかい」

聞き役に徹するしかなかった俺が発することの出来る言葉は、これくらいしかなかった。

「ええ。最近首都周りで時折名を耳にする盗賊団です。宵闇と本人が名乗ったのであれば、その頭目である可能性もありますね」

「わしも聞いたことはある。ここぞやっとる小物じゃろ、どうせ」

うーん。その宵闇さんとやら、どうやらあまり評価は高くない模様。

まあそれは言ってしまえばその通りで、レベリオ騎士団長と魔法師団長が揃って大物と言うくらいの人物であれば、もっと大事になっているはずである。それこそ討伐隊が組まれるなり何なりしているはず。

そうでないってことは、逆説的に大したことが無い連中というわけだ。あくまで常識の範疇で考えるならね。

「そんな小物に良いようにされては、お主の尊厳も廃《すた》るというもんじゃ。安心せい、わしがボコボコにしてやる」

「……アタシは、信じてたんだ……。信じて、たんだよ……」

言葉に詰まる。

確かにその宵闇とやらを蔑み過ぎてしまえば、そんな奴の言葉に踊らされたミュイをも下げることに繋がってしまう。

「……いや、そうじゃな。すまんかった」

ルーシーが、少しばつが悪そうに呟く。

経緯も合わさって、ちょっとすれている年頃の女の子の相手って中々難しい。これがただの悪ガキなら話は早いんだけど、ことはそう単純じゃないからなあ。

「そういえばお主、両親はおらんのか？」

続くルーシーの言葉に、思わず目を見開く。

えっ？　それ聞く？　今？

絶対ワケアリじゃん。普通に考えて居るわけないじゃん。居たら盗賊やってないでしょ。こいつ本当に空気読んだり読まなかったりするな。

「……親は知らねえ。物心ついた時から姉さんと一緒だった」

「……お主、もしや南東区の生まれか」

「南東区？」

出てきた単語に、疑問符が湧く。

首都バルトレーンは文字通り中央区を中心に、東西南北の区に分かれている。南東区なんて括りは聞いたことが無い。

俺が知らないだけ、という線も薄い。バルトレーンは王国内外からの観光客、それを抜きにしても人と物の流通はかなり多い。

それ程の大都市となれば、ある程度明確な地理が判明している。クルニと西区に行った時に聞いた説明でも、そんな区の名前は耳にしなかった。

「……東区と南区の境目は地価が安く、治安もあまりよくありません。便宜上ではありますが、市井ではそういう呼び名も――」

「……あー、大丈夫だよアリューシア。もう分かった」

珍しく苦い顔で説明を口にするアリューシアを制する。

そこまで聞けば、俺なんかでも予測は付く。

要するにあれだ、貧民街とかそういうやつだな。

治安維持をお題目に掲げる騎士団からすれば、そんな区の存在自体を認めにくい。我々は務めを果たせていませんよ、と世間に公言するのと同じだからだ。

無論、騎士団だけの責任でもない。これは行政だとかそういう類の話になってくる。片田舎に住んでいる分にはまったく縁のない話だが、集落の規模が大きくなると、色々なしがらみもあるんだろう。

「言っておくが、南東区出身の魔術師もおるぞ」

「別に何も言ってないんだけど……」

俺とアリューシアのやりとりをどう捉えたのか、ルーシーが要らん補足を入れてきた。

いや俺だって、そんなところで差別するつもりはないよ。それを言えば、うちの道場にだって身元がいまいちよく分からん奴も居たんだ。

「どこの生まれでどこの育ちであってもミュイはミュイだし、あるのは魔術師の才能を持っている一人の少女って事実だけだろう」

「そういうことじゃな」

当然、盗みを働いたという事実も消えないから相応の罰則というか、お仕置きはあって然るべきだと思う。

それで罪を清算してしまえば、彼女は綺麗な身だ。堂々と魔術師学院に足を運べばいい。その前に、燻《くすぶ》る未練と懺悔《ざんげ》の残滓を取り除かねばならないが。

「すまんの、話が逸れた。ミュイよ、その宵闇とやらが何処におるか分かるか？」

「……居るかは分かんねえ。けど、アタシらが根城にしてる場所は中央区にある」

「……中央区にあるんだ」

ミュイの言葉に、思わず反応してしまった。

俺だって中央区をくまなく調べたわけじゃないし、そこまで地理に詳しいわけじゃない。けれど、少なくとも俺の目に入る範囲で、そんな物騒な連中が固まっているような様子は見られなかった。

いや、忍んでいるからこそ俺のような一般人には分からないのか。

「……アリューシア。騎士団としてはどう動く？」

「そうですね……聞き取りをもとに騎士の巡回を強化させ、居所がはっきりするのであれば、突入も視野に入るでしょう」

俺の問い掛けに対し静かに語る騎士団長の姿からは、その口調とは裏腹に強い意志が感じられる。

首都の治安を預かる身としては、他人事じゃ済まされないだろう。悪の巣窟が身近にあると知って静観を決め込むほど、この国直轄の権力は落ちぶれちゃいないはずだ。それを纏める人物がアリューシアであれば尚のこと。

で、だ。俺としてもその突入には吝《やぶさ》かではない。

特別指南役とかいうポジションが外的にどこまで作用するのかは分からんが、折角結ばれた縁だ。俺の力が役に立つのなら、協力は惜しまないつもりである。

まあ、相手が戦闘に特化してない盗人やらそこら辺相手なら何とかなるでしょ。

「なーにを呑気なことを言っておる」

アリューシアに組織としての動きを問うていたところ、ため息混じりにルーシーが横槍を入れてきた。

「今から潰すぞ。ミュイ、案内せい」

「今から!?」

俺とアリューシアの声が、重なった。

「い、今からって、本気かい？」

「本気じゃ」

俺の疑問ににべもなく答えるルーシー。

確かに何事も、物事を進めるのは基本的に早い方がいい。それは間違いないんだが、それにしたって判断が早すぎる。即断即決どころの話じゃないぞ。

いやまあ確かに、なあなあで後ろに延ばしてマシになる話でもないから、悪の芽は早目に摘んでおきましょうというのは分かる。

でも、じゃあ今から行きましょうってのはちょっと難しいんじゃないかな。ピクニックじゃないんだからさ。

「私も性急かと思います。準備と周知の時間を取るべきかと」

「相変わらず堅いのーアリューシアは」

なんてことを考えていたら更に反対の声。俺などとは違って、ちゃんと理由付きで反対意見を述べるアリューシア。

そんな俺たちの言葉を、さも面倒くさそうに切って捨てたのがルーシーである。

「ちゃあんと理由があるんじゃぞ、一応な」

しかしその表情からは、蔑むような視線は感じられない。突然だという俺の驚きと、準備すべきだというアリューシアの言葉をしっかりと受け止めた上でなお、即断の突入を支持している知性が窺えた。

「まず、そやつらの素性じゃが」

ピンと人差し指を立て、ルーシーが続ける。

「正直これはわしもよく分からん。しかし、アリューシアもわしも、その名前を耳にしつつもそやつらは未だに捕まっておらん。それなり以上に聡いじゃろうな」

「であれば、尚更準備するべきじゃないのかい？」

騎士団や魔法師団が治安維持に対して、どのような姿勢で臨んでいるのかは分からない。まあ少なくとも、見敵必殺ってわけじゃないだろう。いくら権力を行使する側の組織であっても、そう好き勝手は出来ない。

ただ逆に言うと、悪を放置しているわけでもないはずである。

その意味で行けば悪行というか、悪名がそれなりに広まっている割に尻尾を摑まえられていない、というのはまあまあ厄介だ。逃げるのが上手いとも言える。

だからこそ入念に準備をして、逃さないよう策と手勢を整えるべきだと思うのだが。

「逆じゃ。そこら辺は主に騎士団の領分じゃが、そんな悠長なことをしとったら、やつらまた逃げるぞ。ミュイがこっちにおるという情報の優位がなくなる」

「……なるほどね」

言わんとしていることは分かる気がする。

騎士たちを使って聞き込みを行うにしろ周囲の巡回を強化するにしろ、何かしらのアクションを取れば、耳聡い相手はきっとその動きを察知する。

悪いことをしている自覚のあるやつらだ、自分たちが捜されている立場になったと勘付けば撤退は早いはず。元々その動きが早いからこそ捕まえられていなかったわけだし。

なので、こっちが捜しているという情報すら漏らさず、一気に一網打尽にしよう、という魂胆だな。

普通なら賊の根城を探るところから始めねばならないが、今こっちにはミュイという切り札がある。彼女が場所を知っているから、一直線に突っ込めるわけだ。

「それに準備期間を置くとして、その間ミュイはどうするんじゃ。保護するにしても、こやつが戻らなければ不審にも思われるじゃろ」

「……アタシは別にお前らに助けられなくても生きていける」

「盗みを働かずにか？」

「……ちっ」

まあ、無理だろうなあ。

盗みを続けるなら話は別だが、それを容認出来る人間は残念ながらここには居ない。唯一の例外は魔術師学院にぶち込むことだとしても、それをするにはまだ物事の順番が整っていないからな。

しかし、思ったよりもミュイの精神の立ち直りが早い。もうちょっと引き摺るかと思ってたんだが、多少気落ちはしているものの、出会った時と同じような気概も見せている。

きっとまだ燻ってはいるだろう。けれど、それはどうにもならないものだと彼女も幼いながら気付いているのかもしれない。

死んだお姉さんは、二度と帰ってはこない。

もしかしたら、薄々は勘付いていたのかもしれないな。ただ、その現実を認めたくなくて、今までずるずるときてしまった、という風にも見える。

その燻りにしっかり決着をつけるためにも、宵闇さんとやらにはキツいお灸を据えねばならない。いや私刑は禁止されてるから、実際に俺がボコすわけでもないんだけど。

「よし、善は急げとも言うじゃろ。行くぞミュイ、ベリル」

「えっ、俺？」

俺なの？

てっきりアリューシアを連れて行くと思ったんだけど。

というかそもそも俺は今丸腰である。愛用の剣はぶち折れちゃったし、持っていけるものって木剣くらいしかないんだが。

「アリューシアは目立つからのー。騎士団長がうろついとったら下手したらそれだけで逃げるぞ」

ルーシーはルーシーで目立つと思うんだけど。

遠目にはただの幼女にしか見えないかもしれんけどさあ。

「いやまあ、それはいいんだけど……俺、今丸腰だよ？」

「木剣でええじゃろ。たかだか盗人相手に真剣を振るうつもりか？」

「えぇー……」

そりゃ俺だって人殺しをしたいわけじゃないが、相手がどんな武装かも分かってないんだぞ。流石に危険じゃないかなあとおじさん思うんですが。

「なに、お主の力なら問題ありゃせん。いざとなったらわしが守ってやるでな」

「はあ……分かったよ」

不安は拭い切れないが、まあルーシーという大きな戦力が一緒に行くだけマシだろう。最悪ミュイだけ守って撤退でもいいわけだしな。

ルーシーは知らん。というか俺を守ると言っている通り、このレベルの魔術師が盗賊程度に後れを取るとは思えない。

「ミュイもそれでよいな？」

「……ああ。分かった。案内してやるよ」

いつの間にかこの場を完全に仕切るようになったルーシーから、最後の確認が飛ぶ。その声を聞いたミュイは数瞬の沈黙の後、了承を返した。

「ルーシーさんと先生であれば問題はないでしょうが、お気を付けて」

「うむ」

「ああ、ありがとう」

最後にアリューシアから気遣いを頂戴し、俺とルーシー、そしてミュイは騎士団庁舎を後にする。

辺りは日が傾きかけ、もう幾分かすれば西の地平に灼熱の根源が収まろうかという時分だ。

折角の速攻を仕掛けるんだ、日が沈む前には全てを終わらせたいところである。

「そういえばミュイよ。お主はどこまで魔法を使えるんじゃ？」

中央区をミュイの案内で歩きながら、しかし手持無沙汰となったルーシーが先導役に話を振っていた。

「……炎しか出せねえよ」

「ふむ。魔法の基礎は誰に教わったんじゃ」

「知らねえ。気付いたら使えてた」

「なるほどのぉ。優秀じゃな」

「……ふん」

短いやり取りが続く。

しかし容姿だけで判断するのであれば、二人の姿は少女が談笑しているのとそう変わらない。幼い女性二人、おっさん一人の組み合わせは実にアンバランスである。誰かに声でもかけられたら言い訳が苦しい。いやルーシーが居るから大丈夫だとは思うんだけど。

しかし気が付いたら魔法を使えてたって、魔術師の才能の発現は本当にわけが分からん。そりゃ国をあげて確保に走るはずだよ。路傍の石がいきなり金に成るようなもんだ。みすみす見逃したくはないだろうな。

「ところでルーシーは、どうやってこのことを知ったの？」

話のついでと言っては何だが、俺も気になった点を聞いておく。

多分、アリューシアが一時的に退席をした際に伝わったのだろうと予測は付くが、じゃあどうやって情報を飛ばしたのか、その方法に予測が付かなかった。

「通信用の魔装具じゃよ。騎士団庁舎や魔術師学院といった主要施設には配置されておる。ちなみにわしの家にもあるぞ。まあ、魔装具というには少々デカいがの」

「へぇ……便利なもんだ」

なるほど、そういう魔装具もあるのか。本当に幅広いなあ。

便利だなとは思うが、俺はそんな不特定多数と頻繁に連絡を取り合う必要性もないしな。何かあればアリューシアを訪ねれば解決するし。

それに、俺に対して連絡を必要としている相手も特に居ない。騎士団庁舎に行けば大体なんとかなるもんね。

気になるのはせいぜいが実家くらいだが、あのおやじ殿とランドリドだ、きっと上手くやっているだろう。

うーむ。そう考えると、俺の交友関係はもしかしたら存外狭いのかもしれない。

元が片田舎の出身だから、広く浅く誰かと知り合うこともなかったし、通信用の魔装具が必要になるシーンなんて想像もつかない。これが俺の中での通常だから、別に不便はないんだけどさ。

「おい。そろそろ着くぞ」

他愛もない話をしていると、ミュイから険のある声が届く。

仮にも、今まで身を寄せていたホームを結果裏切ることになってしまったミュイに対し、思うところはある。彼女だってこの流れに、百パーセント納得はしてないだろう。

今まで過ごしてきた日々が、世間的に見てよろしくないものであったとしても、ミュイにとっては間違いなく生活の、そして人生の一部分だった。年齢から言えば大部分と言ってもいいかもしれない。

ただ、幸か不幸か彼女は俺と巡り合い、アリューシアと巡り合い、ルーシーと巡り合ってしまった。奇妙な縁の繋がりが、彼女の今までの日常を食い破ろうとしている。

願わくは、これから訪れるであろう彼女の新しい日常が、どうか彼女にとって不幸でないことを祈るばかりだ。

まあ盗賊に身を落とすよりは、綺麗さっぱり罪を清算して魔術師学院に入った方がマシだとは俺も思う。だからこそルーシーに手を貸しているわけだしね。

「見張りとかは居ないんだね」

「中央区のど真ん中じゃぞ、そんなもん逆に目立つわい」

辿り着いた先は、中央区のメインストリートから二本ほど道を挟んだ場所であった。

まだ日も沈んでいない時間帯、街行く人々はそれなりに居る場所である。立地もただの一軒家といった趣で、ミュイの案内がなければ本当に見向きもしないレベルだ。

「ミュイ。あの家で間違いないいんじゃな？」

「……ああ。間違いない」

ルーシーが最後の確認を取る。

さて、どう攻めるべきか。

中の間取りがどうなっているかは分からないし、中に何人居るのかも分からない。流石にすし詰め状態にはなっていないと思うが、こういうのは都合よく考えちゃダメだからな。

盗みを働く前提で考えるならいい立地だ。人も多いし店も多い。盗賊団としても、出来ればここを手放したくはないはず。見張りは居ないにしても、何かあった時にすぐ動ける程度の人員は整えているだろう。

ダンジョンアタックと同じだと思えばいい。常に最悪を想定し、その最悪を覆す心づもりで動く。

「よし、じゃあ行くかの」

「ん？」

色々と考えを巡らせていると、ルーシーが一歩二歩と件の家に近付いていく。

まさか魔法をぶっ放したりはしないよな？　ここは街中、それも首都バルトレーンの中央区ど真ん中である。家の横には更に別の家があるわけで、流石に外からぶっ壊すのは色々と割に合わない。

「たのもー！」

バタンッ！

勢いよく扉を開け放ったルーシーが叫ぶ。

あぁーそっちかあ。正面突破かあ。何か色々考えてたのがぜーんぶ無駄になった感じ。いやまあ、ルーシーらしいっちゃらしいんだけどさ。

「――ッ!?　誰だ！」

突然の来訪。

それに呼応するかのように、ガラの悪い怒声が開け放たれた扉の奥から響いた。

「……なんだ、ガキじゃねえか。どうした嬢ちゃん、迷子か？」

怒声を浴びせてきた男はルーシーの容姿を一目見て、少しばかり対応を改めていた。

曲がりなりにも中央区に拠点を構えている連中だ。表立って騒ぎを起こしたくない、という目論見はあるのだろう。

こちらとしても、今やったのは玄関の扉を派手に開け放っただけである。人の目もある以上、ここでの悪目立ちはあまりしたくないところだ。

ていうか鍵くらいかけておけよ。推定盗賊のくせに不用心だなあ。

しかし、ルーシーって実はあんまり世間に知られてなかったりするのかな。こんなナリで魔法師団の団長って立場なら物凄く目立つと思うんだが。

応対を行っている男は、ルーシーの事を魔法師団の団長と認識しているようには思えなかった。

「……ふむ。お主らが『宵闇の魔手』か？」

「――ッ！」

「おろろろ？」

「あっ……」

ルーシーが次の言葉を放った直後。男の動き出しは実に速かった。彼女の首根っこを素早く摑み、室内に放り込んだのである。

それからすぐに、バタン！　と音が響き、玄関の戸は固く閉じられてしまった。

「――ったくもう！　世話が焼けるなあ！」

考えなしに突っ込むからそうなるんだよぉ！

慌てて扉に張り付いてみるが、どうやら閉めると同時に施錠されたらしい。押しても引いてもうんともすんとも言わなかった。

「うーん……蹴破るか？　いや……」

いきなり扉をぶち破ってしまうのはちょっと外聞が悪い。

耳を澄ませば中の音も拾えなくはないが、街中というのはそれなりに雑踏があるものだ。室内の音だけを選んで拾えるほど、俺の耳は上等じゃなかった。

「うぎゃあああッ!!」

が、しかし。

迷っている時間をあざ笑うかのように、俺の耳がどうこうのレベルではない音量で、野太い男の叫び声が扉越しに響く。

「～～～ッああ、もう！」

中で何が行われているのかは分からない。

聞こえてきたのがルーシーの悲鳴ではないから、彼女が何かされているってことはないだろう。

ただ、悲鳴が響いた以上、迷っている猶予はなかった。

「ミュイ、下がって！」

「お、おい!?」

太腿に力を入れ、ガン、ガン、と、全力で扉に蹴りを入れる。

剣があれば木製の扉くらい簡単にぶち破れるんだが、今手元にあるのは木剣だけだ。原始的な手段に頼らざるを得ない現状、そして、そんな状況を作り込んでしまったルーシーの動きに気を揉む。

どうやら、備え付けられた扉の鍵はそこまで頑丈なものではなかったらしい。何度か蹴りつけると、ミシミシと不吉な音を立てながら少しずつ歪んでいく様子が分かる。

「……開いた！」

正確には壊れたとも言う。

息を入れて蹴り込んだところ、バギン、と不快な音を立てて、扉の鍵が壊れる音がした。すかさず扉を開け放ち、中へと侵入する。

慌てて中に入ってみれば、一人の男がのたうち回って倒れていた。声をあげて転がっている男は両手で顔面を覆っており、うっすらながら煙が出ているようにも見える。

あーあー、これはルーシーさん、やってしまいましたかね。

多分、顔面燃やしちゃったんじゃないかな。悪人かつ他人ながら、大火傷にはなっていませんように、と思わず心中で祈る。ああはなりたくないもんだ。

「な、何モンだてめぇら！」

一部始終は見れていないが、どうやらルーシーが何かを仕掛けたのは事実らしい。にわかに色めき立つガラの悪そうな男たち。

見回してみると、玄関をくぐった先のここはどうやら居間のようで、そこそこ広いスペースがあるようだ。部屋の中央に楕円型のテーブルが鎮座しており、人数分あったであろう椅子は散乱していたり、脚が砕けてたりしていた。

ざっと視界に入る中では、転がっている者も含めて男が五人、女が一人。奥には階段が見えるから、上の階にもまだ居る可能性がある。

「おぉベリル、ご苦労さん。しっかし無礼なやつじゃのー、いきなり放り込みおってからに」

騒ぎの中心であるルーシーからは、焦りは見られない。それに、罪悪感も見られないようだった。

倒れている男は呻き声こそ収まっているが、ゴロゴロと床を転がりながら顔面を押さえたままだ。

「あァ？　おいてめェこのガキ……！」

周りを囲んでいる男の一人から、声があがる。それは、十分に非難と苛立ちの色を帯びた音であった。

しかし、突然起こった不可解な出来事を前に、盗賊どもは動けない。うーん、まあいきなり飛び掛かられるよりはマシなのかな。

「けったいなガキ二人とおっさんかよ……ん？」

もう一人の男が、呟きながら視線を飛ばす。

その先が、ミュイのところで止まった。

「おい、そっちのガキ……お前、見たことあるぞ……」

その声色は、迷いから次第に確信へと変わっていく。

「……ッ」

指をさされたミュイが、少しだけ強張る気配を感じた。

「相手にしなくてもいい。君は正しいことをやっているからね」

ぽん、と、彼女の頭に手を置く。

ミュイが自分を責める必要は何処にもない。仮にこれが間違った行動だったとしても、それを推し進めたのはルーシーであり、俺だ。行動の責任を取るべきは俺たち大人どもであって、決して彼女じゃあない。

流れでつい彼女の頭に手が行ってしまったが、これ肩とかの方がよかったかもしれないな。おじさん小さい子にあんまり嫌われたくないんだよね。

いや、今の関係値が既にあまりよくないものだとは思うけどさ。

「お、お前、まさか……！」

ミュイを指差した手が、微かに震える。

その視線と非難の色が混じった声を受けて、ミュイはたまらずといった様相で視線を切り、俯いてしまった。

「……このクソガキがッ!!」

突然現れた敵対勢力。そしてその近くには顔に見覚えがある同業。それらの事実から、何かを察したのだろう。激高した一人の男がミュイに飛び掛かる。

しかし残念。

摑みかからんと伸ばされた手を、俺は腰の木剣で叩き落とした。

「ぐおっ!?」

「悪いけど、それなりには手を出させてもらうよ」

「いいぞベリルー。やってしまえー」

短い交戦の間、緊張感のないルーシーの声が交じる。

お前も働くんだよ。ちゃんとしろよ。いややっぱり適度に加減して欲しい。魔術師ってのは使いどころが難しいな本当に。

しかし、狭い室内だと木剣が振りにくくて仕方がない。襲ってきた男の力量から察するに、そこまで戦闘に長けているわけじゃなさそうだから何とかなりそうだけども。

「――なんだ、騒々しい」

飛び掛かってきた男を退けた直後、奇妙な沈黙が数瞬場を支配したところ。

奥の階段から、大柄な一人の男が顔を覗かせた。

「ボ、ボス！　侵入者です!!」

賊の女が、甲高い声で事実を端的に報告している。

ボスってことは、あのデカい男がこいつらのまとめ役かな。あれが宵闇さんだったら話は早いんだけど、どうだろうね。

「……宵闇……！」

なんてことを考えていたら、ミュイが重苦しく呟いた。

おお、じゃあああいつが宵闇で確定か。とっととしばき倒して撤収と行きたいところだ。後始末なりなんなりは騎士団に任せれば何とかなるだろうし。

「なんだお前ら。随分なご挨拶じゃないか。ここは王都のど真ん中だぜ？」

階段を下り切った男は、その図体からは想像も付かぬほど鷹揚に言葉を紡ぐ。

……デカいな、俺より上背がある。衣類の上からだが、身体つきも相当にしっかりしていると見えるな。男が歩く度にジャラジャラと、金属が擦れ合う音がする。見ればネックレスやブレスレットなど、幾つもの装飾品を身に付けているようだ。

その腰には、年季の入った小振りなショートソードが携えられていた。

「君が〝宵闇〟かい」

「答える義理はねえなあ」

念のため聞いてみるも、長髪を後ろに結った大柄な男は飄々とした態度で答える。

まあ否定しなかった時点で確定なんだけどね。というか侵入者ですとか叫んじゃった部下さんのおかげで、ここが盗賊団の根城ってことは確定している。

更にそこの女がこの男をボスと呼んでしまったので、彼がこいつらのまとめ役であることも確定してしまっていた。

つまり、仮にこの男が宵闇であろうとなかろうと、彼らをひっ捕える大義名分が出来上がっているわけである。

一番不味いパターンは、これがミュイの嘘あるいは勘違いで普通の市民を痛めつけてしまうことだったが、その事態は免れたようで何よりだ。

善良な市民を冷酷に扱ったとなれば、騎士団や魔法師団にもよくない話だろうしな。特に魔法師団はルーシーが出張ってきているから余計に。

「……おん？　お前、なんつったか……あー……確か……ミュイ、だったか。何してんだお前」

「……」

宵闇と思われる男が頭をがしがしと掻きながら、思い出したようにミュイの名を呼ぶ。

「ああ、そうだそうだ。どうしたよお前、こんな物騒な連中連れて来てよ。蘇生魔法で姉ちゃんを生き返らせるんじゃ――」

蘇生魔法。

その単語が出た途端、場の空気が変わった。

より具体的に言えば、ルーシーが明確に殺気を纏った。

「――魔法を冒瀆しとるのは、貴様か」

底冷えした声が、室内に響く。

「あん？　なんだチビ……お前、ルーシー・ダイアモンドか？」

余裕を持っていた男の態度も、あわせて変わる。

どうやら彼はルーシーの正体というか、彼女の立場を正しく認識しているようだった。しかし、口ぶりは疑問形である。どういう確度でルーシーのことを知っているのかが、ちょっと引っ掛かった。

「ふん、賊ごときにもわしの名は知られとるようじゃな」

「ははは、お会い出来て光栄だ。お前か、うちのミュイを誑かしたのは」

「誑かしておるのは貴様らじゃろうが」

「おぉ怖い怖い。ひでぇ話だぜそりゃあ」

互いに口撃は緩めない。

言葉でのけん制を図りながら、じわじわと距離を詰める宵闇。

どうする。ここは俺が前に出た方がいいか？

ルーシーの強さは俺が語るまでもないし、守るまでもないってのは俺も理解している。ただ、ここは室内で空間も広くはない。

室内でド派手に魔法をぶっ放すわけにもいかないだろう。それでは周囲への影響が大きすぎる。手合わせと称して俺とやり合った時は、中央区でも建物が少なく人も居ない、だだっ広い場所だった。

宵闇の手の内は未だ不明なままだ。何が出てくるか分からない。

奴が仮に戦士の類であれば、距離を詰められればその分打てる手も増える。不用意に距離を詰めさせるのは少し危険じゃなかろうか。

そうこう考えているうちに、互いの距離はあと一歩近寄って手を伸ばせば触れられるほどにまで縮まっていた。

「じゃあまあ、とりあえず……死んどくか？」

宵闇の眼光が、鋭く奔《はし》る。

ルーシーの眼前まで歩を進めた宵闇は、右腕を掲げる。ジャラリと、金属質な音が室内に響き渡った。

周囲の取り巻きどもは完全に見の姿勢だ。その表情は安堵や蔑み、余裕など様々である。余程ボスさんの腕前に信頼を置いているということだろう。

さて、宵闇は、ルーシーは、どう出るのか。

視線が二人に集まる。

俺も含めた室内に居る全員が、二人の動向を見守っていた。

先に動いたのは、ルーシー・ダイアモンド。小さなため息と同時、彼女は右手を翳す。

「――おごぅぇ」

次の瞬間。

宵闇の目がぐるんと回り、身体は力なく膝を突いていた。

「はぁ、くだらんのー」

やれやれと言った顔で感想を零すルーシー。

その表情には何というか、戦闘に勝った時のような高揚感もなければ、俺と手合わせした時のような満足感もなかった。

ただただ、がっかりだと言わんばかりの感情を乗せて、ルーシーは倒れた男へと冷たい視線を投げ捨てる。

いや、ちょっと待って。今何したのこいつ。

宵闇が右手を掲げ、それに合わせてルーシーが右手を翳したと思ったら、宵闇がひっくり返っている。

「い、今のは……？」

言葉が思わず口を突いて出ていた。

傍から見たら、宵闇がいきなりぶっ倒れたようにしか見えない。ルーシーが魔術師であるという前提がなければ、本当に突然自滅したようにしか見えなかったのだ。

「ん？　ベリルは一回見とるじゃろ？」

「ええ……？　……あー……」

言われて頭をひねってみれば、思い当たる節が一つ。

あれだ。彼女に初めて出会い、手合わせを吹っ掛けられた時。最後の最後、彼女はとっておきと言いながらその魔法を放った。偶然、俺は躱せたんだけど。

その魔法の名前は知らない。ただ分かるのは、彼女の「とっておき」が、躱すことはおろか防ぐことすら至難で、当たれば直接命にかかわる魔法であるということだけだ。

「安心せい、殺しはしとらん」

「あ、そう……」

どう見ても安心は出来ないのだが、まあ彼女の言葉を信じるしかないか。何にせよ、俺にはどうしようもないわけだし。

「ひのふのみー……六人か、面倒じゃの」

「……ひっ！」

ルーシーの眼差しが、倒れた宵闇からまだ無事な下っ端へと移った。

その小ささからは想像も出来ない暴力的な視線に、スリどもは思わず喉を鳴らす。気持ちは分からんでもない。俺だってあの魔法は絶対に食らいたくない。

「ベリル。後は任せる」

「えぇー……」

残った賊を視界に収めて、一言。彼女はそれだけ言い放つと、ミュイを手招きして近くの椅子を引き寄せた。二人分の椅子を用意すると、ちょこんとそこに腰掛けてしまう。

ミュイはミュイで「どうしよう」みたいな混乱はあるみたいだが、ルーシーの圧に屈したのか、居心地が悪そうに隣の椅子へと腰掛ける。

ミュイのめちゃくちゃ気まずそうな顔が印象的だ。そりゃそうか。

しかし任せると言われてもなあ。これどうすりゃいいんだ。

逃がせ、というわけではないだろう。かと言って、俺ひとりで全員を捕えるのは物理的に不可能だ。気絶でもさせて転がしときゃいいのかな。

「くそ……ッくそおおおおッ!!」

俺とルーシーの会話を黙って聞いていた賊の一人が、覚悟を決めたかのように咆哮をあげて俺へと襲い掛かる。

うーん、やっぱり戦闘がデキるタイプの連中じゃないんだろうな。アリューシアやヘンブリッツはおろか、一般の騎士にも劣るスピードだ。これくらいなら、ここに居る全員から同時に襲い掛かられたとしても何とかなりそうである。

「てい」

「おぐっ!?」

大きく振りかぶって繰り出してきた男の拳を難なくいなし、躱しざまに木剣を振り上げる。

がら空きとなった顎に対してほぼ垂直に入った。舌を噛んでなければ死にはしないだろうって感じ。普段レベリオ騎士団の皆とバチバチの模擬戦を繰り返しているから、実力も状況も落差が酷い。

この一撃で襲い掛かってきた男はダウン。

仮にいくらか鍛えられていたとしても、無防備な顎に強烈な打撃が入っては立つことすらままならんだろう。心の中で静かに合掌。気の毒にすら思えてくるが、まあ彼らに無償の同情を想う程、俺は聖人でもないんでな。

「くそが！　一斉にかかれ!!」

残った男が雄たけびを上げると、先鋒が倒れたことで若干尻込みしていた連中の闘志に火がついた。

まあ、悪い手段ではない。狭い室内では満足に動けないし、もみくちゃの乱戦にして金星を狙う、というのは悪くない考えだ。

ミュイは戦力外にしても、ルーシーが椅子に腰かけて観戦モードに入っているので、こちらは実質俺一人。数で押すってのは何にも勝る武器である。

ただし。

それはあくまで訓練を重ね、統率のとれたチームや、本能レベルで連携の取れる野生生物に限られる。戦闘に身を置いていないスリ程度を相手に後れを取るほど、流石に俺は弱くはないつもりだ。

「――ふっ！」

「ごはっ!?」

ほぼ同時に突っ込んできた男二人をいなす。

摑みかかってきた男からは半歩退いて身を躱し、やや遅れてきた男の顔面に柄の打撃を見舞う。

打撃をぶち当てた男はそのままひっくり返り、もう一人の後ろ首に返す刀で打ち下ろし。男はそのまま声を発することなく地面へと沈んだ。

「うおおおおッ！」

「ほいっと」

「ぐげっ!?」

短刀を振り上げてきた男の腕をかち上げ、がら空きとなった正面に突きを繰り出す。多少は加減したが、一直線に喉元に食らいついた木剣に男は悶絶。ご愁傷様。

「この野郎ッ！」

体当たりを敢行しようとした男には、真上から肘を落とす。

体術は、時にあらゆる武器に勝る。具体的にはスピードが最重視される場面だ。俺は何も剣の扱いのみを練習していたわけじゃないからな。無論、一番得意なのは剣だが。

「おご――……」

肘を後頭部に受けて地を舐めた男へ、念のための追撃を打つ。首元を強《したた》かに打ち付けた男は蛙が潰れたような声をあげ、そのまま動きを止めた。

「――ひっ、ひぃいいいっ！」

「おっと」

男どもがばったばったと倒れていく様に、残った女は恐怖が勝ったらしい。引けた腰のまま、後退りしていた。

うーん。女性に手をあげるのはあまり好みじゃないが、まあ相手は賊だし。申し訳ないけど眠っていてもらおう。

「ごめんよ」

「あっげ――」

二歩で距離を詰め、腹に一閃。

流石に顔は可哀想かなと思ったので腹にしておいたが、木剣の衝撃で彼女の身体が浮き、壁にぶつかってしまった。

いやごめん。ちょっと力加減を間違えたかもしれん。

「……ふう」

そうして、最後の賊を仕留めた結果。

先程まで騒がしかった一軒家は、奇妙な静寂が支配する場となった。

「……おっさん、強ぇんだな……」

「うん？　まあ、この程度ならね」

それらの光景を眺めていたミュイから感想が零れる。

この程度で強い風に映るってことは、まあ予想通り彼女は戦いとか鍛錬とか、そういう世界には居なかったんだろう。

この年で窃盗のみならず、暴力や、はたまた殺しなんかを知っていたらどうしようかと思っていたところだ。いや別に、俺がミュイに対して何かしようってわけじゃないんだが。

「ふぁ……ご苦労さん。首魁《しゅかい》含めて七人か。事情聴取には十分な数じゃな」

「事情聴取?」

欠伸を噛み殺しながら、ルーシーが零す。

聴取も何も、宵闇とこいつらを捕えて話は終わりじゃなかろうか。そう感じた俺は思わずといった体で聞き返していた。

「そやつの装飾品を見てみろ」

「……んー?　うーん……何というか、派手だね……」

言われて、気絶している宵闇を見てみる。

しかし見てみろと言われても、俺には鑑定眼も審美眼もない。とりあえず派手だなあという感想がまろび出る程度であった。

「それ全部、魔装具じゃぞ」

「へぇ」

魔装具というとアレだ、フィッセルが好きなやつ。あと名前の通り、何か色々と魔法的な効果がある的なことをフィッセルは言っていたな。

俺も一度クルニやフィッセルと西区に遊びに行った時に、魔装具屋へお邪魔したことがある。

「スリってのは、随分と羽振りがいいんだねえ」

で、改めて出てきた感想がこれだ。

魔装具は、お高い。俺もさらっと見ただけでまったく詳しくはないのだが、目に入る限りの商品でも結構な金額を要求されていた。

宵闇が身に付けているアクセサリーの類がすべて魔装具だとすれば、その総数は中々の数になる。一つひとつの効果のほどは定かではないものの、これだけのアイテムを揃えるとなると、相当な金額が飛んで行っているはずだ。

「十中八九、魔装具をこいつらに流しとる連中がおる。多分、それが本当の黒幕じゃろうな」

「なるほどね……」

たかだか、と言っては何だが、盗賊団にわざわざ高価な魔装具を複数横流しする連中かあ。ぞっとしないね。一体何を企んでいるのやら。まあ俺にはあまり関係のないことだが。

「さて、それじゃわしは騎士団の連中を呼んでくるとするかの」

「俺一人じゃ運べないからね」

椅子から立ち上がり、ルーシーがぐるりと視線を回しながら次の行動に移る。

ここはレベリオ騎士団に出張ってもらうのが一番安全かつ確実だろう。生憎、俺にその権限はないので、ルーシーからアリューシアへ話を持っていくことになるが。

というか、あまり深くは考えていなかったんだが、王国内における俺の立ち位置っていったいどうなっているんだろうか。

俺は叙任を受けていないから、騎士ってわけじゃあない。とは言え、特別指南役とかいう枠に収まっている今、完全な一般人というのも少し違うと思う。

罪人を捕縛したり、はたまた裁いたりする権利が果たして俺にあるのか。今回のパターンで言えば、魔法師団長であるルーシーが居る分大きな問題にはならないとは思うものの、もし俺しか居なかった場合、どう動くのが正解なのか、またはどこまで動いていいのか。

ここら辺、後でアリューシアにも聞いておこうかな。騎士団庁舎で剣を教えるだけなら無用の問題だったが、こういうことに今後巻き込まれかねない保証もないから、線引きはきっとしておいた方がいい。

「ベリル、留守番頼んだ」

「ああ、うん……まあ、そうなるよね……」

などと考えていたら、ルーシーがこの場を離れようとしていた。

今この場に居る面子を考えたら、俺がここで賊を見張り、ルーシーが報告に行くのが一番早い。というかそれ以外が無いレベルである。

「……」

「……んだよ」

「いや、別に……」

で。俺とミュイがこの場に残ることになったわけだ。

別段会話を膨らませる必要はないと思うが、それでもこの微妙な居心地の悪さはちょっときつい。

盗賊どもの根城のど真ん中、目の前にはひっくり返っている男が六人と女が一人。何も悪いことはしていないはずなのだが、少し居た堪れない気持ちになる。

ミュイが宵闇に投げる視線は、複雑だ。

怒りもあるだろう。失望もあるだろう。しかし、曲がりなりにも彼女の面倒を見てきた、というのも一つの事実として存在する。

年若い子に、すぐに割り切りを付けろっていうのは中々難しい話だ。その辺りのフォローもしてあげた方がいいだろうな。こういうところ、今はビデン村に居るランドリドが得手としていたんだが、さてどうしたものか。

「とりあえず、縛るくらいしとこっか……」

「……分かった。確か縄があったはずだ」

転がっている男どもに暴れられても困るし、逃げられても困る。別に逃がしても俺個人は特に困らんのだが、戻ってきたルーシーに小言を言われそうなので、それは出来れば勘弁願いたいところだ。

俺の発言を受けて、ミュイが室内を漁《あさ》り出す。彼女もここを根城にしていたはずだから、最低限の物品なんかは把握しているのだろう。

彼女が今、何を思っているのか。それは分からない。

ただ、こうやって関わってしまった以上、今までの人生よりは豊かで幸せなものにしてあげたい、と思うのは俺の我が儘だろうか。それとも、出過ぎた真似だろうか。それなりに長く生きているつもりだが、世の中は分からないことでいっぱいだ。

「あったぞ。……どうしたんだよ」

「ん……いや、何でもない。それじゃさっさと縛っちゃおうか」

縄を見つけて戻ってきたミュイの言葉で、僅かに仄暗い思考が途切れる。

いかんなあ、子供に心配される大人ってのは面目が立たない。

過ぎてしまった時計の針は止められやしないし、ましてや巻き戻しも出来ない。事実が進んだ以上は俺もミュイも、それを受け入れる他ないのだ。

「……よっと。ミュイ、そっち持ってくれる？」

「ちっ、分かったよ」

意識のない人間は、めちゃくちゃに重い。

ミュイと初めての共同作業は、何一つ嬉しくない賊どもの捕縛から始まることとなった。誰も喜ばないぞこんなの。俺だって嬉しくない。

「……まあ、こんなもんかな」

「疲れた……」

都合七人の成人男女を縛り上げて床に転がしておき、俺は手近な椅子に腰を下ろす。ミュイもそれに倣って、くたびれた表情で椅子に腰かけていた。

「お疲れ様……というのも、変な話だけどね」

「ふん」

さて、ここで出来ることはやってしまった。まさか俺が勝手に彼らを尋問するわけにもいかないし、あとはルーシーが戻ってくるのを待つだけである。

スリどもを縄で縛ってから、しばらく無為な時間を過ごす。

だって会話とか特にないんだもん。別に子供が嫌いなわけじゃないしミュイのことを嫌ってもいない。言うほど関わりがないってのはあるが、それでも道場で剣を教えていた時は彼女くらいの門下生もいたし、殊更苦手なわけでもない。

それでもシチュエーションがダメ過ぎる。盗賊の家に突如押し入って全員ひっ捕えた後なんて、喋ることがなさすぎるのである。

なので、なぎ倒した男どもの呻き声が微かに響く中、沈黙を保つ以外の選択肢が取れなかった。

ルーシーはよ帰ってきて。

「……アタシは」

「うん？」

なんてことを思っていたら、ミュイが言葉を零し始める。

声に釣られて彼女の方へ振り返ると、ミュイは何とも言えない硬い表情のまま、僅かに口元だけを動かしていた。

「アタシは、これからどうすりゃいいんだろうな……」

彼女の疑問に対する明確な答えを、俺は持ち得ていなかった。

無責任な言葉を投げかけるわけにはいかない。ミュイはまだ子供だ。そして子供とはいえ、短いながらこれまで培ってきた経験と価値観がある。

彼女の考え方に添って、かつ現実にも添って、更に世間的にも丸く収まる選択肢。当てがないといえば嘘にはなるが、どちらにせよ俺の責任で何とかなる範疇の問題ではなかった。

「まあ、何とかなるし何とかするさ。それが大人の責任だ」

だから俺一人ではなく、首を突っ込んだ大人皆で責任を被る。その胸中を伝えることが、今の俺に出来る唯一の返答だった。

「……はは、そうかよ」

俺の答えに、ミュイはははは、と力なく笑う。

こんな言葉で彼女の信用を得るのは土台無理な話。そもそもが、信頼関係自体を築けていないし築く余裕もなかったわけで。

ただ、少なくとも俺の気持ちとしては言った通りだ。いい大人たちが揃って手を差し伸べてしまった以上、掬い上げる義務がある。ここまで首を突っ込んでおいて見て見ぬふりは、流石に寝覚めが悪いというレベルではないからな。

「戻ったぞー」

問答から再び沈黙が下りて、どれくらい経っただろうか。

俺やミュイとは違って随分と気の抜けた声とともに、ルーシーが再び姿を見せる。

「先生、お疲れ様です」

「アリューシアこそ」

その後ろには、レベリオ騎士団長であるアリューシアの姿と、何人かの騎士の姿も見えた。皆物々しいプレートアーマーを着込んで、油断ならぬ表情である。いやまあ、事態はほぼ収まってしまったんだけどね。

「……この者たちが？」

「そうだね。確定って扱いでいいと思う」

俺とミュイの手によって拘束されている男たちへと、アリューシアは冷たい視線を下ろす。

普段は頼りがいのある、そして有事の際は一層頼もしいだろう騎士団長の視線。アリューシアからあんな目で見られるようなことは出来れば勘弁願いたい。これからもおじさんはひっそりと、そして長閑《のどか》に暮らしていきたいものだ。

「そやつらには推定じゃが余罪もある。わしも用があるでな、取り調べにはわしも参加させてもらうぞ」

「ええ、分かりました」

しれっと取り調べへの同席を確保したルーシー。

まあ魔法師団の長ならそこら辺の融通も利くんだろうな。多分。

「では、連行を」

「はっ！」

アリューシアの一声で、後ろに控えていた騎士たちがスリどもを担ぎ出す。中には意識を取り戻して暴れる奴も居たが、ただでさえ鍛えている騎士相手に対し、縄で縛られているのでは敵うはずもなく。恙《つつが》なく、彼らはお持ち帰りされていった。

これからどんな取り調べが待っているかは俺も知らない。アリューシアのことだ、そんな拷問じみたことはやらないはずだが。

ルーシーは知らん。こいつは割と無茶しそうな気がする。

「……ところで」

さて、とりあえずは一件落着、といきたいところだが、目下の問題はまだ残っている。

一息入れて発した声に、アリューシアとルーシーが振り返った。

「ミュイについては、どうしたものかな」

そう。

彼女の泊まる場所がないのである。

元々この家を根城にしていたことは分かっている。だがここは既にルーシーと俺、そして騎士団によって検《あらた》めた後だ。この場に一人残して今後も生活していってね、で済ませるのは色々とよろしくない。

かといって、ここで無責任にほっぽり出すのも大人としてどうなの、と思う。首を突っ込んだ以上、最後までとは言わずとも、きりの良いところまで面倒を見るのは至極当然だと俺は考えていた。

「騎士団庁舎にも寝泊まりする場所はなくはないですが……」

スリどもを連行していった騎士を尻目に、アリューシアが零す。

まあ俺もあそこはよく通ってるけど、泊まれなくはない。が、あくまでそれは「泊まれなくはない」止まりであって、宿泊に適した場所ではないというのも事実。少女を一人預けるには少しばかり環境に不安が残る。

それに、ミュイのことを知っているのは俺、アリューシア、ルーシーくらいだ。いきなり騎士たちのど真ん中に放り込んでも要らぬ軋轢《あつれき》を生む可能性もある。

「俺も現状は宿暮らしだからね……」

とは言え、俺が預かるってのも難しい。

これが実家のビデン村であれば一人くらいどうとでもなるのだが、生憎ここは首都バルトレーンで、俺は宿屋に身を寄せている。

何より、こんなおっさんと宿暮らしというのはミュイの方も納得しないだろう。手段がそれしかないのなら我が儘は言ってられないかもしれないが、それにしたって期間の限度はある。俺の財布の中身だって有限なのだ。

「魔術師の卵じゃろ。わしのところで暫く預かっても良いぞ。家政婦もおるでな」

どことなく先の見えないような、ぼんやりと暗い空気が漂い始めた中、ルーシーがあっけらかんと言い放つ。

今まで気にしてもいなかったが、ルーシーはどこのどんなところに住んでるんだろうな。まあ魔法師団の長として長いということなら、中流以上の物件は持ってそうだ。家政婦も居るとのことだし。魔法師団の稼ぎがどんなもんかは知らないけどね。

騎士団庁舎は最適解ではないし、アリューシアや俺の寝床はちょっと難しい。ここに置いて行くのは論外。

となると自然、ルーシーの案に頼るしかないか。

「……ふん」

そんな大人たちの成り行きを見守っていたミュイは、一つ鼻を鳴らす。

うーん、この反応は歓迎とも否定とも取りがたい。

ただ、目下の問題がルーシーを頼ることで解決しそうだ、ということは彼女にも分かるのだろう。目に見えて反対、というわけではなさそうだった。喜んでもいないけれど。

「……じゃあ、とりあえず戻ろうか」

一瞬の静寂が場を包んだ中、俺が零した言葉は妙に反響して聞こえた。

何にせよ、ここでハイ解散、とはしがたい故に、一旦落ち着いた場所に戻りたい。全員の足が揃って向かう先は、やっぱり騎士団庁舎になるのであった。

「そうですね。いつまでもここに居るわけにもいきません」

アリューシアがそう反応を返すと、スリどもを連れて行った騎士とはまた別の者に指示を出す。

やつらは捕縛されたが、別の者が残っていないとも限らない。そうなると、ある程度の目処が付くまでこの現場自体を封鎖、または管理下に置く必要があるわけで、そのための命令を騎士へと下していた。

「わしも今日は働いたし、戻るとするかのー」

「よく言うよ」

はっはっは、と笑みを湛えるルーシー。

主に働いたのは俺の方な気もする。素人が相手とは言え、なんだかんだで五、六人くらい居たからな。いや、あの宵闇さんの実力が不明な以上、俺では不覚を取っていた可能性も十分にあるのだが。

「……ちっ」

そんな和気あいあいとした空気を嫌ったか、ミュイから小さな舌打ちが漏れる。

いや、嫌っているというのは少し違うか。単純に慣れていないんだろう。こんな和やかな雰囲気とはある種対極の世界で、今まで過ごしてきたんだ。

相変わらず彼女周辺の事情は与《あず》り知《か》らないままだが、俺に出来ることがあれば何かやってあげたいなとは思う。それが関わってしまった大人の責任だと思うし、俺から見ても何となく、ミュイは放っておいてはいけないタイプのように見える。

暴走する、とまでは言わないが、誰かの目と手が届く範囲でないと、いつの間にか崩れてしまいそうな、そんな雰囲気。

これは半ば勘のようなものだ。片田舎の剣術道場という限られた環境下ではあるが、少なくない子供たちを見てきた俺の勘。

外れているのなら、それはそれでいい。もし当たっているのなら、それとなくアリューシアやルーシーとは共有しておきたいところだ。

「じゃあ、行こうか」

言いながら、思わず手を差し伸べる。

強がってはいるが、彼女はどう考えてもまだ大人の導きが必要な年齢。俺の手を取る程素直ではないと分かっているつもりだが、つい出てしまったものは仕方がない。

「……ふんっ」

案の定、ミュイが俺の手を取ることはなかった。

まあ、こんなおっさんとお手々繋いでバルトレーンの街を練り歩くなんて、彼女からしたらたまったもんじゃないだろう。

ただ、鼻を鳴らしたその表情は、不機嫌というわけでもなさそうであった。

それだけ分かれば、今はそれで十分だ。

さて、それじゃあとりあえず庁舎に戻りますか。

◇

アリューシア、ルーシー、ミュイとともに戻ってきた先はレベリオ騎士団庁舎前。

結局あの場の保全というか、管理は一般の騎士たちにお任せする形となった。俺やミュイがあの場に居座るわけにもいかないし、アリューシアやルーシーといった重鎮をあそこに縛り付けるわけにもいかない。

まあ中央区のど真ん中、周囲も一般住宅が多いから、そう滅多なことは起きないだろう。万一何かが起ころうとも、騎士たちだって荒事には慣れているはずだしな。

「あの者たちは？」

「はっ。地下に連行、勾留しております」

庁舎に戻ってきてから、先に宵闇らを連れて戻っていた騎士の一人を捕まえ、アリューシアがその所在を問うていた。

へえ、騎士団庁舎って地下もあるんだね。行くことは特にないから今まで知らなかった。行く理由も用事もないのだから当然ではあるのだが。

しかしまあ、レベリオ騎士団は何も格式だけで存在している組織じゃない。大都市バルトレーンの治安維持の役目も担い、今回のように実動部隊として出張る場面もある。

そんな組織が、表も裏も全部クリーンに出来上がっている、とまでは俺も考えちゃいない。

無論、悪いことをやっているとまでは言わないが、清濁併せ呑むとでも言うべきか。大なり小なりそういう面もあるのだろう。ここも同じく、俺にとってはあまり関係のない部分だから大して気にしてはいないけれど。

「そんじゃわしは一旦戻るぞ。明日また来る。奴らに聞きたいことも多いのでな」

「ああ、うん。今日はありがとう？」

言っておいて何だが、この場合に言うのはお礼でいいのか？　よく分からん。なんか連れ回されただけな気もする。

ただ、ミュイのことを気にして即座に動いた、という観点からみれば感謝するべきなのだろう。

「ほれ、ミュイはこっちじゃ」

「……ちっ、分かったよ。分かったから手を離せ」

ぐいぐいとミュイの手を引っ張りながら歩いていくルーシー。

その光景を見て彼女の図太さというか、そういうのが上手いこと発揮されてミュイとも仲良くやってくれたらいいな、なんて親みたいな感情を抱いてしまう。

「ミュイもまたね」

「……ふん」

帰り際、彼女の背中に投げかけた声に返ってきたのは、鼻を鳴らす音であった。

うーん、流石に嫌われてはいないと思うが、この知人以上友人未満みたいな立ち位置はどう動けばいいのかが分からんな。

ただの知人というには事情を知り過ぎてしまっているし、友人と呼ぶには年の差があまりにも大きい。道場の弟子とかはっきりした間柄であればまた接し様も変わってくるんだが。

「……さて、と」

ふと空を見上げると、茜色に染まった光源がガレア大陸の大地を染め上げんと、煌々と輝いている。本日最後の抵抗か、精いっぱいに伸びた影が、間もなく闇に呑まれようかといった頃合だ。

ふむ、なんとか日が沈む前に片付いてよかった。

しかし肉体的にはそこまで疲れちゃいないが、色々あったせいか精神的にはちょいとつらいところがある。

とは言っても、今日の仕事はもう終わり。

ルーシーは、あの盗賊たちには裏で手を引いている者が居ると言っていたが、それを探るのは俺の仕事じゃない。流石にそんなところまで特別指南役とかいう肩書の者が出張るわけにもいかないのである。俺自身そこまで首を突っ込みたくないし。

「私は騎士の巡回ルートと頻度についての案を少し詰めていきます。先生はもう帰られますか？」

空に視線を預けながら取り留めのないことを考えていると、アリューシアから声がかかる。

「そうだね……俺は今日はもう宿に戻ろうかな」

視線を戻しながら、彼女の声に答える。

巡回ルートというのは恐らく、今回盗賊団が捕まったことによる影響だろう。あれだけで全員とは思えないし、予想以上に中央区のど真ん中に根城があったもんだから、そこら辺の警備を強める感じなのかな、多分。

「では先生、また明日」

「ああ、アリューシアもあまり根《こん》を詰めすぎないように」

別れの挨拶を交わし、騎士団庁舎を後にする。ついでにアリューシアは根が生真面目なので、あまり遅くならないように小言も添えておいた。

俺なんかに言われずとも、体調管理くらいはしっかりしていると思うが、まあ念のためというか、ついついというか。

「ふー……」

軽く息を吐きながら、宿への道を辿る。

やっぱりなんだかんだで疲れたよ今日は。こんな日はさっさと帰って近場の酒場にでも寄って一杯決めるに限る。

相変わらずバルトレーンの地理に疎いままの俺だが、それでもそれなりの期間生活していると、周辺の店やら立地やらは何となく頭に入ってくるものだ。

中には行きつけに近い酒場なんかも出来たりしている。宿から近くてそんなに騒がしくなくて、飯と酒が美味いとなれば、通わない手はないのである。

盗賊の根城に踏み込むという、見方によっては一大事件とも取れる内容が本日起こったわけだが、俺の気持ちとしては割とのんびりしたものだ。

別にそれがあったからって、俺の人生に何か大きな転機が訪れるわけでもないしな。

既に齢四十五を超えたおっさんの身である。今更そんなものを期待してもいないし、特別願ってもいない。

「まあ、俺は俺に出来ることをやろう」

あれやこれや考えていても仕方がない。

気持ちの整理をつけた呟きは、自然とバルトレーンの空に溶けていく。

宵闇ら盗賊への聴取だって、しばらくの時間は要するだろう。

黒幕が居るかどうかってのは俺には分からんが、仮に居たとしても情報の裏付けは必要だ。そういう精査も含め、今日明日ですぐに新たな事実が浮かび上がるという線はないとみている。

となれば、俺の特別指南役としての仕事も変わりなく発生するわけで。結局俺はいつも通り、騎士の皆と鍛錬に励む他ないのだ。

「確か、この路地に……あったあった」

ただ、職務に励むのは当然として、今日一日頑張った俺にちょっとばかしのご褒美があっても悪くはないだろう。

足を運んだ先は、普段とっている宿から一本外れた道にひっそりと構える酒場。表通りと比べたら立地的にかなり不利なんじゃないかなあとは思うんだが、それでもここが首都バルトレーンだからか、いつもそこそこの客が出入りしている。

こういうちょっと疲れた日は一杯決めるに限るってもんよ。

両開きのドアの向こうからは、繁盛を思わせるささやかな喧騒が漏れ出ている。お気に入りの店が無事に繁盛しているのを見るとちょっと嬉しくなるよな。

「お邪魔しますよっと」

一通り店構えを眺めてから、ドアを潜る。

今日はぱっと飲んでぱっと寝よう。そんで、明日からまたいつも通り頑張ればいいや。諸々はアリューシアやルーシーが上手いことやるだろう。きっと。明日は明日の風が吹くってね。

〈ミュイ・フレイア〉

アタシは、物心ついた時から姉さんと一緒だった。

今思えば、随分とボロ屋に住んでいたものだと思う。

両親の記憶はない。アタシを生んでどこかに行ったのか、それとも死んだのか。そんなことを考える余裕もなかったから、深く気にしたこともなかった。

そんなことより、今日明日をどうやって生き延びていくかの方が重要だったから。

姉さんは小さいアタシをよく気にしてくれて、優先的に食べ物を融通してくれていた。その時のアタシは、その食べ物がどこから手に入ったものなのかなんて考えることもなく、ただ目の前に出された食料を口に入れる日々が続いていた。

それでもいくらか年月が経てば、毎日ボロボロになって帰ってくる姉さんを見て、このままじゃだめだな、くらいの感覚は芽生えてくる。

アタシも手伝う。

何歳の頃だったか。そんな言葉を口にした記憶が残っている。

アタシの言葉を聞いた姉さんは一瞬意外そうに口を開くも、次には優しい口調で、無理をすることはないと諭してくれた。

無理じゃないと珍しく姉さんに反抗し、口論とまではいかなかったが、アタシの手伝いを一言で許さなかった姉さんに少し、不貞腐れていたように思う。

結局アタシは、姉さんに引っ付いて裏町の色んな雑用を引き受ける仕事をするようになった。

それからはお決まりの日々。毎日毎日ヘトヘトになるまでこき使われて、手に入るのは幾ばくかのお金か、一日持つかどうかという食料の現物支給くらい。

仕事だって、どぶ浚《さら》いから草むしり、ペットの世話まで何だってやった。中には本当に珍しく、子供だからという理由で少し色を付けてくれた人も居たが、そんなのは極少数だった。

それでもまあ、満足はしていなかったけれど、絶望するほどでもなかった。その日暮らしは出来ていたし、帰ったら姉さんが居るし、姉さんが居れば何とかなったから。

最初の頃、アタシと姉さんはよく一緒に仕事をしていたが、しばらくするとそれぞれ別の仕事を請け負うことになった。

姉さんの顔色とは裏腹に、日々得る食料の質が少しずつ上がっていったのはこの頃からだったように思う。

「ミュイは何も心配しなくていいからね」

小さい頃から聞いていたある種の常套句だが、その時には更に頻度が増えていた。

今にして思えば、アタシへの慰めと償いの言葉だったのかなと思うが、結局その真意は掴めないまま、掴むことは叶わなくなった。

「ここか。随分とボロっちいところに住んでやがる」

ある日。

先に仕事を終えたアタシが姉さんの帰りを待っていたら、やって来たのは姉さんではなく男だった。

「おう、いたいた。お前がミュイ、か？」

そうだ、と声に出すのは簡単だった。相手は図体が些か大きかったが、それくらい大きくてガラの悪い男なんて、今まで何度も相手にしてきた。

「お前の姉さんなんだが……気の毒なことにな、亡くなっちまった」

全然気の毒にも感じていないような口調で、男は言った。

どうして。なんで。どこで。いつ。様々な疑問が脳内を駆け巡ったが、それらの言葉は終に口を突いて出ることはなかった。

「これ、見覚えあるか？」

呆然と押し黙る私を他所に、男はそう言って何かを投げてきた。開けられた扉から差し込む光にあてられて煌めくそれを、反射的に受け取る。

姉さんがいつも身に着けていたペンダントだった。

それを見て漠然と「もう姉さんには会えないんだな」と感じた。諦めではなかったが、それでも絶望にも似た感情は渦巻いていた。

「お前のことを頼まれていてな。こうしてやってきたってわけだ」

男は若干の面倒臭さを醸し出しながら、続きを紡いだ。

信用は、出来なかった。出来なかったが、それでも姉さんが居なくなったという事実を突きつけられた今、どうすればいいのか分からないというのが正直なところだった。ぐるぐると、出口のない思考が脳内を廻《めぐ》る。

「身内を生き返らせたけりゃ付いてきな。なに、取って食いやしねえよ」

提示された望外の選択肢。

選ばない理由も、建前も。幼いアタシに用意することは出来なかった。

それから、どぶ浚いとか草むしりとか、汚くて割が悪い仕事から離れることは出来た。代わりに、別の意味で汚い仕事をするようになったけれど。

最初は勿論嫌だった。だけど、一度慣れてしまえば後は惰性で何とかなってしまった。当たりはずれはあったものの、下手に下働きをするより遥かに楽に、沢山のお金が手に入ることも大きかった。

「ほれ、持っとけ」

ある日、あの時のペンダントのように投げ渡されたアクセサリー。

聞くところによると、魔装具、というものらしい。一時的に魔法の効果を出せるものだそうだ。

どうやら私は、最低限以上には気を遣われているらしかった。

こう言っては何だが、これには度々お世話になった。主に捕まりそうになった時に。

アタシだって日々を生きるのに必死だったんだ。今捕まってしまえば、今後更に仄暗い人生を歩むことになるってことくらい、想像は付いていた。

ただ、アタシは別に自分のためにこんなことをやっているわけじゃない。

すべては姉さんを生き返らせるため。

そのためには何だってやる覚悟だった。

男は最初、膨大な金がかかる、とだけ言っていた。

どれくらいだ、と何度も聞けば、渋るように五百万ダルクは下らないと零した。

五百万ダルク。大金だ。

でも、姉さんのためなら集められる。集めて見せる。何ならもう少し危ない橋を渡ってもいいかもしれないと考えていた。仕事には慣れてきたし、魔装具があればそうそう捕まるようなことはないはずだと思っていた。

だけど、その魔装具もいつしか使わなくなった。

相手を追っ払うための炎を、いつの間にか自前で出せるようになったから。

最初は魔装具が勝手に暴走したのだと思った。けれど何というか、コツとでも言うべきものだろうか。二度三度と繰り返すうち、何となく、炎の出し方というものが分かった。

別に喜びはしなかった。元々魔装具を使えば出ていたものだし、それが具体的に何かの糧になるとも思えなかったから。

「へえ、すげえな」

一応、私を拾った男に報告はしてみた。まあ、その反応はお世辞にも大きいとは言えなかったけれど。

炎が出せたからと言って何だというのだ。まさにアタシの考えはそれだった。

別に炎で姉さんを生き返らせることができるわけじゃない。そりゃ多少は便利だったけど、それ以上のものではなかった。

とにかく、五百万ダルクを貯める。そのための手段の一つ。

アタシの目的は何もぶれちゃいなかった。

だから、今日もやることは変わらない。

「――そういうのは感心しないねえ」

びっくりした。とにかくびっくりした。

今まで、スった後に追いかけられたことはあれど、スる前に勘付かれて止められるなど一度もなかった。

「……チッ！」

掴まれた腕に意識を集中して、炎を生み出す。パニックにならなかったアタシを自分で褒めちぎってやりたかった。

何とか逃げられはしたけど、根城に帰った後、大切な物が無くなっていることに気付いた。

「もしかして、探し物はペンダントだったりするかい？」

翌日。アタリを付けた場所で落とし物を探していると、昨日のオッサンとまた出くわした。しらばっくれようと思ったけど、向こうはアタシのことを覚えていたみたいで無駄だった。ちくしょうめ。

その後はオッサンに仕方なくついて行って、何故か騎士団の庁舎に連れていかれるわ、根掘り葉掘り聞かれるわ、訳の分からないガキがいきなり飛び出してくるわで散々だった。今までの短い人生の中でも一、二を争うくらい慌ただしい一日だった。

その中で、目的が果たせないことも知った。

嘘だと思いたかった。じゃあアタシは今まで何のために頑張って来たんだと。

疲れた。

何もやる気が起きなかったし、大人たちの言葉に逆らう元気も理由もなかった。

でも。

疲れたけれど、何かが温かかった。

それが何なのか、アタシには分かんねえけど。

「貴方のような少女が憂き目に遭っていること自体、我々としては看過できません。我々が味方になれるかは分かりませんが、少なくとも敵ではないですよ」

気高いと噂の、アタシなんかとは対極に位置するであろう騎士団長も。

「お主の尊厳も、姉の尊厳も守らねばならんものじゃ。そして、それを守れるのはお主しかおらん」

アタシよりも幼そうな魔法師団の長も。

「もう少しだけ、付き合ってもらうよ。何とかしてあげたいって気持ちはあるんだ」

一見頼りなさそうだけどめちゃくちゃ強かったオッサンも。

アタシが今まで見てきた大人とは違うものだった。

姉さんのことは気になる。当たり前だ。アタシは姉さんが死んだところも見ていないし、亡骸も見ていない。ただ男の口からその事実を聞いただけだ。

でも、どうしようもないじゃないか。アタシは弱いんだ。大人の言葉を信じて愚直にやる以外の選択肢があったのなら、誰かアタシに教えてほしい。

「アタシは、これからどうすりゃいいんだろうな……」

すべてが終わった後に呟いた言葉。

「まあ、何とかなるし何とかするさ。それが大人の責任だ」

そんなアタシの言葉に答えてくれたのは、やっぱりオッサンだった。

信用、は、どうだろう。出来なくはないと思う。少なくとも、今まで出会って来た意地の悪い大人とは違う気がする。

思えば随分とお人好しなオッサンだ。元々アタシが財布をスろうとしたことが切っ掛けなのに、そんなアタシに気を遣おうとしている。

嬉しくないことは、ない。でも、どう対応すればいいかなんて、アタシの少ない知識と経験じゃ些か難問過ぎた。

……まあ、今は大人の言葉に従う以外の選択が取れないというのも事実。

それなら一度、この連中を信じてみてもいいんじゃないかな。

「ミュイもまたね」

あの場所から戻ってきた後。

背にかけられた声は、酷く優しくて。

とても柔らかくて、でも少し、頼りなさそうで。

「……ふん」

兄、というには少し、年が離れすぎている。

もしアタシに父親が居たら、こんな感じだったのかもしれない、なんて。

「ほれ、ミュイはこっちじゃ」

ふと思いついた戯《たわむ》れに耽りそうになったところ、ぐいぐいと腕を引っ張られ、合わせて意識も浮かび上がる。

さしずめコイツはクソ生意気な妹だな！

血が繋がってるなんて想像もしたくないけど！

……でも。

姉さんのことは一旦置いておくとしても。

少しだけ、前を向くことが出来たような気がした、そんな一日だった。

幕間

「むー……」

とある日の騎士団修練場。一人の少女がその身丈には合わない大柄の武器を携え、一人黙々と素振りをしながら唸っていた。

レベリオ騎士団に所属する騎士、クルニ・クルーシエルである。

もう間もなく日も沈もうかという時分、修練場に残っている騎士は少ない。騎士団長であるアリューシアや副団長のヘンブリッツ、そして、最近特別指南役として就任したかつての師、ベリルも既に修練場を去った後であった。

今この場に残っているのは、自身に不足を感じている者や、単純に生活リズムが夜型に偏っている者、もしくは暇を持て余している者。

言ってしまえば、騎士の中でも新人や若手がほとんどである。

人影が疎《まば》らとなった修練場。残っていた他の騎士たちも流石に身支度を整えて帰路に就こうかという時間であってもなお、クルニは一人、ツヴァイヘンダーを抱えて苦悶していた。

「こう……いや、こうっすかね……？」

クルニはぶつぶつと一人呟きながら、二度三度とその大得物を振るう。

だがやはりその表情は普段の様相とは違い、あまり明るいと言えるものではなかった。

ツヴァイヘンダー。

師ベリルの薦めでもって、長らく相棒としていたショートソードに別れを告げて新たに手にした武器。

ショートソードに比べて大振りなのは勿論、幅も大きくその重量は比べるべくもない。だが、元来力に優れるクルニにとってはこの重量感こそが適切であると、扱いに不慣れな今でもそう感じていた。

そう、確かに相性は悪くないとは感じる。全身に感じる重みも心地よいし、一振りした時の空気を切り裂く感覚もまた趣が深い。

しかしそれで、イコール的確に武器を扱えている、とはならないのが剣士の難しいところ。

剣士という生き物は余程のことが無い限り、自身の扱う得物を変えることはない。武器の変更にはただでさえ金も時間もかかる。更には今まで積み上げてきた修練が全部とは言わないまでも、築きなおしになるのだ。

確かに同じ剣というカテゴリな以上、共通して考えられる部分はある。しかし、ショートソードからツヴァイヘンダーという変化はあまりにも大きい。

手応えは確かに感じている。だが、その手応えがいつ花咲くのか、その先がいまいちよく見通せない、というのがクルニの正直な所感であった。

だから他の騎士が帰った今も、こうして自己鍛錬に励んでいる。ベリルからは「あまり根《こん》を詰めないように」と言われているが、ただでさえ発展途上である身の上、更に武器種を変更して一から鍛えなおしでは、楽天的なクルニといえど流石に焦りもする。

無論、剣の道はそんな短期間で拓けるものではない。そこはクルニとて分かっている。師を見ていれば、その剣筋は長年丁寧に積み重ねられた研鑽があってこそのものだと、否が応でも感じる。

しかし、胸に去来する一滴の焦りまでをかき消せるものではなかった。

「……クルニ。やっぱりまだ居たんだ」

どれくらい一人で唸っていただろうか。

どこか悶々とした気持ちを持ったまま素振りを繰り返すことしばし。修練場の入り口から聞きなれた、そしてここでは聞かないはずの声に、クルニは思わず振り返る。

「フィスちゃん……？」

思わぬ来客に、クルニの声が少し上擦る。

フィッセル・ハーベラー。愛称フィス。若くして魔法師団のエースを務める才媛であり、クルニの旧友でもある。

「今日。ご飯に行く約束」

「えっ？　……あーーーーっ！」

そんな彼女は、胡乱《うろん》げな瞳をクルニに向けて、ややぶっきらぼうに言い放つ。

そうだった、今日はフィスちゃんと久し振りにご飯を食べようと思っていたんだった、と約束を思い出したクルニは、素っ頓狂な叫び声をあげた。

「ご、ごめんっす！　すっかり忘れてたっす……！」

「いい。クルニがおっちょこちょいなのはいつものこと」

「むぅ……今回ばかりは言い返せないっす……」

からかわれているな、とは感じたものの、友人との約束をすっぽかしてしまったことは事実。クルニは何も言い返せなかった。

「それ。大剣？」

「ああ、これっすか。ツヴァイヘンダーっす。最近変えたんすよ」

約束を忘れていたことへの言及は一先ず収束させ、フィッセルの視線はクルニが携えている得物へと移る。素直にその正体を尋ねてみれば、返ってきたのはより具体的な武器種の名前であった。

「――そうだ！　フィスちゃんもちょっと見て欲しいっす。何かしっくりこないんすよ」

「ええ……」

クルニからの提案に、フィッセルの表情が曇る。普段はあまり感情を表に出さない彼女の口と顔からは、明らかな不満が漏れ出ていた。

「お腹空いたのに」

「お願いっす！　少しだけ！」

「はあ……」

なおも食い下がるクルニに、フィッセルは諦めたように息を吐いた。

フィッセルは、クルニのことをそれなり以上には分かっているつもりだ。おてんばで天真爛漫だが、一度言い出したことは中々曲げない。良くも悪くも、自分の中に真っ直ぐとした芯を持っている。剣に対しても、愚直なまでに実直。

そんな彼女が剣を見て欲しいと言い出したからには、これは言い合っても無駄だな、とフィッセルは早々に諦めた。

ご飯はもう少し後になりそうだ。腹の虫が鳴らないか、今から少し心配であった。

「仕方ない。けど、私はベリル先生みたいには分からない」

「いいっすよー。第三者の視点が大事なんで！　多分っすけど！」

剣を見ることには了承したものの、では上手く指導できるかと問われれば難しい。

フィッセルは漠然とではあるが、自分をそこそこ強い方だと思っている。剣術もそこらの騎士には負けるつもりもないし、対応力の高い剣魔法もある。

しかし、それはあくまで自身に向ける評価であって、他者の剣を正しく評価出来るかはまた別問題だと捉えていた。

師のように人を導くにはまだまだ経験が不足している、というのが彼女の考える自己評価。

それとなくその旨を伝えてみるも、クルニから返ってきた言葉はそれでもいい、というもの。それじゃあもう仕方がないと再度諦めの息を吐き、フィッセルは出来る範囲でクルニに助言してやろうと思考を切り替えた。

「ほっ！　はっ！　やーっ！」

「……むー」

クルニが気勢をあげてツヴァイヘンダーを振り回すところを眺める作業が始まった。

人の剣をじっと見るのはあまり楽しいものではないな、と、自分は誰かを教えるには不向きな性格だと考えながら、フィッセルはとりあえずといった体で視線を投げる。

どうにもフィッセルから見る限りでは、どこが駄目だとかどこがよくないだとか、そういう違いがよく分からない。

だから彼女は、自分がもしクルニのように剣を振るならどうするか、を主軸に考えることにした。

「……あ」

そうしてしばらく眺めていたところ。

自分とは多分違うと思われる個所がふと思い当たり、抜けた音がフィッセルの口から漏れ出ていた。

「クルニ」

「ほっ！　……なんすかー!?」

喉の調子を整えて声をかける。それに気付いたクルニは一旦素振りを止め、フィッセルの方へと向き直った。

「相手、考えて振ってる？」

「あ、相手……っすか？」

クルニが剣の修練をサボっているとは思わない。彼女は真面目だ。

しかし、年齢的にはあまり差がない自身とクルニ。その違いが一体どこにあるのかと考えたとき、思い至った先が一つあった。

「素振りは、剣を振るだけが目的じゃない。勿論、最初は剣に慣れるものだと思うけど」

実戦経験の差。

それがふと思い立った。

勿論のことながら、剣は一人で振るものだ。それは間違ってはいない。しかし、その切っ先が向く先には、必ず相手が居る。それが武器の本懐でもあるからだ。

クルニには、それがイメージ出来ていない。ツヴァイヘンダーの先に、対戦相手が居ることを想定していないようにフィッセルには感じられた。

「相手……言われてみれば確かにっす……」

武器は、巻き藁《わら》や空気を斬るためにあるのではない。敵対した相手を制圧するためにある。

そのための意識は、そういう環境に身を置いていないと根付きにくい。世に数多ある剣術の流派でも、実戦に重きを置くものと演舞に重きを置くものとでは、動き方に大きな違いが出る。

無論、その点にベリルが気付いていないわけではない。しかしながら、ベリルがまず教えたのは基本の型と剣の扱い方という、一人でも全く問題のない部分からだった。

師範らしいと言えば師範らしい順序ではある。だが幸か不幸か、その点をフィッセルは半端ながら見抜いてしまった。

「私の見る限りだけど、変なところはないと思う。多分、意識の問題」

「なるほど……なるほどっすね……！」

天啓を得たり、といった様相のクルニがふんすと息を入れる。

クルニは思う。確かに、ただ只管《ひたすら》に剣を振っていただけのような気がする。その振った先に相手が居て、そしてどう動くかということを、ツヴァイヘンダーというインパクトに中《あ》てられて、よく考えていなかった。

なるほどなるほど。

足りなかったのは、剣の先に相手が居るという意識。戦いという概念への気概。

何かが一つ、クルニの中で弾けた、そんな気すらした。

「じゃあフィスちゃん！　相手してほしいっす！」

「えぇー……」

勢いに乗ったクルニの発言に、フィッセルはやはりため息を返す。

こちらはただでさえ腹が減っているのだと言わんばかりの表情。しかし、それを察するにはクルニは少しだけ、幼かった。

「……少しだけ。遅くなるとご飯が食べられなくなる」

「私もお腹減ってるんで、あとちょっとだけっすよ！」

一度言い出したらクルニは止まらない。

何度目になるかも分からないため息を吐き、フィッセルは修練場に立つ。

一応、騎士団と魔法師団は友好関係にあるとはいえ、勝手に騎士団の修練場で魔術師の私が剣を振るのはどうなんだろう、と疑問に思いもするが、今はクルニと二人きり。誰も見てはいないのだ。

であるならば、そんな考えは詮無いことである、と、フィッセルは割り切った。こういうところ、彼女もなんだかんだでクルニのことを馬鹿に出来ない部分がある。

「そっちの木剣使って。真剣は流石にまずいと思う」

「あ、そうっすね」

クルニのパワーでツヴァイヘンダーを叩きつけられでもしたら、たまったもんじゃない。ここは訓練らしく木剣を使おうというフィッセルの提案に、クルニはすぐに頷いた。

「いくっすよー！」

「うん」

大剣サイズの木剣に持ち替えたクルニが、合図を飛ばす。フィッセルの短い返答でもって、その合図は了承と見做され、クルニが修練場の地を蹴った。

――騎士団の修練場に、剣戟《けんげき》の音が僅かに木霊する。

結局、フィッセルとクルニが今日の晩御飯にありつけたのは、日もとっぷり暮れた後。

随分と長い間訓練に付き合わされたフィッセルは、普段の様相からは実に珍しく不機嫌を露わにし、その機嫌を取るためにクルニの財布はこの日、結構な苦戦を強いられることとなった。

三　片田舎のおっさん、闇夜を切り裂く

「どぉりぇええいっ!!」

ここはレベリオ騎士団の修練場。

まだまだ日が昇ったばかり、一日は始まったばかりではあるが、それでも決して少なくない人数が各々鍛錬に励んでいる。

俺も大概早く来ている自覚はあるが、それでもここの騎士たちも随分と熱心だ。こういう武に対して勤勉な姿勢は、素直に褒められるべきだと思う。

「そうそう、いい感じになってきたね！」

勢いよくスイングされた剣先を避けながら、対戦相手を褒める。

俺は今そんな騎士たちを相手に模擬戦というか、打ち稽古をしているところだ。

互いに真剣を持ち出してしまうと万が一が起きてしまうので、使うのは専《もっぱ》ら木剣である。俺は今木剣しか持ってないけどさ。

でも一度くらい、真剣を使った稽古もやってみるべきだと思ってしまう俺は、もしかしたら随分と剣の狂気に絆《ほだ》されているのかもしれない。

あの独特のヒリついた感覚、というのは可能であれば感じたくないものだが、一方で、戦いに身を置く者である以上、一度は体感しておくべきものだとも思う。冒険者などと違い、騎士団はそこまで実戦機会に恵まれているとも思えないからなあ。

いざという時に剣を振れません、では騎士団としても困るわけだ。ここら辺も今度アリューシアに進言してみようかな。却下されそうな気もするけど。

「んんんにゅぬぅう！」

「うおっと」

おっと、いかんいかん。稽古中に考え事などするもんじゃないな。

俺の持つ木剣よりも数倍は質量のありそうなそれが、鼻先を掠める。確かに遠慮せずに振り回せとは言ったが、これは些か肝が冷えるね。

だがしかし。大振りの攻撃というのはそれだけ威力もあるが、隙もある。

まだまだ発展途上だが、その成長が目に見えて分かる分、教えている身からしても楽しさが垣間見えるというものだ。

「ほい」

「んぎゅっ!?」

振り終わり、がら空きとなった頭に木剣を軽く落とす。

その衝撃からか、可愛い悲鳴が修練場に木霊した。

「よし、一旦終わろうか。少しずつ良くなってきてるよ」

「本当っすか！　え、えへへへ……」

一先ずの終了を告げ、体勢を崩す。先程まで俺と打ち合っていたクルニは頭をさすりながら、嬉しそうに顔を綻ばせていた。

うーん、犬。クルニはやっぱり癒されるなあ。

ただし、今で完成形というわけでは決してない。更なる技術の向上のためにも、出来ている点と出来ていない点はしっかり伝えるべきである。

「扱いにも慣れてきてるし、剣速も十分だと思うよ。ただ、同じように振り回すと当然間合いを見切られるからね。そういう時は前に詰めてリカッソを使ったり、もっと突きを出さないと。さっきみたいに隙を衝かれる」

「うぅー、分かりましたっす……」

しょんぼりと表情を曇らせるクルニ。

だが、俺はそこまで悲観していない。この短期間で、ツヴァイヘンダーという癖の強い武器をここまで扱えるようになるとは俺も思っていなかったからだ。嬉しい誤算というやつだな。

やはりクルニはパワーのあるタイプだ、ツヴァイヘンダーの質量には最初からあまり苦戦はしていなかった。今振り回しているのは木剣だが、木材の塊なんて結構な重量である。これなら真剣でも問題なくパワーを発揮出来るはず。

それに、飲み込みも早い。

元々素直な性格だから、俺の教えを素直に吸収出来ているのは大きい。ショートソードと違って、大剣を使っての打ち稽古は初めてのはずなんだが、素振りと異なりちゃんと相手が居るというイメージがよく出来ているようにも思う。

無論、まだまだ粗削りな面は否めないものの、それでも一般的な剣士が相手であれば、暴力的なまでのリーチと質量で押し通せるくらいには成長している。だからこそ、俺と打ち稽古をしているわけだ。

勿論これは、ずっと長い間鍛え続けられたクルニの身体という土台があってこその成果だ。うちの道場を離れた後もしっかり鍛錬を続けていた何よりの証拠である。

小柄な体軀から繰り出される超リーチの連撃。

小回りも利くし回転も速い。後はより実戦的な押し引きや勘所《かんどころ》を体得していけば、もっともっと強くなるだろう。

「しょげることはないよ。クルニはしっかり強くなっているから」

「は、はいっす！」

俺の言葉に嘘はない。

少なくとも、ショートソードよりは合っている。これは近い将来が実に楽しみだと思わせてくれるには、十分な成果であった。

「あ、そうだ先生！　そろそろじゃないっすか？」

「うん？　何がだい？」

はたと思い出したようにクルニが明るい声をあげる。

そろそろって何がだろう。何か予定あったかな。ここでの鍛錬以外、特に予定も約束もなかったはずなんだが。

「先生の剣っすよ！」

「……あー」

思い出した。忘れていたともいう。

そういえばもうそんなに経っていたか。毎日鍛錬を繰り返していると、ついつい忘れてしまう。年のせいだとは思いたくないね。

「もう一週間経ったか。それじゃあ行かなきゃね」

「そうっすよ！　楽しみっすねー」

帯剣していない状態にいつの間にか慣れてしまっていたなあ。剣士としてはあまりよくない状態である。代わりに木剣差してたからってのはあるかもしれんけど。

俺の剣を打っているはずのバルデルからは、一週間欲しい、と言われていた。その期限はちょっと前に過ぎてしまったので、取りに行ってもいい頃合か。

ミュイの一件からあと結局俺は、特に何も新しい情報を得ることもないまま一週間ばかりが過ぎている。

その間、アリューシアやルーシーが中心となって宵闇らに色々と聴取をかけていたらしいのだが、具体的な進捗までは聞いていない。

ちょこちょこと話し合っては難しい顔をしているのは知っていたが、俺から突っつく話題でもないしな。ただ表情から察するに、物事がそう単純ではないだろうくらいの予測はしている。

かといって、俺に出来ることは特にないんだけども。彼女たちもそれが分かっているからこそ、わざわざ俺と情報を共有したりしていないのだろう。

まあここは俺が関わる領分じゃないし、お偉いさん方にお任せだ。

それよりも、俺にとってはこっちの方が大事である。

「じゃあ早速、今日の稽古終わりにでも覗いてみようか」

善は急げじゃないが、折角出来上がったのなら早く対面したいというのが剣士の正直な気持ち。

早速今日にでもお出掛けしようじゃないか。

「あ、じゃあ私も一緒に行くっすー！」

「ん、構わないよ」

バルデルの鍛冶屋に寄る旨を呟いてみれば、すかさず帯同を申し出るクルニ。いやまあ、断る理由もないのだが、わざわざ来る理由もない気もする。

「んっふふー、先生の剣、楽しみっすねえー」

にっこにこの笑顔を咲かせながら話すクルニ。

当事者の俺を置いといて、何故か彼女のテンションが上がっている。そんなに他人が心躍るイベントではないと思うんだけどなあ。

まあとりあえず、不機嫌になられるよりは全然マシである。クルニは常に朗らかなのが似合う女の子なのだ。

それに、果たしてどんな剣が出来上がっているのか、という興味は確かに分からんでもない。ゼノ・グレイブルとかいう特別討伐指定個体《ネームド》の素材をふんだんに使っているであろう剣だ。はっきり言ってまったく予測が付かない。

それが楽しみでもあり、ちょっと怖くもあるんだが。俺のはほどほどでいいんだよほどほどで。俺自身がほどほどなんだから。

「ま、何にせよ今日の訓練が終わってからね」

「はいっす！」

さてさて、小休止もほどほどにして、鍛錬を再開しよう。

新たな出会いに心が弾むのは尤もだが、それも騎士として、そして指南役としての務めを果たしてなんぼである。剣に対しては実直でいたいからね、俺は。

「よしこーい」

「いくっすよー！」

クルニが大型の木剣を構える。

目の煌めき方を見ても、さっきよりも幾分かテンションが上がっているな。いやさっきまででも十分高かったんだけどさ。

あんなデカい木剣にしばかれるなど訓練であっても御免である。俺も改めて気合を入れて稽古に臨むとしよう。

◇

「――よし、今日はこんなところで終わっておこうか」

「はいっす！」

クルニと打ち合いを演じてしばらく。日も高くなり、幾分か西に傾こうかといった頃合で、一旦今日の修練は終了とする。

ここら辺の生活リズムというべきか、修練の時間に関してはビデン村で剣を教えていた頃と同じようにしている。

騎士団庁舎自体は基本いつでも開いているが、俺自身の生活ペースを乱したくなかった、というのが大きな理由だ。この年になると寝る時間と動く時間がずれるとしんどいんです。

朝起きて、身体を動かして、午後はのんびりする。

このリズムが俺には染み付いている。

無論、何かイレギュラーが起きた際にはこの限りじゃないが、まあそうそう俺が引っ張り出されるイレギュラーなんて出てこないだろう。ミュイの一件は本当に例外だったのである。

「じゃあ着替えてくるっす！」

「はいはい、焦らずにね」

鍛錬の途中からテンションの高かったクルニだが、現在進行形で今もテンションが高い。

あまりおっさんの買い物に付き合わせるのもなあと思うが、まあ本人が良いと思っているのなら良いのだろう。俺も一人で向かうよりは、賑やかな連れが居た方が楽しめるというものだ。

そのまま更衣室に消えてしまったクルニを尻目に、俺も出掛ける準備をする。とは言っても、やることって汗を拭うくらいだけども。女性と違って男性はどこまでも気楽でいいな。

「さて……」

通常であればこの辺りでアリューシアがスッと出てくるところだが、今日はどうやら居ない様子。

朝の鍛錬にも参加していなかったし、恐らくルーシーをはじめとした人たちとの話し合いで忙しいのかな。

気にはなるが、俺から突っついてもしょうがない類の話題だ。いずれ公表できる段になれば俺にも情報は入ってくるだろう。

なので、俺は気にせず出来上がっているはずであろう新しい剣に思いを馳せるのみである。いやー、楽しみ楽しみ。

「お待たせしましたーっす！」

「大丈夫、そんなに待ってないよ」

庁舎前で待つことしばし。いつも通り動きやすい服装で現れたクルニを迎える。

しかし首都バルトレーンに来てからというもの、女性と外出する機会が大いに増えた。まあそのお相手のほとんどは元弟子なわけだけれども。

おやじ殿の催促も、物理的に距離が離れてからは食らわなくなって久しい。しかし、やはりそこら辺もちゃんと考えた方がいいのだろうか。こんな枯れたオッサン相手にお熱になる女性が居るとも思えないが。

まあいいや。今はそんなことより大事なことがある。俺の色恋情事なんて、それこそ些事として片付けていい問題だ。

さて、バルデルの鍛冶屋は確か中央区にあるんだったか。

一週間と少し前に一度行ったきりなので、少し道のりが怪しい。その点から言ってもクルニが付いてきてくれるのはありがたい、迷子にならずに済む。

「どんな剣なんすかねー」

「さてねえ。ロングソードだから、そこまで奇抜なものにはなっていないと思うけど」

道すがら、一つ二つ雑談を交わしながら歩く。

バルデルに鍛冶の依頼を出したのはスレナだが、内容としてはあくまでロングソード。そこまで突飛なものは出来上がらないと踏んでいるものの、素材が素材である。俺も鉱石で作った剣以外は握ったことがないから、一体どんな一品が出てくるのか、楽しみ七割、不安三割といった塩梅だ。

「きっとメチャクチャかっこいいやつっす！」

「ははは。俺の身の丈に合う剣でお願いしたいね」

格好いいロングソードとは。

あまりゴテゴテの装飾が付いた剣なんかは振りたくないところだ。バルデルならそこら辺は分かってくれそうではあるが。

「そういえば俺の剣もそうだけど、クルニのことも報告しないとね」

「ほえ？　私っすか？」

「ほら、ツヴァイヘンダーのこととか」

クルニの得物はバルデルの鍛冶屋で気付きを得て、ショートソードからツヴァイヘンダーに切り替えた経緯がある。

まだ一週間とそこらだし、扱いも粗削りな部分も多く見える。しかしまあ、上手く扱えているようにも思う。伸びしろがあるってのは大事なことだからな。

「そっすね！　なんか私もしっくり来てる感じがあるっす」

「そりゃよかった」

ツヴァイヘンダーは俺がお薦めしたところもあるし、これで合わないとか言われてたらちょっと凹む。

前も思ったが彼女にはまだ餞別の剣を渡せていないから、それが渡せるようになるくらい、改めてクルニのことを鍛えてやりたい。親心にも似た感覚だな、子供いないけどさ。

「到着っすー！」

そうやって雑談を交わしながら歩いていると、見覚えのある建物が目に入る。

そうそう、こんな感じの店だった。やや小ぢんまりとした、しかししっかりとした風情を感じる店構えだ。

「お邪魔するよっと」

「お邪魔するっすー！」

二人で歩を揃えて店内へとお邪魔する。

「おぉ、先生とクルニじゃねえか」

所狭しと並べられた武具に囲まれたカウンターの中、バルデルは一本の剣と睨めっこしていた。

こちらを視認したバルデルは、にかりと歯を見せて鷹揚に笑う。

「そろそろ依頼した剣が出来る頃合だと思ってね」

まあ依頼したのは俺じゃなくてスレナなんですけど。今になって少し遠慮する気持ちが湧いて出てきたぞ。いや、出来上がっている以上は受け取らないと意味がないってのは分かっちゃいるのだが。

「おう、そいつなら出来てるぜ。自信作だ！　ちょっと待ってな先生」

「あ、ああ」

何かリアクションを返す前に、バルデルはカウンターの向こうへいそいそと引っ込んでしまった。

少しばかり慌てていたようにも見える。うーむ、自信作というあたり俄然楽しみにはなってきた。

「……先にクルニのツヴァイヘンダーの話をするべきだったかな」

「あっはは、別にいいっすよー私は」

ばたんばたん、とカウンターの奥から響く音を耳に、バルデルを待ちながら零す。彼も気合を入れるとは言っていたが、ここまで熱が入っているとは思わないじゃん。所詮俺の剣だしさあ。

付き合わせてしまったクルニに若干の申し訳なさを感じていると、カウンターから筋骨隆々の巨躯が勢いよく飛び出してくる。

「さあ先生！　受け取ってくれ！」

現れたバルデルが、鞘に収まった一振りの剣を俺に突き出す。

これか。これが俺の新しい剣か。なんか緊張してきた。ここ数年、剣を新調するということが無かったために、俺的にはちょっとした一大イベントだ。

「ありがたく頂戴するよ」

バルデルから剣を受け取り、鞘から抜き出す。さしたる抵抗もなく現れた抜身のそれは、店に差し込んだ日の光に当てられ、微かに赤く煌めいていた。

刃渡りは目算だが百センチ前後といったところか。全体的なサイズ感で言えば、俺が長年愛用していたロングソードとあまり変わりはない。

ただ、従来のそれよりはいくらか細身で、斬撃のほか刺突も問題なくこなせそうだ。ざっくばらんな感想だが、スマートだなあという印象を第一に受けた。

「刃は諸刃、芯にゼノ・グレイブルの骨を使ってある。その上からエルヴン鋼でコーティングした形だ。フラーは浅目に彫ってある。元が柔軟性のある素材なんでな」

「へぇ、エルヴン鋼」

俺も名前しか聞いたことがない鉱石だな。とりあえず貴重だってことくらいしか分からん。

フラーというのは、剣に走っている溝のことだ。これがあることで柔軟性と斬撃力が増すと言われている。使っている身としてあまり実感は湧かないが。

「特別討伐指定個体の骨を削っていくのは文字通り骨が折れたが、楽しかったぜ！」

「そ、そうか。それはなにより」

骨を削る作業って楽しいのかな。俺には分かりません。

ただまあ、それが鍛冶師となれば捉え方も変わってくるのだろう。とりあえずバルデルが楽しかったということなので良しとしておく。

剣身が仄かに赤いのは、そのエルヴン鋼とやらの作用かな。

鋼と言えば俺は単純な鈍色《にびいろ》しか思い浮かばないから、これはこれで物凄く新鮮だ。真っ赤というわけではなく、あくまでほんのり色立つ程度だから、そこまで目立たないのも高ポイント。

うーん、細身な剣身も相まってかなりオシャレな一品に思える。俺みたいなおっさんには少しばかり不釣り合いな気がしないでもない。

「グリップと鞘にはゼノ・グレイブルの皮を使った。皮というには素材がちと硬いがな。ガードにはエルヴン鋼を使って、中心に牙を埋め込んである」

「ふむ……」

グリップの手触りが少し独特なのは、ゼノ・グレイブルの皮を使っているからか。触り心地は物珍しいものだが、感触は悪くない。滑りもほどほど、良い振りが出来そうだ。

剣身と同じく、握りと鞘の部分もゼノ・グレイブルを象徴する赤色。鍔の部分もエルヴン鋼ということで、硬度は期待出来そうである。安物だとここら辺の作りが雑だったりするんだが、まさかバルデルがそんな仕事をするわけもあるまい。

「――うん、いい剣だと思う」

軽く振ってみると、ヒュン、という風を切った音とともに剣先が空を滑る。

空気抵抗をほとんど感じることもなく、しかし確かな重みを感じるこの剣は、一言で言って業物だ。俺もそこまで目利きが出来るわけじゃないが、それでもこいつが相当な代物であるということは分かる。

やはり素材と鍛冶師の腕が良いと良い武器が生まれるのだろう。それは自明の理であるはずなのだが、いざこうして業物が自分の手に収まると、なんとも言えない緊張感と高揚感がある。

「こいつぁ先生の剣だ。遠慮なく貰ってくれ」

「……うん、そうさせてもらうよ」

バルデルの言葉に押されて、というわけではないが、少なからず持っていた遠慮の気持ちが、今の言葉で上手く消えてくれたようにも思う。

そうか。こいつが俺の剣か。これからよろしく頼みます。

「綺麗な剣っすねー！」

「ははは、俺みたいなおじさんには少し似合わないかもしれないね」

剣身を見ていたクルニが横から一言。やはり赤みがかった剣身というのは物珍しいのだろう。俺みたいな冴えないおじさんにはちょっとばかし眩しい一品だ。

「料金……は、なしでいいんだったよね？」

「おう、全額スレナ持ちだぜ」

念のため最後に確認を飛ばしてみれば、返って来たのは快活な返事。

この剣の作製にいったいいくらかかったのか。あまり考えたくはないし、きっと考えない方がいいはずである。素直に結果だけ享受しておこう。

年上としてどうなのかとかはなしの方向でお願いします。

「切れ味も気になるっすよねー！」

俺の剣を見たクルニが、目を輝かせながら零す。

お、やっぱり気になる？　気になっちゃう？

そうだよな、俺だって気になるもん。早くこのロングソードを振ってみたい。流石に街中で振るうわけにもいかないから、場所を選ぶ必要はあるが。

「生憎俺んとこは試技場がねえからな。前も言ったと思うが」

「ああ、それは分かっているよ」

バルデルの言葉に、頷きを返す。

そりゃまあ、ここは首都バルトレーンの中でも更に中心にある中央区だ。土地代も馬鹿にならんだろうし、試技場を設けるとなれば結構な広さが要る。流石にそこまで拵《こしら》えろというのは少し厳しい話だろう。

大体、街中で大手を振って剣を扱える場所なんて割と限定されている。これはやはり騎士団庁舎の修練場に戻って感触を確かめるべきかな。

「そうそう。ツヴァイヘンダーだけど、クルニには合っているみたいでね」

「そうっすねー！　慣れるのは大変っすけど、なんかいい感じっす！」

「おお、そりゃよかった」

俺の剣についての話題は一段落。なので、次いでクルニの得物について一言添えておく。

クルニもまだ、完全に慣れているとまでは言えないが、それでも扱っていて気質というか、そういうものがショートソードよりは合っているように思う。それは本人も肌で理解しているようで、感触は概ね良好だ。

「まあなんだ、上手く使ってやってくれ」

「はいっす！」

鍛冶師としての細やかな願いに、クルニは元気よく答える。

「先生もな。その剣のこと、よろしく頼むぜ」

「ああ、うん、分かった」

折角の縁やら何やらが紡がれて手にすることになった剣だ。俺もぞんざいに扱うつもりはなかった。

ゼノ・グレイブルみたいなイレギュラーが出てこない限りは、そうそうダメになるようなこともないだろう。実際、それまでは長いこと一本の剣でやりくり出来ていたわけだし。

いやしかし、本当にあれはイレギュラーだったな。その強大なモンスターの素材が今俺の手に剣としてあるわけだが、冷静に考えたらよく分からない流れだ。

「さて、と……」

用件も終わったところで、考えを巡らせる。

今日の鍛錬は終えたところだが、やはり新しい剣が手に入るとそれを振りたいと考えるのが健全な剣士の考え方というもの。疲労が無くはないものの、あともう少しくらい頑張っても問題はないだろう。どうせ夜に何か用事があるわけでもないし。

「俺は庁舎に戻るけど、クルニはどうする？」

なので、新たな相棒の感覚を摑むため、修練場で軽く汗を流すことにした。

「あ！　それじゃあ私も付き合うっすよ！」

どうやらクルニも一緒に付いてきてくれる模様。

剣を振るのはひとりでも出来るが、相手が居るとより捗るからね。ありがたい限りである。

「研ぎが必要な時はまた言ってくれよ、先生」

「うん、ありがとう」

見る限りかなりの業物で、そうそう研ぎが必要なシーンは来ないとは思うが、まあ作り手としては気になるところなのだろう。ここは遠慮なくお言葉に甘えておくことにする。

「さて、それじゃ戻ろうか。悪いね、付き合わせて」

「いえいえ、私も気になるっすから！」

今回俺がやりたいことは、あくまで新しい剣の感覚を摑むための準備体操みたいなものだ。クルニの成長に繋がる類のものではないので、付き合わせてしまうことに若干の申し訳なさも感じてしまう。

しかしまあ、本人が付いてきたいというのならそれを断る理由もない。

個人的には些か目立つ、赤の鞘を腰に差して街を歩く。

バルトレーンの中央区は、深夜早朝でもなければ結構な人通りがある。もしやこの鞘はすわ注目を集めるかとも思ったが、考えてみたら冒険者の連中とか派手な格好してる奴も居るわけだから、この剣単体がそこまで目立つわけでもないようだ。

おじさんとしては要らぬ衆目を集めずに済んで何よりである。

「でも、修練場じゃ切れ味は試せないっすよねえ」

「それはまあ仕方ないよ」

クルニが腰にちらちらと視線を飛ばしながら零す。

そうなんだよなあ。訓練は基本的に木剣でやるし、真剣で斬れるものって置いてないんだよ。流石に騎士団の備品を勝手に切り捨ててしまうのはヤバすぎるのである。俺も怒られたくないし。

じゃあ街の外に出て狩りでもするかと思えば、こういう大都市の周辺は警備や掃討が行き届いているものだ。ちょっとぶらつく程度でモンスターに出会える可能性は低い。

別に俺は無類の戦闘好きってわけじゃないから、真剣の切れ味を確かめられなくても文句はない。けれども、折角手に入った新しい業物を試したいという気持ちがあるのも事実。

うーん、おじさん柄にもなくちょっと高揚しているかもしれません。

あまりよいとは言えない傾向だ。気の昂り自体は悪いこっちゃないが、こういう上がり方は精彩を欠くタイプのやつである。歩いているうちに落ち着くといいんだけどな。

「ふふ、先生ちょっとそわそわしてるっすね！」

「いや、まあ、そりゃ多少はね」

にっこにこのクルニから指摘が飛んできた。

やっぱり傍から見て分かる程度にはテンションが上がってしまっているな。腰が空だったのは一週間少々だが、それでも落ち着くべきところが落ち着くと自然と気持ちは上がってしまうものである。

ふう、落ち着け落ち着け。

よし、落ち着いた。多分。

修練場に着いたら、構えの確認を中心にこの剣の重さと長さをしっかりと身体に沁み込ませよう。以前使っていた剣とそこまでサイズに違いがないとは言え、やはり別物だから細やかな違いは出る。それを肌に覚えさせて、俺も新しい剣に慣れて行かなきゃならない。

じゃないと、いざって時に間合いを見誤ったり振りが上手くいかなかったりする。ただでさえ冴えないおじさんなのだ、剣くらい格好よく振りたいものである。

「着いた着いた……うん？」

バルデルの鍛冶屋から騎士団庁舎までは、そう離れていない。

クルニと取り留めのない雑談を交わしたり、新しい剣に思いを馳せていればすぐに着く。

そして、俺とクルニの視界に庁舎の入り口が収まった時。

普段は守衛が立っているだけの場所に、小さなシルエットが追加で確認出来た。

「――おお、ベリル。待っとったぞ」

「ルーシー？　どうしたんだい、こんな時間に」

「ルーシーさん！　こんにちはっす！」

その人影は魔法師団の団長、ルーシー・ダイアモンドその人。

まだ日は昇ってはいるが、わざわざ人を訪ねるには少々遅い時間でもある。それに、言葉振りから察するに明らかに俺を待っていた様子。

どうしたんだろう、と思うが、わざわざルーシーが俺を訪ねる理由には直近だと一つしか心当たりがない。

「話がある。少し付き合ってもらえんかの」

初めて出会った時のような強引さはない。

しかし、その口調と表情から、決して安いお願いでないことは嫌というほど伝わった。

「……すまないね、クルニ。そういうことらしいから」

「い、いえいえ！　お気になさらずっす！」

断りを入れれば、ぶんぶんと腕を振るクルニ。

クルニには結局付き合わせてしまっただけになっちゃったな。今度軽く埋め合わせでも考えておこう。

「さて、それじゃ行こうか」

「すまんの」

ルーシーがクルニに向けて、軽く手を振って謝罪を口にする。

別にいいけどいきなり話を振った俺に対しての謝罪はないんだね。いや別にいいけどさ。

さて、なんだか呑気に素振りして終わりって一日じゃなくなってしまったな。

変な話が飛び込んでこなきゃいいけど、そればかりはルーシーのみぞ知るってか。

そうしてルーシーと二人、日が傾きかけたバルトレーンの街並みを歩く。

相変わらずアンバランスな組み合わせだ。アリューシアといいスレナといい、有名人と肩を並べて歩を進めるというのはどうにも慣れない。

「元気のある子じゃったな。騎士団の若手か？」

「ああ、クルニのことかい」

手持無沙汰になりかけたところ、ルーシーから雑談の花が咲く。

確かにクルニはレベリオ騎士団の元気印と評して差し支えない。道場に居る頃から彼女は根っから明るかったが、その持ち味は今も輝きを失っていないようで何よりである。

「いい子だよ。まだ若いけど筋も良い」

「そりゃ何よりじゃの」

くくく、と笑い声を漏らしながら答えるルーシー。

騎士団と魔法師団の関わりというのは俺も良く知らない。以前フィッセルが、ポーションの卸しのために騎士団庁舎へ来ているのを見たくらいだ。

ただまあ、彼女の反応を見る限りでは、互いにそう邪険にしているわけではないようで何よりである。俺としても両方に知り合いが居る以上、仲良くやってくれるに越したことはない。

俺自身、書類上は騎士団に所属しているから、険悪な空気になると巻き込まれそうで怖いからな。おじさんは平穏に生きていたいのである。

「……ところで、これ何処に向かってるの？」

とりあえずルーシーに付いて行くように歩いていた俺だが、またしても目的地を聞いていないことに気付いた。彼女からはちょっと話があると誘われただけで、どこで何の話をするのか何も聞いていないのである。

「ん？　わしの家じゃ。北区寄りの方にあるでな、少し歩くが」

「うん、まあ、それは構わないけど」

ルーシーの家かあ。何かでかい屋敷とか構えてそう。いや完全に俺の勝手なイメージだけどさ。

女性の家に御呼ばれするという、独身男性からすれば中々ないシチュエーションだが、悲しいかなそういう類のときめきは一切発生しないのがルーシーという相手である。

そういえばミュイも今はルーシーの家に世話になっているんだっけ。彼女の様子も気になるところだし、いい機会かもしれない。

「外では出来ない話かな」

それに、話をするだけであれば立ち話でも、どこかの店に入ってでも出来るはずだ。わざわざ彼女の家にまで赴くことを考えれば、話の重要性と秘匿性も変わってくるというもの。

「まあ、ちょっとな」

そんな俺の言葉を聞いて、ルーシーは少しばつが悪そうに苦笑する。

うーん、彼女の性格から考えるとやや珍しい反応のようにも見える。いつもあっけらかんとしている彼女からすると、この煮え切らない反応は何か複雑な事情があるのでは、と要らぬ勘繰りをしてしまいそうになるな。

本当に厄介事じゃなければいいんだけどなあ。

「そういえばお主、面白い得物を持っておるの」

「ん？　ああ、この剣のことかな」

ルーシーが俺の腰に差された得物を見て、零す。

まあ面白いと言えば面白い代物なのだろう。赤い皮で出来た鞘などそうそう見かけるものじゃないしな。

しかしてっきりルーシーは魔法専門なのかと思っていたが、近接武器にも心得があったりするのだろうか。

「ちょっとした伝手でね。ルーシーも剣に詳しかったり？」

「いや、からっきしじゃな」

いやダメなんかい。

「ただ、微かに魔力を感じるのぅ。魔装具が纏っとる魔力に近い」

「へえ……」

そんなの分かるものなんだね。

俺は魔力のまの字も分からないし適性がてんでないからさっぱりだが、彼女ほどの魔術師になれば、そういうのも感じ取れるようになるのだろうか。

「じゃあもしかしたら、俺も魔法が撃てたりするのかな」

「どうじゃろうな。本当に微かじゃから、多分無理だと思うが」

「そっか……」

まあ期待はしてなかったけど。期待はしてなかったけどちょっと残念だ。

「しかし、魔力の有無なんて分かるものなんだね」

「個人差はあるがの。分かるやつには分かると思うぞ」

そういうものかあ。自分が全く分からない領域のことだから全然ぴんと来ない。今度フィッセル辺りにも聞いてみようかな。

そういえば、アリューシアやスレナ、クルニたちも魔法に関しては何も言わなかったし聞いてもいないな。やはりそういう資質を持つ者は限られてくるのだろう。

「凄いね、魔術師は」

「何を言うか。お主ら剣士は殺気を感じることが出来るんじゃろ？　同じようなもんじゃろ。むしろわしから言わせればそっちの方が凄まじいわ」

「……なるほどね」

あー、うん。今の言葉でなんとなく分かった。

確かに常人に殺気を感じろ、というのはちょっと無理な話のように思う。俺だってどうやって殺気を感じているのか、具体的に説明しろと言われれば難しい。魔力を感知出来るのは、殺気の魔法版とでも言うべきものなのかな。

「あ、そういえばさ。少し気になっていたことがあって」

「ん？　なんじゃ？」

せっかく魔法の話になったので、ついでと言っては何だが少し気になっていたことを聞いてみよう。

「君たちが使うのは魔法だろう？　どうして『魔法使い』じゃなくて、『魔術師』って呼ぶんだ？」

そう。

魔法って単語はこの世界に溢れている。そして、その魔法を使う者は珍しくはあるが、世に認知されている。

ならば、普通に考えれば『魔法使い』と呼んでもいいものだが、何故か世間一般には『魔術師』と呼ばれている。

ちょっとした言葉の違い、と言われればそれまでかもしれないが、何となく気になっていた。ので、聞いてみた次第。

「なんじゃお主、本当に魔法については何も知らんのじゃな」

「悪いね、無知なもので」

返ってきたのは、小さいため息と俺の知識に対する指摘であった。

しょうがないじゃん、魔法の世界ってのは本当に俺にとっちゃ無縁だったんだからさ。

「まあよい、歩きがてら教えてやるとするか。喜ぶがいいぞ、わしの講義なぞ本来なら金を取るところじゃからな」

「ははは、それじゃあありがたく拝聴いたしますってね」

ルーシーの家は北区寄りにあるということだから、まだもうしばらくは歩くだろう。ただ黙って歩くには些か長い道のりだ。雑談の延長でそういう知識を蓄えておくのも悪くない。

「そもそも、魔法という言葉が指す範囲は広大でな。定義としては、魔力を媒介して発生し得るすべての事象を指す。じゃから、意味合いとしてわしらは全員魔法使いではある」

「ふむ」

おっと、どうやらルーシー大先生の講義が早速始まる模様。ありがたく耳に入れるとしよう。

しかし、魔力を媒介するすべての事象か。指定される範囲がとんでもなく広い。実際に魔法でどういうことが出来るのか、なんて知識は俺にはないが、それでも魔装具なんて代物がある以上、その範囲はとてつもなく広いんだろう。

「魔法という概念自体は昔っから存在しとるが、それを人の手で操れるようになったのは割と最近らしくての。その中で、『人の手で再現出来る事象』を魔術と呼び始め、魔法と区別し始めたそうじゃ」

「……なるほどねえ」

「要は、魔法という広い括りの中に魔術があるという感じじゃな。本質はどっちも同じじゃよ」

ルーシーが「らしい」や「だそうだ」なんて表現を使うってことは、その起源はやはり俺たちが生きているこの時代よりも随分と昔にあるのだろう。

剣だって古代から人間が扱ってきた武器には違いないが、魔法にはそれと同等、あるいはそれ以上の歴史の重みが感じられる。俺が操る剣術だって連綿と継がれてきた技術であることは確かだ。間違ってもぽっと出で使えるようになった技ではない。

「じゃから、今の魔術師に魔法使いを名乗れる奴は一人も居らんよ。名乗れば、そいつはすべての魔法を扱えることになってしまうからのぅ」

ルーシーほどの魔術師ですら、魔法の深淵は覗くどころかその縁に立つことすら許されていない。

まったく、気が遠くなるような学問だ。

「大変なんだね、魔術師ってのは」

「くくく、そりゃそうじゃ。研究と研鑽の毎日じゃよ」

日々研鑽を重ねるってのは剣術にも通ずるものがあるが、多分その密度と精度は剣の比じゃないんだろうなあ。いや、俺だって楽して剣を修めたわけじゃないけどさ。こういう話を聞くとどうしても比較してしまうのだ。

「今、人の手で再現出来る魔法は世に存在し得る魔法の一割にも満たんらしい。まったく、先の長い話じゃ」

最後に、半ば投げうつように言葉を吐き捨て、ルーシー大先生のありがたい話が締め括られた。

「俺にはまったくついていけない領域だってのはよく分かったよ。ありがとう」

「ははは、これくらいなら構わんでな」

多分、魔術師にとってはさっきの話は基礎中の基礎というか、当たり前のことなんだろう。いい年こいてそんなことすら知らなかった自分に少しばかりがっかりする気持ちも湧くが、ビデン村のような片田舎では得られる情報にも限りがある。

いいんだよ、村暮らしに魔法の知識は不必要だったんだから。それに、この年になってもまだまだ知識として学ぶことが多くある、ってのは悪いことじゃない。物事は前向きに捉えていこう。

「……っと、ここじゃ」

色々なことを喋りながら結構な時間歩いていると、どうやらルーシーの家に到着したらしい。

時刻としてはちょうど夕刻、世界が闇に飲み込まれる少し手前。もういくらか時間が経てば、日が沈み暗闇が世界を照らすのだろう。

話の内容にもよるが、時間次第では帰りはすっかり夜になりそうだな。

「……大きいねえ」

着いた先で視線を上げれば、眼前には立派な門構えを見せる大きな屋敷。やっぱりいいところに住んでるんじゃん。少しだけ羨ましい。俺の身分でこんなデカい家に住んでも持て余すだけだけども。

「さ、遠慮なく入ってくれ。今日は客も来とるでの」

立ち止まったのは数瞬。

門を開けたルーシーに倣い、屋敷の前に広がる庭へと足を進める。

「……客?」

どうやら、ルーシーに招かれた招待客は俺だけじゃないらしい。

まったく、どこの誰が待ち受けているのやら。興味は湧くが期待は膨らまないね。

「ほれ、何をぼさっとしとる」

屋敷の大きさと外観にしばし目を奪われていると、先に門を潜ったルーシーから声が飛ぶ。

「いやごめん、大きいなと思って」

客という言葉も気になるが、その疑問は間もなく解消されるだろう。今ここで問い質したって意味がない。

とりあえず屋敷の外観に驚いた、というのも嘘ではない。一先ずそれを立て付けの理由として、ルーシーへの返答とする。

「ふふ、そうじゃろそうじゃろ。ま、とは言っても使っとる部屋は一部なんじゃがの」

俺の答えを受け取った彼女は嬉しそうに、しかし少しの苦笑いとともに言葉を紡ぐ。

まあこんな大きい屋敷じゃなあ。ルーシーとミュイ、それに使用人が居るとしても、それだけではとてもじゃないが持て余してしまうだろう。

「俺も家は探しているんだけどね。手頃かつ利便性の高い場所ってなると中々」

「中央区は地価も高いからのぅ」

俺の事情を少し零せば、返ってくるのは当然の答え。

そのお高い中央区にこんなデカい土地を持っているルーシーが何を言っているんだ、という感じではあるが、彼女は魔法師団の長である。それなり以上の給金を貰っていて然るべき存在だ。俺みたいな木っ端とは訳が違う。

俺としてもバルトレーンに住むことになってしまったからにはきちんとした住まいは持ちたいところだが、今の懐事情だと如何ともし難い。かと言って、これ以上の待遇を望むのも違う気がする。師範として道場に立っていた時とは何もかもが違うから一概に比較は出来ないが、それでも悪くない金額は頂いているはずだしな。

しかし騎士団庁舎に通うことを考えれば、出来れば中央区に居を構えたい。住宅区である東区も悪くはないんだろうが、利便性を考えるとどうにも二の足を踏んでしまう。

まあ、一番の原因は今の宿がなんだかんだで便利だというところだ。そこそこ安いし場所も近い。酒場等の店が近いのも高得点。

下手に居心地がいいもんだから、巣立ちを迷ってしまうんだよな。いつまでも宿暮らしではちょっと格好がつかないという理由もなくはないが、こんなおっさんが今更そこら辺の外聞を気にしても詮無いことでもある。

まあいいか。少なくとも今この場で考えるべき内容でもないし。

ルーシーに一体どんな用件で呼ばれたのか、それを明確にするのがどう考えても先だ。

「それじゃ、お邪魔しますっと」

「うむ、遠慮なくあがるといい」

お邪魔しますの言葉とともに玄関を跨いだ先、広々としたエントランスがまずは目に飛び込んでくる。

うわあ、外見通り広い家だ。やっぱり少し羨ましい。いくつかの調度品も見られるし、広さで言えばビデン村の実家も狭くはなかったが、都会の家は一味も二味も違うな。

「ルーシー様、お帰りで」

「ハルウィ。今帰った」

あちこちに視線を配っていると、奥の扉から一人の女性が顔を覗かせる。

外見を一言で評すのであれば、素朴で整った顔立ちの使用人。やや皺が目立つものの、長い年月で培われたであろう気品を感じさせる風貌だ。

シニヨンで纏められた艶のある黒髪。同じく黒縁の眼鏡から覗く、透き通った黒の瞳は年齢相応、あるいはそれ以上の落ち着きを感じさせる。

「ベリル、こやつはハルウィ・シャディ。うちの使用人じゃ」

「ええと……お邪魔します、ベリルです」

「初めまして、ハルウィと申します。ベリル様のお名前は聞き及んでおりますわ」

どうやらこの方はハルウィさんと言うらしい。

年齢で言うと俺と同じかちょっと上かな。着ている服が使用人服でなければ、上品な貴婦人と言っても差し支えない程である。

とりあえずの挨拶を紡げば、返って来たのは流麗な言葉と所作であった。

しかし、聞き及んでいるって多分ルーシーづてだよな。どんな内容で話が入っているのかちょっと興味は湧いたが、ここで詳しく掘り下げる話題でもないか。

そういえば、ミュイは居ないのかな。この家のどっかに居ると思うんだけど。

「イブロイ様がお待ちです」

「分かった。直ぐに行くでな」

ハルウィさんの言葉に知らない単語が交じる。

イブロイ様。一体何処のどなた様でしょうね。当然ながら俺にはまったく聞き覚えのない名前だ。

それもルーシーに付いていけば分かることだろうか。

「ベリル、こっちじゃ。ハルウィ、茶は要らん」

「畏まりました」

口頭で指示を出し、ずんずんと我が家を行くルーシー。そのまま付いていけばいいのだろうか。

いまいち人の家って勝手が分からないところがある。こっちじゃ、と言うからにはその通り付いていくのが正しいのだと思うけど。

その間、ルーシーからの言葉を受けたハルウィさんは淑やかな動作で違う扉へと引っ込んでいった。

玄関を通り過ぎ、一つの扉の前へ。

場所的に厠《かわや》や厨房というわけでもないだろう。おそらくは応接室というか、そんな感じなのだと予測は付いた。素朴な木製のドアがこちらとあちらを隔てている。

「入るぞ」

コンコン、とノックの音を重ね、ルーシーが扉を開けた。

ルーシーに倣って中に入る。やはり中は応接室と呼ぶべきもので、狭くない空間の中央にはテーブルが、そのテーブルを挟むように計四つの椅子が並べられていた。

空席は、そのうち三つ。

左奥の椅子には、既に先客が腰を掛けていた。

「遅いじゃないかルーシー君。待ちくたびれたよ」

「すまんの、イブロイ」

通る声は、やや年齢を感じさせるが爽やかなものだ。

イブロイと呼ばれた男性は、膝下まで隠れるローブに身を包み、ゆったりと椅子に腰かけていた。白髪交じりの黒髪。しかし綺麗に整えられた髪は長さの割に清潔感をしっかりと感じさせる。年齢、は俺よりも上だろう。額と頬に刻まれた皺は決して浅くない。しかし、そこに威圧感などを感じることはなく、物腰柔らかな男、というのが見目と第一声から来る第一印象だった。

見るからに、好印象。そしてその分、多少の警戒をせざるを得ない。

胡散臭い、と言ってしまえば失礼だが、柔和な笑顔からは一筋縄ではいかない雰囲気も感じさせる。

何より、ルーシーを君付けで呼ぶほどの人物だ。ただのおじさんではないことは分かり切っていた。

「彼がそうかい」

「うむ、ベリルという。腕の程は保証しよう」

「……えっと、初めまして。ベリル・ガーデナントです……」

腕って。面倒ごとの予感しかしないんだが。

とりあえずの挨拶を口に出し、ルーシーの隣の椅子へと腰を下ろす。

配置としては、俺の右隣にルーシー。テーブルを挟んでルーシーの前にイブロイ。イブロイの隣の椅子は空席のままとなっている。

「さて。突然のことで多少の混乱もあると思う。まずは僕の自己紹介からさせてもらおう」

俺とルーシーの二人が席に着いたと見るや、口火を切るイブロイ。

うーん、別に会話の主導権なんてどうでもいいし、そもそも事情の分からない俺ではそれを握りようもないんだが、頼むから面倒なことは押し付けないで欲しい。眼前の男性の正体は今から明かされるとしても、どうにもルーシーが絡むと碌なことがないような気がしている。

「ははは、そう警戒しないでくれると助かるんだけど」

そんな俺の思惑は表情に出ていたか。笑いながらイブロイに宥められた。

だって仕方ないでしょ。いきなり連れてこられて見知らぬおじさんとの邂逅《かいこう》となれば、多少の不満や疑問は出て然るべきだと思う。俺だって、無条件に初対面の人を受け入れられるほど出来た人間でもないのだ。

ごほん、と一つ咳払いを入れたイブロイが、少しばかり姿勢を整えた。

まあここまで来てしまった以上、そう愚痴を零しても仕方がない。今はとりあえず彼の話を聞くことにしよう。

「僕はイブロイ・ハウルマン。スフェン教の司祭だ」

うわー、宗教関係者かよぉー。

面倒くさい予感しかしねえ。俺帰っていいかな。

「ふふ、神は嫌いかね？」

「ああ、いえ、そういうわけでは……」

しまった。面倒くささそうで帰りたいという感情がやはり表情にいくらか出てしまったようである。それをイブロイがどう捉えたかは分からないが、少なくとも肯定的には見られなかっただろう。僅かな含み笑いとともに、信心の有無を問われていた。

俺は特定の宗教を信仰していない。言い替えれば無宗教である。

かと言って、別に信心深い人を馬鹿にするつもりはない。宗教は立派な文化の一つだし、人々の心の拠り所になっている事実もある。

ただ、俺にとっては単純に神様という不確定な要素より、剣の方が信ずるに値するものだったというだけの話だ。

「ベリルはスフェン教のことは知っとるかの？」

「まあ、名前くらいは」

ルーシーが確認を入れてくる。

俺だって余程マイナーな宗教などでなければ、一般教養として名前くらいは知っている。それが一定の勢力を持っているスフェン教となれば尚更だ。

スフェン教。

俺も内情を詳しくは知らないが、唯一神スフェンを信仰する宗教だったと記憶している。

発祥の地はこのレベリス王国ではなく、隣国のスフェンドヤードバニアという国だ。

ガレア大陸の北部に広大な領土を持つレベリス王国だが、国境を構えている国は二つある。

一つは王国側から見て南東に位置する小国、スフェンドヤードバニア。

ここは領土も狭く国力も王国に比して高いわけではないが、スフェン教という国教を掲げている宗教国家である。国民もほとんどがスフェン教徒らしい。俺もスフェン教徒の知り合いがひとりだけ居る。今何をしているんだろうな。

もう一つは、南西に広がるサリューア・ザルク帝国。

こっちは王国より領土が広いが、その半分くらいは砂漠という、王国とは対照的な立地である。

サリューア・ザルク帝国はその名の通り帝政で、ここと昔やりあっていた歴史もあるらしい。

が、今では割と平和なお付き合いが出来ていると聞く。勿論詳しいことは知らないが。

まあ、そんな二国がレベリス王国と国境を隣する国だ。

この二国より南にも当然大地や国はあるのだろうが、詳しくは知らない。俺は多分、レベリス王国から出国することは一生ないだろうし、知らなくても生きていけるからである。

スレナなどの冒険者ならもっと大陸について知っているかもしれないけどね。今度暇が出来たらそういう話を聞いてみようかな。

「なに、そう警戒しないでほしい。別に今日は勧誘に来たわけじゃないんだから」

「……そうであれば助かります」

色々と考えていたら、イブロイからは警戒するなとの言葉。まあ、勧誘されるのは御免だしここは素直にその言葉を信じておこう。

目の前に座る彼が良い人なのか悪い人なのかは分からんけれども、少なくともルーシーと浅くない仲であろうことは分かる。ということは多分、悪人ではないのだろう。

しかし、じゃあそれが即ち信用に値する人物か、というのはまた別問題だ。わざわざこんな席を設けて話をするということは、ただの世間話ってわけではないはずである。

どんな内容が飛び出してくるか分からない以上、呑気に話を聞くわけにもいかなかった。とは言え、何をするってわけでもないんだけどね。ここで暴れるわけにもいかないし、イブロイだって害しようと思って来ているわけじゃないだろう。

「以前、宵闇の奴を捕まえたじゃろ。口を割らせるのにはちと苦労したが、気になる情報も出てきたのでな」

ここでルーシーが口を開く。

宵闇さんというとあれだ、以前ミュイを誑《たぶら》かした悪漢としてルーシーが成敗した男だな。騎士団庁舎の地下に捕えられたまでは知っているが、やはりそこから事情聴取を行っていたと見える。

口を割らせるために何をしたのかは知らないし、聞きたくもない。別段聞く必要もないと思うし。俺はそんな世界とは無縁に生きていたいんです。

「気になる情報、ね。それはイブロイさん……も関係している、ということかな」

「ま、そういうことじゃゃ」

普通に考えればそうなる。

だが、ただの小悪党がスフェン教と繋がる理由が見えてこない。仮に宵闇がスフェン教の敬虔な信者だとして、それがわざわざ司祭様が出向くほどの案件かと問われると疑問符が付いて回る。

具体的なことは何一つ分からんが、とりあえず面倒ごとの気配がプンプンと漂っている。いやだなあ。

「少し、僕たちの話をしようか」

先程のやり取りを切っ掛けと見たか、イブロイが語り始めた。

今更宗教の成り立ちなんかを聞いてもなあ、とも思うが、それを今突っついても仕方がない。大人しく耳を傾けてみることとする。

「ベリル君がどこまで知っているかは知らないが、僕たちスフェン教徒は唯一神スフェンを信仰している。スフェンが行使したと言われる『奇跡』がその信心の発祥とされているね」

「……奇跡？」

「怪我を治し、肉体の損耗を回復させる魔術だ」

「イブロイ、よいのか。魔術と言ってしもうて」

「はは、その方が伝わりやすいだろう。僕だって信者でもない人を相手に教典を振りかざすつもりはないさ」

ふーむ。どうやらスフェン神は肉体を回復させる魔法の使い手が元になっているらしい。それがただの人だったのか、本当に神だったのかは知らないが。

しかし、奇跡か。本質を求めれば魔法という一言に集約されるはずだが、世は様々な呼び方をするもんだ。

ただまあその点、剣も同じなのかもしれない。本《もと》を正せば全て剣術だが、世の中には何々流とかが溢れているわけで。

「スフェン教では魔術と奇跡は区別されている、ということですか？」

「その通り。僕も本質は同じだと思っているけどね。まあ、教徒たちの前では口が裂けても言えないことだけど」

ははは、と笑いながらイブロイ。

いや、それ間違っても笑いながら言うことじゃないと思う。教典って神に仕える者にとっては最重要だと思うんだけどな。とんだ狸司祭である。

「その中で、スフェンが行使したと言われる、最上位の奇跡があってね。――死者を蘇生させる奇跡だ」

声の調子を少し変えて、イブロイが語る。

おっとぉ、一気に胡散臭くなってきたぞ。

そういえばミュイも宵闇も、蘇生魔法について言及していたな。そこが関わりのファクターか。

伝説として、死者を蘇生させた奇跡が語り継がれている、ということ自体はさして不思議ではない。伝説ってのは得てしてそういうものだ。剣術にだって色々な逸話は残っているだろうし。

しかし、そんな非現実的なことを今の時代に行使しようとすれば色々と問題がある。伝説は、再現性がないから伝説なのだ。

「念のため伺いますが、その奇跡の再現は……」

「出来るわけがない。あくまで伝説の一幕……というのが僕の認識だ」

「ですよね」

まあそれが出来てりゃ苦労せんわな。

ただ、イブロイが語るということは当然、スフェン教の教典にも記載がある事項なのだろう。ということは、それを信じている者も少なからず居るはず。

「ふん、脚色に決まっとるわそんなもん」

「ルーシー君。信心を持てとは言わないが、そういう言葉は時と場所を選んでくれ給えよ」

鼻を鳴らしたルーシーを、イブロイが諫める。

この二人のやり取り、何というか、慣れのようなものを感じる。多分、この二人には短くない付き合いがあると見た。だからと言ってそれで何か話が進むというわけでもないんだが。

この話の肝は、もうちょっと先だ。

「スフェン教の教典にそのような記述があることは理解しました。しかし、未だ俺が呼ばれた理由が見えません」

そうなのである。

イブロイだって、教典の内容を語るためだけにここへ来たわけじゃないだろう。スフェン教の司祭となれば、そう暇を持て余しているとも思えない。

こんな場を設けて、更には俺なんぞを呼ぶ理由があるはず。そしてそれは、スフェン教のあらましに直接的な因果関係はないはずだ。

「……宵闇らに、魔装具を流しとる奴の名が割れた」

俺の疑問を聞いて、口を開いたのはルーシーだった。

その口調は、先ほどまでとは違ってやや重たい。

「レビオス・サルレオネ。スフェン教の司教だ」

こっちも宗教関係者かよぉー。しかも司教様じゃん。

まあ百歩譲ってそれはそれで事実としていいよ。

で、それが俺が呼ばれたこととどう関係しているんだ。

「単刀直入に言う。彼の捕縛をベリル君に依頼したい」

どうしてそうなるの。

「ま、待ってください。どうして俺に?」

一から十まで意味が分かりません。

宵闇に魔装具を流していた黒幕がスフェン教の司教だった。そこまではいい。でもそれをどうして俺が捕えねばならんのだ。

話の流れが飛び過ぎている。それこそルーシーなりが出張れば終わる話じゃないのか。何故俺のようなおっさんにこんな話が飛び込んでくるんだ。

「君しか選択肢がないんだ。我々も体裁、というものはそれなり以上に大事でね」

「……」

教会が体裁を大事にするのは分かる。レベリオ騎士団もそうだが、そういう組織が外面やメンツといったものを重要視するのは仕方がない。騎士団も教会も、民からの支持があってこその組織だからだ。

だが、そこから先の人選の訳が分からない。

「まず、わしが動けん。魔法師団がスフェン教と事を構えるとなるとな」

「……まあ、それは分かるよ」

ルーシーがため息とともに零す。

彼女が動けないのはまだ分かる。魔法師団と言えばレベリオ騎士団と双璧を成すレベリス王国の切り札だ。その長がスフェン教と一悶着を起こしたとなれば、小さくない問題に発展するだろう。

スフェン教は隣国、スフェンドヤードバニアの国教だ。国際問題にも発展しかねない。

「アリューシアも今は動けん。騎士団は今、レビオスを参考人招致するために、その準備をしとる」

「ふむ……それで解決、じゃダメなのかい？」

宵闇への尋問で手に入った情報だけでは証拠としづらい、というのは分かる。だから騎士団も逮捕ではなく、参考人招致という名目で動くのだろう。

しかしそれならそれで、レビオスとやらを呼び付けて話を聞けばそれで終わりじゃないのだろうか。

「レビオス司教はスフェンドヤードバニアの人間だ。やましいことの自覚があれば、レベリス王国からの亡命は容易い」

俺の疑問に、今度はイブロイが答えた。

なるほどね、レビオスさんはレベリス王国の人間ではないのか。恐らく、スフェン教の司教として布教のために来ている人間だろう。

「では、イブロイさんが話をつけに行けばいいのでは……？」

続けて出た俺の疑問は、じゃあお前が動けばいいじゃん、といったものだった。

宵闇という盗賊が関わっていたとはいえ、この話の本質はスフェン教の教会勢力内部でのゴタゴタだ。わざわざ俺なんかに話を通さずとも、教会で動けばいい話のように思うんだが。

「僕は司祭だよ。物的証拠もなしに司教様を拘束するのはなかなか難しい。それに、スフェンドヤードバニアの教会騎士団も動かせない。国境を越えて彼らを動員するとなると、相応の立て付けが必要だし、何より時間が足りない」

「教会騎士団、ですか……」

臍《ほぞ》を噛むように、イブロイが言葉を発する。

教会騎士団、というのは俺も名前だけは知っている。レベリス王国で言うレベリオ騎士団みたいなもんだ。

スフェンドヤードバニア自体が宗教国家だから、その直下の戦力というのも当然、教会勢力の指揮下にある。その筆頭が教会騎士団。

詳しくは俺も知らない。戦力を保持する組織として名前を知っている程度だ。

その腕前が如何程かも未知数だが、まあそう弱い組織ではないだろう。宗教国家と一言で言っても、その内情はつまるところ政《まつりごと》だ。単純な構造であるはずがない。

スフェンドヤードバニアはレベリス王国と比べると国土も狭く、国力も高いわけじゃない。

だが小国と侮ることなかれ、国という組織は物凄く膨大な人の数と思惑を束ねている。それらの実動戦力として構える教会騎士団が、ただのお飾りというわけがない。いや別に戦うつもりでもないんだけどさ。

「……宵闇とレビオスは、ある契約の下で動いとった。教会勢力から魔装具を横流しする代わりに、魔法の素質を持つ者、あるいは死んでも影響のなさそうな者を融通する契約じゃ」

「それは……」

ルーシーの言葉に、思わず口を噤む。

宵闇とレビオスのやり取りは、明らかに違法だ。間違っても表沙汰に出来る内容じゃあない。この内容が明るみに出てしまったら、スフェン教、ひいてはスフェンドヤードバニアという国そのものが強烈な批判を受けることになる。

「目的の察しは付く。恐らくは……スフェンの奇跡の再現だろう」

スフェン神の伝説に残る最上位の奇跡、死者蘇生。

レビオスという司教は、多分敬虔なスフェン教の信者なのだろう。この事態を敬虔という言葉で片付けていいのかという別の問題はあるが。

「し、しかし、それなら冒険者ギルドなどの国に依らない組織への依頼も……」

「ベリル君。国家を股に掛ける大組織である冒険者ギルドに、スフェンドヤードの恥部を晒せと？ なかなか難しい問題だね」

冒険者を頼るという手段もダメ。

言われてみればその通りだ。冒険者ギルドに依頼を出すということは、当然ながらその内情を伝えるということ。

ギルドだって馬鹿じゃない、依頼情報の裏付けは取るだろう。そうなればイブロイの言う通り、国の恥を全世界に晒す結果になる。

「僕としては、教会内部の悪事をみすみす逃したくはない。確たる証拠はないが、その宵闇とやらだって、あてずっぽうでレビオス司教の名前を出したわけじゃないだろう」

確かに、ただの盗賊がスフェン教の司教の名を出すってのもおかしな話だ。そもそも普通関わりを持っていると思えない。何らかの繋がりがなければ、その名前は出てこないはずだ。

「現状、レビオスは犯罪者ではなく推定容疑者じゃや。それも証拠がない。じゃから騎士団も強硬手段には出られん。精々が呼び出し程度じゃの。しかし、そうやってまごついとる間に逃げられれば、真相は闇に葬られる」

ルーシーが珍しく、少し苛立ったような口調で語った。

彼女の怒りは分かる。魔法に対して誰より真摯に接してきた人物だ。蘇生魔法という奇跡が伝説にあるにしろ、現在あるべき魔法の姿を人道に反してまで歪めようとした者を許せないのは尤もだろう。

個人的には、諸手を挙げてとまでは言わないが、彼女の思想には賛同出来る。

だが、それにしたって彼らの頼みには無視できない問題があった。

「俺も一応、レベリオ騎士団の特別指南役なんですが……」

そう、俺の肩書の問題だ。

百歩譲って、これがただの田舎町の剣術道場師範であるならまだ話は通るかもしれない。しかし、現実そうではなくなっている。ちょっと前までは確かにそうだったが、今の俺はレベリオ騎士団の特別指南役。

アリューシアの贔屓で引っ付いてきた肩書ではあるが、それでも国王御璽《ぎょじ》付きの任命書がある以上、ただの人という扱いは難しいんじゃないだろうか。

騎士団が今、参考人招致のために動いているということは、正式な活動としてやっていることだろう。それを尻目に特別指南役である俺が勝手に動いてしまうのは、どう考えてもまずい気がする。

「お主、叙任は受けておらんじゃろ？　指南役とはいえ、実態はただの雇われ人。それに、お主を特別指南役と認識しとるのは、騎士以外にはそうおらんはずじゃ」

「む、無理やりだね……」

なんかめちゃくちゃ都合のいい言葉を並べられている気がする。

いやまあ、確かに俺は王からの叙任を受けていない。なので騎士ではないし、忠誠を誓っているわけでもない。

こじつけにも近い道理だ。しかし、こじつけでも何でもいいから、何とか通せる筋を見極めようとした結果にも思える。その辿り着いた先が俺ってのはどうにも納得がいかないけれど。

「ちなみに、このことをアリューシアは……？」

「無論、認識しておる。その上での提案じゃ」

頼みの綱として出したアリューシアの名も特に効果はなかった。

そりゃまあ、宵闇を捕えているのは騎士団庁舎だ。この事情についてアリューシアが知らない方がおかしい。とっくに話は通っていたということか。

「実際に突っ込んで捕えろという話でもない。どちらかと言えば、逃げようとしたら捕えてほしい、と言った方が近いね。レビオス司教が素直に参考人招致に現れてくれれば、それに越したことはない」

えっこれ俺がその依頼を受ける前提で話進んでない？　まだ受けるとは一言も言ってないんだけど。

本当にこのバルトレーンに来てからというもの、どうにも俺の与《あず》り知《か》らんところで俺への話が勝手に進み過ぎる。

しかしまあ、教会を襲撃しろって話ではない分、まだいくらかマシではある。要は張り込みをしろってことだろう。

「ミュイのためを思って、一肌脱いではくれんか」

「その名前を出すのは卑怯じゃないかなあ……」

いい大人がこぞって掬い上げた小さな子へのけじめ。

そう言われると、俺も易々と退けなくなる。彼女の姉のこともそうだが、ミュイが今後、真っ当な道を歩むには、後顧の憂いをすべて断つというのは大事だ。

「そういえば、ミュイ自身はこのことを知っているのかい」

「知らんよ。今伝えてもどうしようもない」

「まあ、そりゃそうか……」

貴方の姉は悪徳な司教に売られましたよ、なんて伝えて益が出るものじゃないしな。

「相応の謝礼はする。何とか頼まれてくれないか」

イブロイが態度を改めて、再度のお願いを伝えてくる。

うーん、どうしたものか。謝礼にはそこまで興味がない。どちらかと言えば、ミュイの今後についての方が気になる。

宵闇とその手下をいくらか捕えたとはいえ、彼女はその団体に属していた身だ。根源を断たない限り、この不安はきっとついて回る。

「はあ……」

どう考えても俺には手に余る案件だが、かといって悠長にしてはいられない。他の誰かに依頼しようにも、俺にはその伝手がない。そもそも、この類の話を広めるわけにもいかない。

ダメじゃん。八方塞がりじゃん。

更には魔法師団長とスフェン教の司祭という、大物二人からの依頼を断ってしまったら、という不安もチラつく。いや、俺が害されるとまではいかないが、彼女たちの言う通り、本当に頼る先が俺しかないというのであれば、この問題の解決の糸口が見えない。

　厳密に言えば、八方好しで収まる解決法がない。どこかに必ず歪みを生じさせてしまうか、真相が闇の中に消えてしまう。

　それに、やはり一番引っ掛かるのは――

「それでも、俺が勝手に動くことの影響は無視できないと思いますが……」

　外野から見れば、スフェン教の司教に単独で身勝手なカチコミをかけたおっさんという捉え方も出来る。流石にそれで余計な被害を被るのは何としてでも避けたいのである。

　それに、騎士団を離れて単独で動くことになる以上、どうしてもそこへの大義名分が必要だ。俺だって保身を優先して考えるわけじゃないが、それにしたって俺という駒が動くには動機が貧弱過ぎると思う。

「レベリオ騎士団は参考人招致に動いている。一方、君はスフェン教の司祭から正式な依頼を受ける。これで問題ないじゃないか」

「証拠は何としても押さえたい。そのためには、レビオスを逃さんことが何より重要じゃ。その猶予は与えたくないのでな」

　イブロイとルーシーが声を揃える。

　いや問題しかないと思うんですが。俺の貧しい想像力で言えば、明らかに無理筋だ。そもそも俺という人選が合っているとも思えない。

とんでもない賭けである。どう考えてもベットする先を間違えている気がしてならない。

真剣に帰りたい。そしてすべての話を聞かなかったことにしたい。

だが、事の発端は俺がミュイを中途半端に助けてしまったことにもある。であれば、最後までその責任を取るのが大人の務め、と思うべきなのか。

「はあ……分かりました。出来る限りはやりましょう」

「そうか！　いや、助かるよ。ありがとう」

結局、俺が折れる形となった。

言う通り、この依頼が空振りで、レビオスがちゃんと参考人招致に応じてくれればこの話は丸く収まる。

そこに期待するしかないな。いや、その期待値が薄いから俺にこの話が飛んできたってことだと思うんだけど。

「これはスフェン教からの正式な依頼として捉えてくれて構わない。万が一が起きた際も、君の身柄は僕とルーシー君が保障しよう」

「うむ、直接わしは動けんが、その辺りは安心するといい」

「ああ、そう……」

とりあえず、俺の身は保障された、ということでいいのだろうか。まあ、気休めにはなるか。

「それで、俺はどうすれば？」

それに受けると決めてしまえば、もうグダグダと蒸し返す必要性はない。

やらなきゃいけないことをとっとと決めて、今日はさっさと休みたいところだ。

「騎士団からの参考人招致は明後日を予定しておる。タイミングを考えると……今夜じゃろうな」

「こ、今夜⁉」

とんだ電撃戦じゃないか。

「頼んだよ。ベリル君」

「は、はい……」

ちくしょうめ。もうどうにでもなーれ。

「さて、それでは僕はこれで失礼するよ」

話はまとまったと見たか、イブロイが席を立つ。

細やかな打ち合わせなんかは必要ないんだろうか。それともそこら辺はルーシーにお任せということだろうか。俺まだ何も情報貰ってないんですけど。

「見送りは……要らんか。またの、イブロイ」

「ははは、ルーシー君は相変わらずだなやっぱり。またね。ベリル君、任せたよ」

「ああ、はい……」

ルーシーとイブロイの年季の入ったやり取りを聞きながら、俺への言葉を受け取る。

任されてもなあ。いや、受けた以上はやれることはやるつもりだが、具体的にどうすればいいのか。まさか単独で教会に殴り込んで大暴れしてこいって話でもないだろうし。

「おや、イブロイ様。お帰りですか」

「ああ、ハルウィ君。すまないね」

扉の向こう、帰り支度をしているイブロイを見つけたであろうハルウィさんが声を掛けていた。

部屋の外には使用人であるハルウィさんが居たから、ルーシーは動かなかったのかもしれない。

それでも玄関口までの見送りくらいするべきじゃないかとも思ったが、まあこっちはこっちでまだ話が全部終わったわけじゃないからな。

「……で。俺はどうすればいいのかな」

「うむ。それは今から説明する」

意識を扉の向こうから中へと移す。

俺が投げかけた言葉を受け取ったルーシーは、席を立つと壁の本棚から一冊の薄い本を取り出した。ペラペラと捲る様を見てみれば、どうやらそれはバルトレーンの地理を示す地図のようだ。

「レビオスは普段、北区の教会におる。張って欲しいのはここじゃな」

「ふむ……とは言っても、俺にはよく地理が分からないんだけど……」

地図に指を差しながらルーシーが説明を続ける。

北区か。確かレベリス王宮がある地区だな。俺も久々にバルトレーンに来てから、中央区と西区は行ったが北区にはまだ足を運んでいない。行く理由も必要もなかったからだ。

地図だけを見て、ここだ、と当たりをつけるには、今の俺には土地勘が無さ過ぎた。

「北区までの乗合馬車に乗ればすぐじゃが、わしの家からなら歩けんこともない。時間を考えれば移動はどちらでもよいが……」

「道に迷うのも怖いし、素直に馬車を使うよ」

首都バルトレーンの巡回乗合馬車は、割合遅い時間帯までやっている。

この街で働く人のほとんどは中央区や西区、南区に行くのに、住んでいる地区は東区が多いからな。乗合馬車が夜遅くまで繁盛するのも頷ける話だ。

その点、俺なんかは中央区の宿に泊まっているし、普段向かう先も中央区の騎士団庁舎。大都市に住んでおきながら、足を運ぶ範囲が極めて狭い。

バルトレーン自体は馴染みのある街ではあれど、北区にまで足を運んだのはもう随分と昔のことだ。

「スフェン教の教会は乗合場所からすぐのところにある。多分、馬車を下りたらそのまま目に入るはずじゃ」

「そうであればありがたいね」

依頼を受けて乗り込んだのに、肝心の場所が分からず迷子、ではお話にならない。ルーシー曰く、目立つところにあるということだから、それが分かる事を祈るしかないか。

「引率の誰かでもつけてくれると嬉しいんだけど」

「そうしたいのは山々じゃがの」

ため息とともにルーシーが難しい旨を伝えてくれる。

魔法師団も騎士団も動けないとなれば、やっぱり俺単独になるのか。

「レビオスと宵闇の契約からして、表に出たら困るものも多くあるはずじゃ。それらをまるっと引き上げるとなれば、恐らく奴は一人では動かん」

「ふむ……」

個人で奇跡の研究を進めている、というわけでもなさそうだな。

非合法な人身売買と実験をやっている疑いがあるんだ。誰にもばれずに一人でやるには色々と無理がある。協力者が居るか、あるいはそういう思想を持つ勢力が一定数存在しているのかもしれない。

しまったな、ここら辺イブロイが居る間に聞いておけばよかった。よしんば戦いになるとしても、相手の規模感は知っておきたいところだ。

「戦いになる可能性……も、なくはなさそうだね」

「奴が夜逃げを考えて、かつ実力行使に出れば、有り得る話じゃな。まあ、お主の力なら問題ないじゃろ」

「そうかなあ……」

問題しかないいんじゃないかなあって思うんだけど。

しかし、戦闘か。以前のスリどものような連中なら多少数が居たところで問題はないが、これが騎士団レベルの腕を持っている者になってくると話が違ってくる。向こうの勢力と戦力が不明な以上、場合によってはちょっと難しい気がしてきた。

「俺が取り逃がしちゃった場合はどうするんだい」

「あまり考えたくはないが……しばらくはレベリス王国とスフェンドヤードバニアとの押し問答に

なるじゃろうな」

レベリス王国としては、悪事にスフェン教の司教が加担していたとなると見過ごせない。スフェンドヤードバニアとしては、確たる証拠もなしに盗賊の独り言で難癖をつけられてはたまらない。

多分だが、こういう構図になるだろう。

隣国の内情までは俺も知り得ないが、普通に考えて他国にいきなりケチをつけられて、それでは分かりましたと素直に頷く可能性は低いと見る。

だからこそ、ここで捕えておきたいのだろうな。しかし、そのために動かせる戦力はひどく少ない。

「なに、あくまで張るだけじゃよ。奴が大人しく参考人招致に出てくれれば問題はない」

「そうであればいいんだけどね……」

努めて明るい口調でルーシーは言うが、彼女もイブロイもその可能性が低いと踏んでいるからこその依頼だろう。

俺としては取り越し苦労になることを祈りたいが、世の中色んな悪い奴がいるもんだからなあ。

「……これはわしの推測じゃが。蘇生魔法なんぞは存在しとらん」

「……？　うん、それは聞いたけど」

一息入れて、ルーシーが語りだす。

「じゃが、レビオスはその研究を続けておる。死体を処理するにも手間と人手がかかる。その過程で犠牲になった者たちは、いったいどこに消えた？」

「……」

やめろよ、そんなぞっとしない話は。

死者蘇生を試すなら、当たり前だが死体がないと無理だ。だからこそ宵闇は、消えても問題なさそうな人物をレビオスのもとへ送っていた。

その送られた人たちが今生きているのか、それとも死んでいるのか。それは分からない。きっと彼の悪事を暴けば分かることだろうが、現時点では真相は未だ闇の中だ。

「嫌な予感がするのぅ。じゃから確実に捕えておきたい」

「分かったよ。出来る限りはやるさ」

嫌な予感ってのは大体当たるもんだ。それこそ確証はないが。

俺とレビオスが出会うことなく時間が過ぎ去るのであれば、それが最善だ。しかし、俺とレビオスが出会ってしまった時点で衝突はほぼ避けられない。

無意識に腰の鞘へと指が伸びる。こいつを人間相手に振るう機会が来ないことを祈るばかりだ。

俺は別に人を斬りたいわけじゃないからな。

「それじゃあ、そろそろ移動するよ」

「うむ、気を付けてな」

窓から外に目を向ければ、もう日が暮れてそろそろ辺りを暗闇が包む時間帯。もしレビオスが動くとなれば、今日これからになるだろう。

遅れてしまって夜逃げの現場を押さえられませんでした、では話を聞いた意味がない。気乗りはしないが、イブロイから正式な依頼として話を聞いてしまった以上、サボタージュするわけにもいかないしね。

「……すまんの」

応接室を出て、玄関へと移動する間。

小さく、ルーシーが謝罪を零した。

「魔法師団が動けないのは理解しているよ。まあ、貧乏くじを引かされた……って見方も出来るけどさ」

仮に俺とルーシーが出会っていなかったら。きっとこの話は他の誰かと共有され、人知れず解決していたかもしれない。

いや、そもそも俺とミュイが出会わなかったら、きっとここまで話は進んでいない。

もっと言えば、アリューシアが俺なんぞを特別指南役に推薦しなければ、今こんな事態には陥っていなかった。今も変わらず、ビデン村で呑気に子供たちに剣を教えていただろう。

つくづく奇妙奇天烈《きてれつ》な縁だ。四十を過ぎた、ただのおっさんには些か荷が重い縁でもある。

ただ、紡がれてしまった縁を無視出来るほど、俺も人間出来ちゃいないということで。

「イブロイも言っておったが、相応の謝礼はする。頼むぞ」

「はは、そっちはあまり期待せずに待っておくよ」

最後に謝礼のことを伝えられ、ルーシーの家を後にする。

さて、とりあえずは移動するか。

歩いていけない距離ではないとは言っていたが、正確な道が分からない上に視界も悪い。素直に馬車を使うとしよう。

「…………あ、やべ」

ここから最寄りの馬車停留所ってどこだ？

肝心の情報を聞き忘れた俺は、慌ててルーシーの家へと舞い戻る。

「うん？　ベリル、どうした」

「いや、馬車停留所の場所を知らなくて……」

「なんじゃ。それなら――」

玄関先で少し驚いた顔をしたルーシーに、戻ってきた理由を告げる。ちょっと恥ずかしい。

で、聞いてみたらどうやらここからはまっすぐ進めば到着するようだった。道が複雑だったらどうしようかと思っていたところだ。土地勘はないし、あまり悠長に時間もかけてはいられないからね。

「ごめん、助かった。それじゃ今度こそ行ってくるよ」

「うむ、よろしく頼む」

改めて、別れの挨拶をルーシーに告げて家を出ようとしたところ。

「……あ」

「あ」

ばったりと、この家の客人であるミュイと出くわした。ミュイの隣には付き添いの侍女だろうか、ハルウィさんと同じような服を着た、若さの残る女性が立っている。

「ミュイ。居ないと思ったら外に出ていたんだね」

「……ん」

返答は、そっけない。

ただやはり棘は大分取れたようで、そっけない返答の中にも嫌悪感や不安感といったものは感じられなかった。よきかなよきかな。

「お、ミュイ、おかえり。ちゃんと買えたかの？」

「……ん」

扉からこっちを見ていたルーシーが続けて声をかける。

彼女は短い返事と同時、左手に提げた買い物袋をずいと俺の前に差し出す。どうやら買い物に出かけていた様子。

なんだかこのシーンだけを見ていると、本当に子供が出来たみたいな感じになるな。ルーシーに母親が務まるとはちょっと思えないけれど。

ここでミュイの付き添いをしていた女性が会釈とともに、玄関の先へと消えていく。しかしハルウィさん以外にも使用人が居たんだね。まったくいい生活をしてやがるなルーシーさんは。

辺りはもう暗くなろうかという時分だ。ミュイの表情は、あまりよく読み取れない。言葉少なに返事を紡ぐ彼女が、今どういう心持ちでここに立っているのかまでは、今の俺には読み切れなかった。

「買い物かい。よく出来たね」

「……うるせえ。これくらい誰だって出来る」

なので、とりあえず彼女の行為を褒めておくことにした。が、どうにも反応は芳《かんば》しくない。

うーん、ミスったかな。でもまあ、子供が頑張って家事をこなしているってのは褒めて然るべきだと思うんだけど。

「オッサンはなんでここに居んだよ」

「ああ、えーっと……ちょっとしたお話だね」

ルーシーもミュイには何も伝えていないという。ならば俺も、ここで全てを伝えることは避けるべきだろう。しらを切るとも言う。

「……あっそ」

俺の返答を受け取ったミュイは、それ以上の追及をすることはなく。

齎《もたら》された返答を最後に、幾ばくかの沈黙の帳が玄関先に降りる。

「……でも、よい生活を送れているようで何よりだ。ルーシーのことだから、使いっぱしりにでもしているかと思った」

「おいおい、お主の中でわしの評価はいったいどうなっとるんじゃ」

沈黙を破る軽口に、後ろのルーシーが不満げに答えた。

ミュイの見た目は、はっきり言って大分マシになっていた。服だって以前まで来ていた襤褸《ぼろ》じゃないし、派手さはないが清潔感のある服装に身を包んでいる。

暗くて分かりづらいが、肌や髪の艶だって大分よくなっている。ちゃんと栄養を取れて、ちゃんと睡眠も取れている証拠だ。

それらの事実が、ルーシーが彼女を無下に扱っているわけではない証左に思えて、親でもないのにほっとした気持ちになる。軽口はその気持ちからついつい漏れ出たものだとして、なんとか勘弁して頂きたいところであった。

「……なんでだよ」

「ん？」

そんな俺たちのやり取りを見て、ミュイが静かに口を開く。

「なんであんたら、アタシにこんな……親切にするんだ」

ばつが悪そうに呟かれた言葉。

そこから見える感情は不満ではなく、戸惑いだった。

「うーん……」

なんで、と問われてもなあ。頭を掻きながら、ついつい視線が後ろのルーシーの方へと向く。ルーシーはルーシーで、どう答えたらいいものか少し逡巡しているように見えた。

「大人が子供の面倒を見るのは当然じゃろ」

「同感だね。手が届く範囲は限られるけど、届く範囲なら手を伸ばすのが普通の大人だよ」

行きついた答えは、俺とルーシーで同じようなもの。

まあ、これが正直なところである。

確かに、ミュイが今までよくないことに手を染めていた事実はあるだろう。生きるために仕方がなかったとはいえ、だからと言ってその行為は正当化されない。そんなことをしてしまうと、世の犯罪のほとんどが情状酌量で無罪になるからだ。

ただ、幸か不幸かミュイはその世界から脱出し、そして犯していた罪もそう重たいものでもなかった。本人に反省の色が見えれば、年齢も鑑みて注意で済ませるのが妥当だろうね。

「……アタシの周りに、そんな大人は居なかった！」

絞り出すように、ミュイが紡ぐ。

「アタシは！　アタシは……人から物を盗んで、その日を生きることしか考えてなかった！　オッサンのことだって、カモに会ったくらいにしか考えてなかった！　そんなアタシに金を渡して！　好きにさせて！　……なんで……なんでだよ……」

彼女の戸惑いは、叫びとなって木霊する。

きっと彼女は、学がないなりに、聡い。自分がやってきた罪についてよく考えている。

そして、今までそんな世界でしか生きてこなかったんだ、碌でもない大人に囲まれていたことは想像に難くない。事実、根城に踏み込んだ時に居た盗賊どもは、碌な大人じゃあなかった。

彼女は今恐らく、混乱している。

具体的な待遇までは分からないものの、今のミュイを見る限り、そう邪険には扱われていないはず。それ自体は喜ばしいことだが、肝心のミュイがその扱いに納得出来ていない、と見た。

まずは、彼女の心の問題としっかりと向き合うことが必要か。

しかし、その役目は俺というより現時点で関わりを持っているルーシーが負うべきじゃないかとも思うが、ちらりと視線を泳がせてみれば、彼女はなんと静観の構えであった。

ええー、ここにきてそれはずるくない？　なんか俺を都合よく使っているような気がせんでもない。確かに宵闇とレビオス司教の疑惑など、ミュイに聞かせられない事情があるのは分かるけれども。

「ミュイ」

仕方ないか。彼女を泥沼の世界から引き上げる切っ掛けを作ってしまったのは、間違いなく俺なわけだし。

「君は、子供だ」

「……」

なるべく刺激しないように、優しい声色を意識する。

なんだかきかん坊な門下生を諭していた過去を思い出すな。道場は剣を学ぶ場である以上、やんちゃな跳ねっかえりは一定数居たからね。

ミュイをただの跳ねっかえりと評すにはちょっとまた事情が違うんだけど。

「子供は、難しいことを考えるもんじゃない。考えを止めない姿勢は大事だが……与えられた環境で、まずはのびのびと過ごせばいい」

「そんな……子供だましみたいな……！」

「事実だよ」

彼女の反論を、ぴしゃりと止める。

子供は、大人が守るべき財産のうちの一つだ。そこに貴賤はない。

「ここには、君を騙す大人も居なければ、君を利用しようとする大人も居ない。前も言っただろう？　なんとかするのが大人の責任だし、それが正しい大人の姿だ」

「……ただ、甘えろって言うのかよ……」

「ん？　そうだよ？」

ミュイはこの年齢の割には随分と達観しているというか、諦観しているというか。そんな印象を受ける。

今まで置かれていた環境を考えれば無理もないのだが、だからこそこれからその部分を出来る限り矯正しなければならない。

子供は大人に甘えるもんである。というか、それが仕事である。

そのうち心身ともに成長して、分別も覚えて、社会の仕組みを少しずつ肌で覚えていく。その役割は親だったり先生だったり先輩だったりするわけだが、ミュイはこれまでそういった環境に身を置くことがなかった。

強いて言えば、彼女のお姉さんがその役目に該当するのだろう。

そう考えればこの年齢で、しかも盗賊に身を落としてなおこういった考え方、そして自己評価を持てるというのは、お姉さんの教育の成果にも思えた。

きっと、素敵なお姉さんだったのだろう。吹き溜まりには似つかわしくないほどに。

だからこそ、彼女を守り切れず、世界の膿《うみ》に呑まれた。

「……いいのかよ……そんな……そんなんでよ……」

「いいんだよミュイ。君には、未来がある。これから先の人生は、俺なんかより全然明るくて、長いんだ」

こんな枯れたおっさんに比べれば、ミュイの人生はまだどうにでもなる。軌道修正はまだ全然利く範囲だ。だからこそ、拾い上げた責任は取らねばならない。

「まあ、そうだね。どうしても納得いかないっていうなら」

とは言え、今この場のこの一言だけで彼女の疑念を全部晴らすってのは難しい問題だ。それこそ、時間をかけて今の環境に慣れてもらわないとね。

「ミュイが立派な大人になったら、おじさんに美味しいご飯でも奢ってほしい。それで貸し借りはなしってことにしよう」

彼女の頭を撫でながら話す。

ついつい手が伸びてしまったが、振り払われていないところを見るに、なんとか受け入れてくれそうで助かった。

「……ばかにしやがって」

「してないよ。心外だなあ」

「おーい。その時はわしにも奢ってくれよ。わしだって頑張ったんじゃからな！」

「君は暴れただけじゃないか」

「なにをぅ!?」

ここでルーシーが割り込んでくるが、君盗賊相手に全ツッパしただけだからね。いや、その後のミュイを一時的に引き取る流れまではよくやってくれたと言うべきだけれど。

「……ふん」

そんな俺たちのやり取りを見て、ミュイは鼻を鳴らす。

どうやら、これ以上言い合っても無意味だと思ったらしい。まあ、ルーシーだって俺の主張に口を挟んでこなかった以上、思っていることは概ね同じだろう。ここは大人のエゴを通させてもらうとしようか。

「ほら、家に入りな」

「……分かったよ」

そう言って頭から手を離せば、むすっとしたような声と表情とともに、ミュイがその歩を進めた。

「それじゃベリル、頼んだぞ」

「ああ、まあ出来る限りはね」

そしてルーシーからの激励を頂戴し、この場に来た目的を思い出す。

まだ、ミュイが真の意味で立ち直るには時間が足りない。彼女にとっては何もかもが急転直下の出来事だろう。

願わくは、このまま平穏に第二の人生を歩んでもらいたいものだ。そのためにも、後顧の憂いは断っておかねばならない。

振り返ってみれば、玄関の前でルーシーがミュイの後ろから手を回して抱き着いていた。

うーん、これがもしハルウィさんだったら絵になっていたかもしれない。ルーシーがやると子供同士の戯《たわむ》れにしか見えないね。というかルーシーの方が年下にすら見える。

「……まるで子供に出勤を見送られる父親みたいだね、こりゃ」

まったく、似非《えせ》家族にもほどがある。

しかしまあ、依頼をこなす前にこうやって見送りを受けるってのは、悪い気分じゃない。

それじゃ、一仕事やりに行くとしますか。何も起きず空振りならそれが最善なんだけどね。

◇

この時間から北区へ向かう馬車に乗る人は少ない。

北区は主に観光地だ。レベリス王宮が一等目立つが、それ以外には一部住宅区があるくらいで、北区そのものに住んでいる人の数は他の区に比べると多くはない。

だから、北区に向かう乗合馬車に乗っているのが俺だけ、という事態は別に驚くことでも何でもなかった。普通はこの時間帯なら逆方向の馬車に乗るはずだから。

「……ふう」

あの後、ルーシーに最寄りの馬車停留所を教えてもらい、ミュイと話し、停留所で馬車の出発時

間までしばらく待ち、やってきた馬車の御者に少し怪訝《けげん》な顔をされながらも馬車に乗りこんでから
またしばらく。

ゆっくりと移り行く街の景色に視線を預けながら、小さく息を吐く。

もしレビオスが動くとすれば、街全体が寝静まる夜半にかかる頃合になるだろう。

現れなければ良し。現れれば……まあ、引き留めざるを得ない。そのために俺はこうやって移動
しているわけで。

人を相手にする可能性も考えて、木剣でも持ってくれればよかったかな。生憎今俺が持っているの
はゼノ・グレイブルの素材から作られた、いかにも切れ味ありますよ、的な真剣のみ。まさかの試
し斬りを人間でやるわけにもいかんしなあ。

とりあえず、事が穏便に済むことを祈る限りだ。いや、俺にこんな依頼が飛んできている時点で
誰も穏便に済むとは思ってないんだろうけどさ。

「お客さん、着きましたよ」

「ああ、はい。ありがとうございます」

どうにも煮え切らない気持ちを抱いていれば、どうやら馬車が北区の停留所に着いた様子。

運賃を払って足を下ろせば、夜の風が優しく頬を撫ぜる。

辺りは、静まり返っている。

そりゃまあ、王宮のある地区だし西区と違って、深夜までどんちゃんやってる連中はおらんわな。

もし居たとしても、守備隊に速攻で見つかってしょっ引かれるんじゃないかというくらい、周囲一

帯はしんとしていた。

街行く人も、ほとんど見かけない。ときたま歩いている人を遠目に確認出来るくらいだ。

明かりも乏しいこの状態では街の外観などは分かり辛いが、それでもそう遠くない空に王宮の影が聳《そび》えているのは分かる。

うーん、出来れば明るいうちに見ておきたかった景色だ。さぞ蒼空に映えるだろう建物である。

王宮を見た最後の記憶は随分と昔のものだが、それと比しても色褪せていることはなく、やはり素晴らしいものは素晴らしい。一度でいいからあんなところに住んでみたいものだ。辺鄙な田舎出身のおっさんでは到底叶わない夢だが。

「さて、と……」

王宮の影から視線をずらし、地平へと近付ける。ルーシー曰く、スフェン教の教会は馬車停留所からすぐに分かるところにあるとのことだったが。

「……あれかな？」

建物から漏れるぼんやりとした明かりを頼りに視線を巡らせてみれば、王宮の方向とはまた違った方角に、周囲よりは少し背の高い、それらしい建物の影が捉えられた。

ふむ、少し丘になっているのかな。目算で数十分も歩けば到達出来そうな距離に思えたそれは、王宮程ではないものの、控えめに存在を主張する尖塔が空を突くように建っている。

ざっと見回してみた感じ、他に同じような建物は見受けられない。多分、あれが教会と見ていいだろう。これで外してたらとんだお笑い種だな。

「……やっぱり静かだね……」

小さく呟いた独り言が、虚しく空に溶ける。

教会へと足を運ぶ途中、決して短くない道のりではあったが、すれ違う人間と言えば数えられる程の少なさであった。

やはり時間帯が遅いのだろう、こんな頃合から北区で歩き回る人間がそう多いとは思えない。王宮の方へ足を伸ばせば守備隊が巡回しているのかもしれないが、そんな影もこの周辺では見受けられなかった。

もしここで騒ぎを起こせば、その喧騒は瞬く間に伝播する。周囲に居ないとはいえ、王宮の守備隊がすっ飛んでくるのも時間の問題のように思えた。

あまり騒ぎは起こしたくないな。よしんば騒ぎになったとしても、短期決戦で事を収めたいところである。

「……ふむ」

教会の立地はやはり少しばかり丘になっているようで、本堂への道が少し上り調子に続いていた。

ここから正面扉は視認出来るが、その入り口は固く閉ざされている。人影は見えないものの、教会の窓からうっすらと明かりが漏れているのは確認出来た。

丘を登った先の本堂、そしてその両脇には墓地らしき土地も見える。もし、宵闇から融通された人たちがあそこに埋葬されている、と考えれば……ぞっとしないね。

「……居るには、居るか……？」

この時間に信者が祈りを捧げているとは考えづらい。多分だが、レビオスの一派が中に居る。流石に物音までは拾えないので、何をやっているかまでは分からない。いきなり殴り込むわけにもいかないし、しばらくは目立たない場所で待機だな。

教会の周囲で独り張り込むおじさんという、傍から見れば怪しさ満点の様子である。いや本当に人影が無くて助かった。俺が通報される可能性もなくはないからな、これ。

しかし、どれくらい張り込めばいいのだろう。何か少し小腹も空いてきたし、何時までもここに張り付いてるのも非現実的な気がしてきた。

かといって、教会の中に居る連中がいつどのタイミングで出てくるか読めない以上、安易にこの場を離れるのもよろしくない。そもそも、こんな夜に北区の店が開いているとも思えないし。

うーむ、このそこはかとない空腹感はやはり我慢するしかなさそうだ。

「……お？」

張り込んでからしばし、緩やかに襲い来る空腹感と精神的戦いを強いられていた最中。教会の方に動きが見えた。

ガチャガチャと施錠を外す音が小さく響き、本堂の正面から幾人かの人影が出てくるのが見える。しまった、レビオスの人相とか聞いておけばよかったな、これじゃ誰が誰だか分からないぞ。

「……」

見える人影は、数人ってわけじゃなさそうだ。結構な数が居る。

そのうちの何人かは、全身をフルプレートのアーマーで覆った、いかにも重騎士ですよといった風貌である。

間違いなく、礼拝に来た信者ではないだろう。

これから夜逃げをかます司教の護衛、と考えれば辻褄は合う。

合ってしまう。

教会への参道の陰に隠れ、様子を窺う。

どうやら彼らは結構な荷物を持っている様子だ。重騎士たちも含め、数人がかりで大きな木箱をいくつも運んでいる。

これはいよいよ、夜逃げの公算が高まってきたぞ。わざわざこんな時間に教会から大荷物を運び出す理由がない。何か事情があるとみるのが普通。

そしてその事情は、俺たちの予測が正しければ看過していいものではなかった。

さて、ここまで来たら、俺も働かねばならん。

加齢とともに重くなった腰を上げ、集団へと近付く。

「ちょっと、いいですか？」

さも、今たままこの道を通りかかりましたよ、といった風に、俺は努めて軽い口調で声を上げた。

「……ッ！」

俺の声に反応して、人の塊が俄かに色めき立つ。

最初に現れた動きは驚愕、そしてその直後に警戒。複数の視線が、俺へと集中する。

彼らの動きは、分かりやすく過敏だった。

「……何者だね。祈りを捧げに来たとは思えんが」

一瞬の騒めきの後、集団の中心から出てきた男が声を発する。

見た感じは、イブロイと同世代くらい。つまり俺よりも年上に見える。ほとんどが真っ白く染まった髪は、冒険者ギルドのマスター、ニダスを彷彿とさせるな。

ただ、その声色から感じられる刺々しさは彼とは似ても似つかないものだったが。

「仰る通り、礼拝が目的ではありません」

「……ならば何用か。迷子の相手をしている暇はない」

さて、どうしたものか。

相手は俺への警戒が明らかに強い。周りに控える重騎士たちも、すわ抜剣するかといった具合である。

たかだか通りがかりのおっさん一人にここまで警戒するとなれば、逆説的にルーシーやイブロイの説を補強しそうなものだが、その故を知らぬ者にそれをわざわざ喋る必要もないか。

「レビオス・サルレオネ司教でお間違いないでしょうか」

「……いかにも」

どうやら今話をしているおじさんは、件のレビオス司教で間違いないらしい。

声に合わせて、レビオスの恰幅の良い腹が揺れる。これが司教様のあるべき姿とはあまり思いたくないね。見た目だけで為人《ひととなり》を判断するわけじゃないけれど。

うーん、しかしどうやって話を進めたものかな。

今のところ、即座に逃げたり襲い掛かったりしてくるわけではなさそうだ。向こうとしても、突然現れた俺に対する対応に多少なり迷っている、といったところか。

如何にやましいことをしていたとしても、事実として彼はスフェン教の司教だ。要らぬ諍《いさか》いを起こさないに越したことはないだろう。

しかしまあ、いいか。あまり長引かせても良いことはない。俺もまだるっこしくやるつもりはないし、単刀直入に行こう。

「騎士団から、参考人招致がかかっているはずですが」

「……君には関係のないことだ」

俺の一言で、周囲の空気が少し変わる。

具体的に言えば、重騎士たちがレビオスの斜め前に庇うように立ち、腰の剣にその指を伸ばしていた。

僅かながら、鎧の向こうから殺気が漏れ出る。

はあ。この流れは戦いは避けられんやつだな。

あまり剣を振りたくはないんだが、仕方ない。フルプレートの騎士を相手にはしたくないんだけどな。剣も通りにくいだろうし。

「……ご同行願います、レビオス司教」

いつでも腰の剣を抜けるように、油断なく構えながら一言。

「……シュプール」

俺の言葉を受けとった司教は、静かに目を伏せながら、傍らに佇む重騎士へと声を掛ける。

シュプールと呼ばれた一人の騎士は黙したまま頷くと、鞘から剣を抜いた。その動きを見て、他の騎士もあわせて抜剣する。

くそぅ、やっぱりこうなるのかよ。

不本意だがやらざるを得ない。俺も赤鞘から抜剣して構える。どうやら悠長に会話で済ませるシーンはとっくに過ぎ去ったようだ。随分と短い会話のターンだったぞちくしょうめ。

「これも神の思し召しだ。奇跡を授かる者が一人増えたとて、何も問題はない。――やれ」

「――ッ！」

レビオス司教の言葉を皮切りに、騎士たちが襲い掛かる。

三……いや、四人か。直ぐに動いてきたのは四人。残りは荷物を下ろし、司教の周囲を固めている。ただでさえフルプレート相手は剣撃が通りにくくてつらいってのに、それが複数人はちょっと想定外である。生きて帰れるかな、俺。

まあ、眼前に剣が迫っている状況で愚痴っていても仕方なし。俺は俺で為すべきことをやるだけだ。

「しっ！」

薙いできた長剣を払って距離を取る。流石に近距離で囲まれたら話にならん。

しかし、騎士どもの持っている武器はどうやらロングソードなどの類ではない様子。

あれは、エストックか。中々見ない珍しい得物だ。これもスフェン教の教会騎士団の標準装備なのだろうか。

となれば、予測はしていたものの、レビオス一派の影響は教会騎士団にまで及んでいることになる。イブロイ大丈夫かな、これはただ司教を捕えて終わりって話でもない気がしてきたぞ。

「……!?」

距離を取った先。先程まで一気呵成に襲い掛からんと動いていた騎士たちの動きが止まった。より正確に言えば、俺に真っ先に襲い掛かってきた一人が動きを鈍らせ、それにつられて周りが止まった形だ。

「……チッ」

一合打ち合った騎士が、舌打ちとともにエストックを投げ捨てた。腰からサブウェポンと思われるダガーを引き抜き、再度戦闘態勢に入る騎士。

えっ、どうした。何故武器を捨てる。

ガラン、と、金属と石とが奏でる耳障りな音が、閑静な北区に小さく響く。

音に釣られて放り投げられたエストックを見てみれば、捌くために剣を当てた個所が分かりやすく凹み、刃が大きく欠けていた。

「……はは、こりゃ驚いた」

ウッソだろお前。思わず言葉と視線が手元に落ちる。

こいつ、とんでもねえ業物だ。一回競り合っただけで相手の刃を潰しやがった。いったいどれだけの強度を持っているのやら。

バルデルのやつ、物凄い剣を仕上げてくれたもんだな。ここまでのじゃじゃ馬、俺に扱い切れるか分からんぞ。

「あの剣は危険だ、注意しろ。……かかれッ！」

インパクトは多少あったものの、流石にこれだけで引いてくれる程、大人しくはないか。

リーダー格であろうシュプールが小さく発破をかけると、再度騎士たちが吶喊《とっかん》してくる。

「流石に大人しく捕まってはくれない、か！」

「ぐあっ！」

一人目。

脇から突いてきたエストックを弾き、返す刀で切り上げ。フルプレートを切り裂いた、そして内側の肉を削ぎ取った、確かな感触が手に伝わった。

先ほどの感触でほぼ確信していたが、やはり生中な鎧程度なら容易く切り裂ける切れ味がこの剣にはある。

こうなれば、相手が多少着込んでいようが関係ない。むしろ、相手を殺さないように適度に浅く切りつける配慮までしなきゃいけなくなったので、ありがたかったりありがたくなかったりである。

「――ふっ！」

「ぐっ！」

二人目。

振りかぶって袈裟切りに落としてきたエストックを、上からの流れに沿って受け流す。そのまま柄を持ち替え、切り返し。フルプレートの胴に一文字の傷が走り、鮮血が迸る。

手応えは十分だったが、殺してはいないはず。

クソ、生死の境を見極める斬り結びなんて随分と久しぶりだ。そこら辺の勘所が鈍ってなきゃいいが。

「この……ッ！」

「しぃっ！」

三人目。

先ほど俺にエストックをダメにされた騎士が、逆手に持ったダガーで襲い掛かる。

振りかぶるように襲い来る剣先を、半歩退いて躱す。追撃の振り上げが来るより早く、俺の切り払いが騎士のダガーを真横に弾いた。

「……ッ！　気を付けろ！　強いぞ！」

騎士の誰かが叫ぶ。

いや、俺は強くないんだって。そう思われているのは明らかにこの得物のおかげだ。ただまあ何にせよ、これで相手の動きが鈍るのならありがたいことだけど。

「……奇跡の使用を許可する。油断するな」

シュプールの放つ冷静な声が小さく響く。

奇跡、か。聞く限りによると怪我を治したりする魔法の総称らしいが、さて、この場合に使われる奇跡ってどんなものがあるんだろうな。

まさかルーシーみたいにいきなり火の玉を飛ばしてくるってわけでもあるまい。そうであれば、奇跡なんて呼び方はしないはずだ。

「――大いなる神のご加護よ、我に力を与え給う」

騎士の連中が、祝詞《のりと》のような言葉を発する。

唱え終わった騎士の身体から青白く淡い光が微かに溢れ出し、そして収束していった。

「……」

なんだ。なんの効果のある魔法だ。見ただけじゃ分からん。少なくとも、攻撃魔法の類ではないようだが。

「はあっ！」

「……っとぉ！」

青白い光が収まった騎士が、再度突っ込んでくる。まっすぐに突かれたエストックを横合いから弾き、距離を取った。

「なるほどね……！」

さっきより速い。そして、重い。

多分だけど、あれ身体強化とかそういう感じのやつだ。剣はどこまで行っても物理攻撃だから、使い手のパワーとスピードが上がれば単純にその分脅威が増す。

「一気に囲め！　反撃の隙を与えるな！」

シュプールが声を荒《あら》らげた途端、先ほどと同じように複数の騎士が一斉に襲い掛かってくる。

一人、二人……ああもう、数えるのも面倒臭い。というか悠長に数を数えている場合ではない。

「はっ！」

「くっそ！」

振り下ろされたエストックを受ける。

さっきみたいに破壊出来りゃいいんだけど、あれをやるには多少の溜めが必要だ。囲まれつつある今、そんなことをやっていれば横、あるいは後ろからぶった切られて終わりである。

「こんにゃろっ！」

「ぐっ!?　貴様……ッ！」

受けたエストックの力を横に流し、切り返す。

確かにフルプレートには届いたが、肉を切るにはやや浅いか。そうこうしている間にも、二人ほどが俺の後ろに回った。

いかん、これはマズい。囲まれる。

盗賊の連中と違って一人ひとりの練度も低くない。連携も取れている。更には鎧を着込んでいるもんだから、生中な攻撃では身体まで届かない。しっかり剣を届かせないとだめだ。

だが、一人に気を取られていては背後から強襲される。流石に俺も後ろに目は付いていないから、一対多はすこぶる状況が悪い。

うーん、地味にヤバい。どうしよう。

「――はっ！」

「……ぬおっ!?」

まずいまずいと思いながら前後左右から襲い来るエストックを何とか躱している最中。

肉眼でも見える『何か』が、俺と騎士たちの剣戟《けんげき》に突如割り込んだ。

「誰だっ!?」

何かが俺と騎士たちを邪魔した直後。

互いに距離を取り、飛来したモノの出所を探るべく視線を飛ばした先。

黒いローブをはためかせた、一人の少女が剣を構えていた。

「……フィッセル!?」

その人物は、魔法師団の若きエース、フィッセル・ハーベラーに間違いない。俺の元弟子だ、出会った時は気付かなかったものの、再会を果たして以降見間違えるはずもなかった。

「ど、どうして……？」

騎士どもと斬り結んでいた事実もそっちのけで、ついつい疑問が先に出てしまう。

フィッセルがこの場に立ち会ってしまっている理由がどう探しても見当たらない。

魔法師団は、スフェン教が絡むこの一連の流れには参画出来なかったはず。それは団長のルーシーであっても同じこと。魔法師団という組織が、今回の事件に首を突っ込むこと自体がおかしい。

それではわざわざイブロイから依頼を受けるという体にして、俺が単独で動いた意味がなくなるからだ。

「たまたま。たまたま通りかかったら、騒ぎがあった。だから止めた。それだけ」

俺の疑問に簡潔に答えたフィッセルは油断なく剣を構え、騎士たちを睨《ね》め付ける。

たまたま、か。まさか本当に言葉通りってわけじゃないだろう。

恐らくだが、ルーシーの差し金。

流石に魔法師団長が直々に動くのは、どう理由をこじつけたとしても厳しい。だから偶然を装ってフィッセルを寄越した。そう考えるのが妥当、かな。

「ぐおおっ!?」

「私も居るっすよ！　たまたまっすけど！」

フィッセルが現れた方向とは逆。

いきなり叫声が聞こえたから何事かと振り向けば、一人の小柄な女性が大物武器を両手で振り回し、騎士の一人とやり合っていた。

「クルニ……！」

あまりにも意外な登場人物の名を、思わず漏らす。

こっちは多分、アリューシアの差し金か。

しかし危険なことをする。万が一この二人に何かあれば、それは騎士団と魔法師団の評価にも直結するだろうからだ。

仮にその万が一が起きたとしても、俺一人の犠牲に止めておけばそう悪評は広まらないだろうに。

まったく、無茶をしやがる。

というか、わざわざお膳立てしてまで俺に依頼を出したのなら、もうちょっと信用してくれてもいいじゃないか。何も元弟子を二人も寄越さんでもいいだろうに。これでは、何のために俺が一人で出向いたのか分からなくなってくる。

色々と思考が巡った結果、少しばかり肩の力が抜ける。やっぱりちょっと緊張していたのかな。その強張りが、いい意味で解れた気がした。

「ちっ……！　増援か！」

思わぬ増援を受け、混乱を来したのは俺だけではない。むしろ、レビオス司教を護衛していた騎士たちにこそ、その動揺は激しい。

騎士たちが慌てたように態勢を整え始める。

さっきまでは俺一人を囲むように動けばよかったが、状況が変わった。遠距離から魔法を飛ばしてきた魔術師と、いきなり突っ込んできた大剣を振り回す騎士。誰にどの程度手勢を割くのか、彼らにも一瞬の逡巡が生まれた様子だった。

「二人とも気を付けろ！　彼らは身体強化の魔法を使う！」

飛び道具が出てこないだけマシとも言えるが、それでも見た目以上の身体能力で襲い掛かられる、というのは剣士にとってシンプルに脅威だ。

特にクルニは未だ発展途上。一線級の騎士たちには一歩及ばない。アリューシアのやつ、人選を少し間違えてるんじゃないかと愚痴りたくもなるが、来てしまったものはもう仕方がない。

「落ち着いて対応せよ。我らの優位は変わらん」

この騒動の中、しかしシュプールだけは落ち着きを失わない。

フィッセルは遠距離から斬撃を飛ばしただけ、クルニに関しては今相手の騎士の一人とやりあっているが、これだけで戦況が上向いたとは言い難い。

それに見る者が見れば、フィッセルは未知数としても、クルニはまだまだ粗削りであることは読み取れる。

だが、ざっとやり合ってみた所感だが、一対一に限定すれば何とか勝てそうな手合いではあった。

クルニとフィッセルが上手く意識を分散させてくれれば、制圧出来なくはない、と思う。その間に彼女たちが負けないことが大前提ではあるけれど。

まあ、あれやこれや考えるのは後でいい。

何にせよ、考えるだけでは状況は上向かないのだ。

「隙あり！」

「ぐっ⁉」

突然の乱入からまだ意識を外し切れていない手近な騎士を、先手で制圧。

殺してしまうのはちょっとまずいので、距離と力加減を調節しながら斬りつけた。

武器の切れ味もあって鎧を斬ること自体は容易くなったが、それにしてもこの力加減は慣れないね。俺が修めているのはあくまで護身を中心とした剣術であって、殺し合いの技じゃないんだ。

俺の一撃で騎士の一人が地に伏せる。

それを好機と見たか、フィッセルがけん制の魔法を打ちながら、騎士の一人との距離を一気に詰めていた。

確かに、これは好機。

相手の騎士はまだ数が多い。立ち直りの隙を与える前に、出来る限り数を減らしておきたいところだ。

「この……っ！」

いくらか手薄になった包囲網から、一人が斬りかかってくる。

「しっ！」

横に薙いできたエストックを防ぐ。キィン、と、金属と金属が弾かれあう甲高い音が闇夜に鳴り響いた。音の共鳴と同時、僅かな痺れが俺の腕を襲う。

うーん、これはあまり時間をかけてもいられないな。

彼らの剣撃は、先ほどまでと違って魔法で強化されているから、普通に受け続けると俺の身体が持たない。武器の問題はないだろうが、こちとらおっさんである。体力に限界があるのだ、残念ながら。

「ほっ！」

防いだ構えから手首を入れ替え、袈裟切りを放つ。

騎士のフルプレートの肩元から胴にかけて一文字が刻まれ、同時に少なくない鮮血が闇夜に飛び散った。

やべ、ちょっと深く入り過ぎたか。俺の斬撃を受けた騎士はそのまま呻き声を上げると、力なく倒れていく。

金属製の鎧がチーズみたいに切り裂かれていくってのは申し分ない威力ではあるのだが、如何せん力加減が難しい。息の根が止まっていないことを祈るばかりである。

それなり以上の罪悪感がじわじわとせりあがってくるが、先に仕掛けてきたのは向こう。そう考えて、そして切り捨てて対応するしかなかった。必要以上に手を抜けば、死ぬのはこっちだからだ。

「さて、二人は……!」

俺の前に居る騎士は斬り伏せた。体力的にもまだいくらか余力はある。

そこで気になるのは、やはりクルニとフィッセルの戦況だ。もし劣勢であれば早急に加勢にいかなければならない。目の前で元弟子が斬られる様など、見たくはないのである。

「ふっ!」

「く……このっ!」

視線を巡らせた先、フィッセルが一人の騎士と戦っている場面が映る。

どうやら、既に何人かを黙らせた後らしい。流石は魔法師団のエース。その実力は若いながらも折り紙付きというわけか。

見ていると、彼女は上手く距離を取りながら魔法で応戦、そして好機と見るや自分から距離を詰めて直接斬撃を見舞うという、ただのヒットアンドアウェイとはまた一味違う、独特の戦い方をしていた。

元々フィッセルは道場で指導していた時からそうだったが、視野が広い。あの戦い方は自身の強みをしっかり分かった上での戦略だろう。

今も終始優勢に事を運べているように見える。あっちは手助け無用かな。

となると、気になるのはクルニの方だが。

「どおぉりゃあああっ!!」

「こ、こいつ……!」

あっちはあっちで元気にやっている模様。いや気を抜くのはまだ早いんだけどさ。

クルニは最初に仕掛けた騎士の一人と死闘を繰り広げているようだった。

まだまだ彼女は粗が多い。ツヴァイヘンダーという武器から繰り出される長大なリーチ、そして強大な攻撃は確かに相手を圧倒出来るだろう。だが、所詮は未だ付け焼刃の段階。一線級の騎士には少し及ばない。

そう、思っていたのだが。

「……お?」

クルニの動きが、なんだかちょっと違う。

おかしいな、俺は対人戦の動きなんてまだほとんど仕込んでいないんだが。今日初めて稽古で打ち合ったくらいだぞ。てっきり、力任せにツヴァイヘンダーをぶん回すクルニの姿しか想像していなかったもんだから、少し面食らう。

ショートソードを使っていた頃は分からないものの、ツヴァイヘンダーを持っての実戦は今回が初めてのはずだ。その割には、随分と落ち着いている。

ちゃんと相手の得物が何で、相手がどう動くのかという予測を、拙いながらもしっかりと行っているようにも思えた。

「こりゃ、師範失格かな」

クルニはこの短期間でしっかりと実力を向上させていた。恐らく、俺が見ていないところでもかなりの時間、剣を振っているのだろう。

まったく、普段の修練も決して楽じゃないというのに、いったいどれ程の自己修練に励んでいるのか。

更に、相手の騎士は確かに弱くはないが、エストックとツヴァイヘンダーではそこそこ相性も良いようだ。クルニ側がやや優勢ともいえる状況に、ひとまず息を吐く。

クルニとフィッセル。手を貸すなら明らかに前者だと思っていたのだが、どうやら要らぬ気遣いだった様子。

まったく、弟子の成長はいつだって喜ばしい。いつぞやヘンブリッツが発していた言葉を思い浮かべる。確かに、下が育ってくるというのは何とも言えない高揚感が生まれる。俺も負けちゃいられないね。

「――大いなる神のご加護よ。静謐なる御身の力を以って、彼の者に命の脈動を分け与え給う」

そう思いなおし、足に力を入れた矢先。

リーダー格のシュプールではない。他の騎士たちでもない。

先ほどとは口上も声も違う祝詞が、剣戟の響く闇夜に小さく響き渡る。

声の正体は、レビオス司教か。

彼は騎士たちが置いていった木箱の前で膝を突き、その祈りを一心に捧げているようにも見えた。

木箱が青白い光に包まれること数瞬。

ガタリ、と。

ひとりでに箱が揺れ、ゆっくりとその正体が浮かび上がる。

「……！」

木箱の中から起き上がったそれは、人であった。

「なんだ……人……？」

暗闇の中現れたそれは、確かに人型。いや、ほぼ間違いなく人間と見ていいだろう。

木箱の中に封入されていたという事実には首を傾げるが、それよりもレビオス司教の祝詞を受けて木箱から出てきた、という事実も気になる。

まさか怪我人や重病人をあんな箱に押し込めていた、というわけではないはず。

「……なっ!?」

バカン、バカン、と。

先ほどレビオス司教が祝詞を捧げていた箱だけでなく、周囲に放置されていた箱からも次々と人が起き上がってきていた。

くそ、あれ個人指定の魔法じゃないのかよ。いや、俺は魔法に対してはてんで無知だが、でもあんな祈りを捧げて口上を述べていたんじゃ単体対象だと思うだろ普通。

その数、実に六。

六体……いや、六人か？　どちらにしても、正体不明の推定敵戦力が更に六人分増えた。これをただの人間、と断じるにはシチュエーションが特殊過ぎる。何らかの特異能力を有した六人と見た方が外れはないだろう。

「私はこの奇跡の完成を見るまで、何者にも邪魔をされるわけにはいかんのだ」

「司教。こちらへ」

レビオス司教は立ち上がった六人に向けてか、それとも俺に向けてか。それだけ発すると、ゆっくりと踵を返す。

あわせて、シュプールも司教とともに行くようだ。兜を通して注がれた視線が、鈍く刺さる。

「ま、待て！」

あんにゃろう、逃げる気だな！　ここまで来てそうは問屋が卸さんぞ。

クルニの方へ加勢に向かうつもりだったが、状況が変わった。ここでレビオス司教を逃がしてしまっては、すべての行動が無駄になる。彼を傷つけたり、ましてや殺す必要まではないが、最低限無力化して捕えないと話にならん。

「……ッ!?」

走りだそうとした俺の前に、件の六人が立ち塞がる。

その動きは、緩慢だ。とても訓練を積んだ人間と同等とは思えない。これなら容易に突破出来る。

そう勘定して、とっとと走り抜けようと俺は考えた。

その足が、止まる。

フラフラと覚束《おぼつか》ない足取りで近付いてきた一人が、くすんだ青髪を持っていて、その容貌があまりにも、ミュイに似ていたから。

「嘘、だろう……？」

予測は、していた。

死んでも問題のない者や、死者を引き取っていたというレビオス司教。そしてスフェン教の教典に伝わる、死者蘇生の奇跡。

魔法を使って良いように死者を冒瀆していたのだろうと、そういう予測は付いていた。

しかし、これは。

これは、あまりにも。

「……下種《げす》め……！」

思わず、汚い言葉が口を突いて出る。

近付いてくる六人に、生命の息吹は感じられない。生きている様子は見受けられなかった。ただ、死体を遠隔で操っているだけ。そう言われても何ら違和感のない状態だった。

「先生、こっちは終わっ、た……なに……？」

「先生！　勝ちました……って、なんすかこれ？」

ここで、騎士を相手にしていたフィッセルとクルニが改めて俺の方へと駆け寄ってくる。

どうやらフィッセルもクルニも無事に勝てたようでそこは何よりだ。クルニは大粒の汗をかいているが、それほどの激戦だったのだろう。まだ発展途上であるクルニが、ガチンコの対人戦で勝利を収められたというのは喜ばしいことである。

しかし、そんな勝利を飾った彼女たちもまた、この異常さを目にして言葉を失っていた。

今の俺が打てる最適解は、この六人を無視してレビオス司教を捕えに行くこと。理屈で考えればそうなることは分かり切っている。

繰り返すが、箱から出てきた六人の動きは鈍い。俺に限らず、多少なりとも運動に覚えのある人間なら容易に振り切れるスピードだ。

そうこうしている合間にも、レビオス司教の足音は遠ざかっている。決断は早いに越したことはない。早く動かないと手遅れになる。

しかし。

しかしだ。

「二人とも下がって。彼らは、俺が片付ける」

俺と、フィッセルと、クルニ。

この三人で考えれば。

彼らの胸に剣を突き立てる人物は、俺でなければならない。

「……」

再び動き出した彼ら彼女らに言葉はない。きっとその意識だってないだろう。ただ単純にレビオス司教の出した命令に従って、俺たちの邪魔をしているだけだ。

「もう一度、俺が彼らを眠らせる。……許せとは言わないよ」

近付いてくる六人を相手に、剣を構える。

誰が悪いのかと問われれば、それはきっと間違いなく、レビオス司教だ。俺やフィッセルやクルニはきっと、とばっちりを受けたようなもんだろう。

俺だってルーシーやイブロイから話を聞かなければ、こんな依頼とは縁遠いところで過ごしていた。それは元弟子の二人も同じだ。

しかし、事態は悪い方向へと動いてしまった。

恐らく、不完全だった死者蘇生の奇跡。レビオス司教は自身が逃げ果《おお》せるために、その中途半端な奇跡を行使した。

いや、それが仮に完全なものであったとしても、きっと許されるものではないのだろう。俺は別に何かの宗教の信者ではないが、こうやって剣を扱うことを生業としている以上、人の生き死にとは決して無縁とは言えない立場にある。

更にその相手が、斬り結んだ故の結果であればともかく、何処の誰とも知らない一般人となれば。相手が如何に物言わぬとはいえ、それを斬り伏せることになる心理的負荷を、まだ若い二人に負わせるわけにはいかない。ただのモンスターとはわけが違うのだ。

「――しっ！」

一息入れて、人だった者の群れへと突っ込む。

一人目。

その風貌にまだ幼さが残る茶髪の男性を、斬った。

二人目。

初老に差し掛かったであろう、恰幅の良い男性を、斬った。

三人目。

顔つきにあどけなさが残る若き女性を、斬った。

四人目。

長い髪を靡かせた妙齢の女性を、斬った。

五人目。

はっきりと少年と言える幼い男子を、斬った。

――六人目。

くすんだ青髪をした、成人になるかどうかの年頃の女性を、斬った。

断末魔は、なかった。彼らは多分、斬られたことすら分かっていない。ただ遥か向こうに沈んだ魂の残滓を、無理やり呼び戻されただけ。

それでも、無実の一般人を六人、斬り伏せたことに変わりはない。たとえそれが既に命を散らせた、かつて人だった者であったとしても。

「……追うよ。まだ遠くには行っていない」

「は、はいっす！」

今の俺は、どんな顔をしているだろうか。今、どんな声色で言葉を発しただろうか。

多分、弟子たちにはあまり見せられない顔をしていると思う。今が夜で助かった。フィッセルもクルニもまだ若い。こんな冴えないおっさんの不機嫌を、考えなしにぶつけていい相手じゃないからな。

だが言った通り、レビオス司教はまだ遠くには行っていないはず。あの恰幅の良さだ、全速力で走ったとしても多分俺や弟子たちの方が速いだろう。ここで逃がしてしまってはすべてが無駄になる。

斬り伏せた騎士たちには申し訳ないが、一応殺してはいないはずなので、自力で何とかしてもらうしかないかな。

いや、クルニとフィッセルが居るんだ。ここは――

「クルニ。すぐに騎士団を呼んできてくれ。現場の確保と保全を任せたい」

「えっ、わ、分かったっす！」

「フィッセルは俺とレビオス司教を追う。俺は道が分からないから、細部は任せるよ」

「……分かった」

何も、ここにいる全員でレビオス司教を追う必要はない。むしろ、閑散とした教会前が戦場に早変わりしてしまったこの現状を上手く片付けるのも大事だ。

ここはレベリオ騎士団に現場の整理を任せよう。追うのは俺とフィッセルだけで事足りるはず。

言葉を投げかけて、フィッセルとクルニからそれぞれ了承を得た後、俺はすぐに走り出す。

彼女たちが今、何を考えているのかは分からない。けれど先ほどの反応を見るに、多少なりとも混乱はあるだろう。

まずは目先の目標を示して、混乱に脳のリソースを割くことを止めさせる。今は互いにやるべきことがあるはずだからだ。

走り出す先。

斬り伏せた、くすんだ青髪の女性が、虚ろな瞳で俺を見ている、ような気がした。

「あっちに走って行った。多分この道」

「ああ、分かった」

レビオス司教とシュプールが去って行った先を睨みつけながら、フィッセルと走る。

とは言っても、俺に北区の土地勘はない。おおよその方向に目処はつくものの、具体的な足取りまでは摑むことが出来ず。結局走る先はフィッセルのナビゲート頼りになっていた。

「フィッセルはやっぱり、ルーシーに言われて？」

「……違う。たまたま」

「……そうか」

走りながらふとした疑問を漏らしてみるも、返ってくる答えはにべもないものであった。

うーん、あくまで偶然の線を崩さないつもりかな。まあ、そうじゃなければ万が一の時に色々とまずいことになる。いかに相手が俺とはいえ、情報規制をしっかり意識している、と見るべきなのだろう。

「……見つけた」

閑散とした夜の北区を走ることしばし。

闇夜ということもあって視界は悪い。しかし、逆に言えば人もろくに歩いていないようなところで、バタバタと走っていれば悪目立ちもする。走る先、恰幅の良い人影と、ガチャガチャとフルプレートの音を鳴らす人影が目に入る。

どうやらこの追いかけっこは想像よりも早く終焉を迎えそうだ。

レビオス司教とシュプールの足が単純に遅かった、というのもあるか。あの体型、そしてフルプレートを着込んだままでは速く走るのは無理だろうしな。

「ふぅ……ふぅ……ッ！」

「お止まりください、レビオス司教」

「……！」

レビオス司教の息遣いが聞こえるくらいの距離まで近付いて、静止の声をかける。

やはり俺は今、少し機嫌が悪いようである。そう自覚できるくらいには、無意識のうちに声に棘があった。

ダメだな、冷静にならないといけない。

最悪このまま戦闘に入る可能性もある。こんな心理状態では剣筋も鈍るというものだ。

心の中で一息を入れ、呼吸と精神を落ち着かせる。

逃亡を続けられる可能性もあったが、意外にもレビオス司教は俺の声を耳にしてからは素直に足を止めた。単純に疲れているのかもしれないが。

「……レベリオ騎士団です。先程の魔法の件も含め、然るべき場所で話を聞かせて頂きます」

「……」

イブロイ司祭の差し金ですよ、とは口が裂けても言えなかった。

参考人招致のために動いているレベリオ騎士団がなぜ今、と問われれば難しい部分もあるが、まあ中途半端な死者蘇生の奇跡という、動かぬ証拠を向こうから出してくれたんだ。このまま進めるのが吉だろう。

俺の言葉の後、フィッセルが無言で剣を構える。これ以上の逃亡は許さないぞと言わんばかりの様相である。

彼女の剣魔法はこういう時に便利だな。遠隔で攻撃を加えられるから、俺たちの隙を衝いて走り出したとしても、フィッセルならすぐに対応出来る。

「あの奇跡の研究価値を分からんとは……」

「それは私が聞く内容ではありません」

苛立ったようなレビオス司教の言葉を、切って捨てる。

言った通り、それは俺に主張されても知ったこっちゃない。むしろ個人的な感情だけで述べれば、俺は死者蘇生の奇跡には否定的ですらある。

生命の理を、人間の手で弄っていいはずがないのだ。無論、ミュイのようにそれを切望する者も中には居るだろうが。

「同行願います。レビオス司教」

「……」

レビオス司教はどう見たって戦闘が出来るタイプではない。

逃亡に際し残された切り札は傍らに控えるシュプールくらいだろう。この男がどれだけの手練れなのかは分からないが、単純に考えても二対一。勝算は十分にある。

そういえばあの場はついクルニに任せてしまったが、大丈夫かな。まあ彼女も騎士団の一員だ、今自分がやるべきことは分かっているか。

「……シュプール」

「はっ」

レビオス司教が最後に頼る先。それはやはりシュプールだった。

彼は静かに頷くと、腰に下げたエストックを抜剣する。

堂に入った構えだ。先程まで相手にしていた騎士たちとは空気が違う。

「……つぉッ!?」

次の瞬間。

俺の眼前にシュプールのエストックが迫っていた。

慌てて迫り来る剣を弾く。体勢が不十分だったからか、最初のように一発で剣をオシャカにするには至らなかった。

こいつ、速い！

フルプレートを着込んでるってのになんて踏み込みの速さだ。思わず冷や汗が背中を伝う。

「ぬぅん！」

「くぬ……ッ！」

エストックを払われたシュプールは、しかしその体勢を崩すことなく続けざまに切りかかってくる。

おいおいおい、エストックってのはもっとデリケートに扱うもんだろうが！　とんでもないパワーとスピードで降りかかってくる剣先を二度、三度といなす時間が続く。

体勢を崩させようにも、こいつの剣筋はヘンブリッツやスレナとはまた違って切り返しが難しい。体重を完全には乗せず、腰から肩、腕の力を上手く使って、最低限の力で最大の速度を弾き出している。

突如として始まった戦闘に、しかしフィッセルは動けない。

シュプールと俺の距離が近すぎて、この状態で加勢に入られても俺が被弾する可能性がある。俺もいきなりここまで距離を詰められるとは思わなかったが！

このシュプールという騎士、明らかに他の連中とは二枚も三枚も違う。剣速と手数が桁違いだ。

それに、扱っているエストックも一般の騎士のものより上物に思える。何度も弾いているが、最初のように刃を潰すには至らなかった。

「――――ッ！」

二合、三合と打ち合う中、無言の応酬が続く。

その中で、微かに動いた意識。

視線は兜のせいで分からない。しかし、確かにシュプールの意識の矛先が、動いた。

「ッ！　フィッセル！」

俺との打ち合いは長引くと判断したのか、突如としてシュプールは剣戟の標的を俺からフィッセルへと切り替えた。

フィッセルとて、油断はしていないはず。

しかし彼女から見れば、シュプールの剣先はつい先ほどまで完全に俺に向いていたのだ。

奇襲。

これを完全に防ぐには、自分の身体を滑り込ませるしかなかった。

「ふんっ！」

「……このっ！」

ガギン、と。

シュプールのエストックと俺のロングソードが打ち合う音が、一層高く響く。

鍔迫り合いだ。くそ、久々に体験したな、この体勢は。

「フィッセル！　大丈夫かい！」

「だ、大丈夫……！」

——危なかった。

俺の判断があと一ミリでも遅ければ、シュプールのエストックは確実にフィッセルに届いていた。

確かにフィッセルは剣士であり魔術師であり、戦う術を持つ人間だ。狙うなとは言わない。これは試合などではなく、れっきとした戦闘行為だからだ。

だが、そう理屈では分かっていても、やはり元弟子に危険が及ぶのを冷静に眺めていられるほど、俺は人間出来ちゃいないんだ。

こいつ、ただで終わると思うなよ。

先程まで冷静さを取り戻そうとしていた俺の精神が、再び色濃く燃え上がるのを感じる。

「――強いな。なればこそ、惜しい」

「……！」

そんな俺の思惑を他所に、ぐぐぐ、と。シュプールが競り合っている腕に力を込める。

ちくしょうめ、純粋な力比べだと俺がやや不利か。もともと俺は剛力で鳴らしていたタイプでもないからな、真正面からの力のやり取りはどうにも得手じゃない。

「――大いなる神のご加護よ、我に力を与え給う」

「ッ!?」

鬩《せめ》ぎ合っているシュプールが、祝詞を発した。

まずい、この状況で身体強化魔法はまずいぞ！

腕に力と気合を入れるが、徐々に押し込まれていく俺の両腕。くそ、強化なしの状態でも既に筋力でやや劣っていたのに、そこに魔法の強化が入ると力勝負はかなり分が悪い。

これはヤバい、押し込まれる――！

「――させない」

「……っ！」

俺の腕が根負けしそうになっているところで、フィッセルの横槍が入った。シュプールの腕を下から切り上げるように、フィッセルのロングソードが昇り立つ。

手甲と剣がぶつかり合う音が響く。

流石に切断とまではいかなかったようだが、その衝撃でシュプールの腕が浮いた。その隙を衝いてロングソードを一気に押し付けて距離を離す。

「フィッセル……！　すまない、助かった！」

後ろに跳び、一旦距離をとる。

助けに入った直後に助けられるとは、まったく立つ瀬がない。そういう点でも彼女はやはり、ただ守られる側の人間ではなく、立派な剣士であった。

「……あっ」

一息ついて視線を少しずらすと、再び逃走を始めたレビオス司教の後ろ姿。

いかん。このままだと彼を逃がしてしまう。

「フィッセル！　レビオス司教を追うんだ！」

このまま逃がしたのでは、これまで動いてきた全てが無駄になる。かといって、シュプールを無視して追いかけるのは愚策が過ぎる。背中を斬られたらそれで終わりだ。

であれば、俺がシュプールを足止めしてフィッセルに追ってもらう他ない。

「……分かった。先生、気を付けて」

ほんの少しの逡巡がフィッセルの中で生まれたようだが、それでも俺の言葉に従って、彼女は足を動かし始めた。

「……ちっ」

「行かせないよ！」

僅かに意識が逸れたシュプールに、今度はこちらから仕掛ける。

腕を畳んでコンパクトな横薙ぎを払うが、それは素早く構えたエストックに弾かれてしまった。

「まだまだっ！」

続けざま、大きく踏み込んでロングソードを振るう。

しかし流石の反応というべきか、その一手は寸でのところで躱されてしまった。ちくしょう、そっちはフルプレートを着込んでるんだ、多少油断してくれてもいいじゃないか。

こいつは、手数とそれに見合わぬパワーで相手を圧倒するタイプ。主導権を握らせていたのではまずい。そして、魔法の力も相まって俺よりも明らかに膂力がある。近距離の鍔迫り合いに持ち込むのも危険だ。

「しっ！」

「ぬっ……！」

薙ぎ払いの後、小手を入れ替えて切り返し。上手く剣を合わされて防がれる。

くそ、あんまり得意じゃないんだよな先手を取り続けるってのは！　しかし、相手の性質を考えれば後手に回るのはちょっと遠慮したい。

ここは攻め続けて、防御の隙を狙う。普通フルプレートを着込んでいたら、その鎧の防御力を当てにして多少は受けが疎《おろそ》かになるはず。それを期待したいところだが。

「小癪な！」

俺の連撃に嫌気が差したのか、振り払うように薙がれたエストック。先ほどまでの緻密な連撃に比べれば、ほんの少しばかり雑な挙動。

普段の俺なら半歩退いて躱すところだが……ここはバルデルの力を、そして、このロングソードのポテンシャルを信じてみるか。

それに、先ほどまで騎士たちに囲まれていた時とは状況が違う。

今は、正真正銘の一対一だ。こいつ以外に敵はなし！

「ふんっ!!」

気合一閃。

ありったけの力と理合を込めて、エストックを迎え撃つ。

これは、いなしたり躱すための迎撃じゃない。完全に相手の得物を、武器を破壊するために行った行動だ。

普通そんなことをすれば、相手の武器は壊せるかもしれないが、こっちの武器も壊れる。それがメイスやハンマーといった殴打武器ならともかく、斬撃を主とする剣では斬ることは出来ても破壊するには向いていていない。

斬撃力を上げるために極限まで細く長く鍛えられたのが剣だ。ガチンコの殴り合いに適した武器じゃあない。

しかし、このロングソードならそんな使い道にも耐えられるはず。

半ば賭けに近い動きだが、とりあえずこの均衡状態を何とかしないとシュプールを仕留めるのは難しい。そんな思いから決めた迎撃であった。

「な……ッ！」

結果。どうやら俺は賭けに勝ったらしい。

バギン、と、不吉な音を立てて半ばから折れるエストック。兜で表情は分からないものの、シュプールが驚愕したであろうことは容易に感じ取れた。

「もらった！」

振り抜いたロングソードをそのまま返し、動揺で一瞬固まったシュプールの胴に袈裟切りを一閃。

確かな手応えが剣を通して伝わってくる。

それと同時に、暗闇に迸る赤い血潮も。

「ぐっ……無念……！」

いくら魔法で身体能力を強化したといえども、物理的な防御力まで底上げされるわけじゃないらしい。フルプレートを切り裂いた斬撃はそれだけでは飽き足らず、確かにシュプールの肉体を削り取っていた。

くそ、苛立ちで力加減が上手く出来なかった。そもそも、加減して勝てるような温《ぬる》い相手でもなかった。

力なく前のめりに倒れたシュプールを見下ろす。じわじわと、血潮が地面を覆い始めていた。

「……フィッセルを追わないと……」

シュプールの具合は気にはなる。

気にはなるがしかし、今は申し訳ないがフィッセルとレビオス司教を追う方が優先度が高い。

「……まだまだだな、俺も」

怒りや不機嫌で剣筋が鈍り、思わぬ苦戦を強いられた。

そして、あまつさえ元弟子に助けられる有様だ。まだまだ精進が足りていない証拠である。

だが、それを今悔やんでも仕方ない。次に活かせるよう、しっかりと今日の醜態を忘れないよう心に刻んでおかなければ。

「……よし」

一息入れて、視線を上げる。

教会からこの地点までは、そう離れているわけじゃない。

何とか後詰めのレベリオ騎士団が、シュプールを見つけてくれることを祈って、俺は地を蹴った。

が、しかし。

「しまった……道が分からない……」

シュプールをなんとか倒したはいいものの、大事なことかつ基本的なことを見落としていた。

俺は北区の地理を知らない。ただでさえ夜で視界が利かないというのに、これでは最悪迷子になる可能性すら出てきたぞ。

そんな事態は御免被りたいところだが、とは言ってもここでずっと油を売るわけにもいかない。うーん、動くしかないか。

とりあえず、レビオス司教が走り去っていった方向に向かって走り出す。

「多分、そう遠くには行ってないはずだけど……」

一度追いついた時にも思ったが、レビオス司教はやはり足が速くない。それにあの体格だ、走り続けるスタミナもそうないだろう。

対してフィッセルは若いし、バリバリの現役剣士兼魔術師である。単純な運動能力でフィッセルが後れを取るとは思えなかった。

それに、彼女には剣魔法もあるしな。多少の距離があっても手軽に遠距離から、かつその威力も調整出来る魔法はやっぱり便利だ。

「……あ、あれかな」

しかし、どうやら俺の心配は杞憂に終わりそうであった。

しばらく走った先で、フィッセルらしき影とレビオス司教らしき影を見つける。

「先生、無事だった？」

「ああ、俺は大丈夫。フィッセルもよくやったね」

近付けば、無事な様子のフィッセルから俺への心配が零れた。

いやあ、シュプールさんは強敵でしたよ。多分普通のロングソードだったらもっと苦戦していたと思う。というか、勝てていたかどうかすら怪しい。本当バルデルに感謝だな、この剣は俺にはもったいないくらいの業物である。

「シュプールは……敗れたか。くそ、使えん男め」

「……」

俺の到着を、シュプールの敗北と見たレビオス司教が吐き捨てた。

こいつ中々良い性格してんな。思わずぶん殴りそうになる。シュプールはシュプールで、なんでこんな男を律義に逃がそうとしていたんだろうな。彼が生きていたら、そういった話も聞けるだろうか。

ちなみに、レビオス司教は両手をロープで縛られ、見た目は完全に罪人のそれであった。このロープは恐らくフィッセルが用意していたものだろう。

逆に言えば、最初からターゲットの捕縛作戦であると分かっていなければ準備出来ない代物でもある。ルーシーめ、やっぱりそのつもりでフィッセルを寄越したんじゃないのか。それを今突っついても特に意味はないけどさあ。

「先生。どこに連れていくの」

「ん？　そうだね……」

ここでフィッセルからの疑問が飛ぶ。

確かにイブロイからはレビオス司教を捕えてほしいと言われはしたが、じゃあ捕えた彼をどこに連れていけばいいのかは聞いていなかった。

まさか俺が泊まっている宿屋に連れ込むわけにもいかない。ここは素直にレベリオ騎士団の庁舎になるか。もう深夜に近い時間帯だが、誰かしらは居るだろう。

「騎士団庁舎に連れていく。案内を頼むよ」

「分かった。少し歩くけどいい？」

「大体の距離感は分かっているよ、構わない」

さて、向かう先は決まった。

本来なら乗合馬車を使いたい距離だが、流石にこの状況で馬車に乗り込むのもな、という感じ。なので歩いて行くことにする。

後はレビオス司教を庁舎に連れて行って、騎士の誰かに引き渡せば仕事としては終わりだ。出来ればその辺り、事情を分かっているであろうアリューシアが望ましいのだが、この時間まで庁舎に居るとは考えにくいからなあ。多分当直の数人が居るくらいだろう。

「貴様らは分かっていない。奇跡の深淵を解き明かすことの崇高さを」

「それは私に説くべき内容ではありません。さらに言えば、貴方の思想から生まれた犠牲者に対する免罪符にもなりません」

相も変わらずレビオス司教が何か言っているが、知ったことか。

そもそも、ただ単純に教典の奇跡を研究するだけなら誰も文句は言わないのだ。ルーシーだって人に迷惑をかけてまで研究に没頭してはいない。いや、俺はちょっと迷惑を被ったけれども。

こいつの許せない点は悪人と画策し、罪のない人々を利用して人体実験を行っていたという一点に尽きる。それさえなければ、今も研究を続けられていたはずである。

スフェン教に伝わる奇跡が如何に崇高なものだとしても、人の命を犠牲にしていいわけがない。その一点を、レビオス司教は読み誤った。ただそれだけのことだ。

「今に後悔するぞ。我々の研究を頓挫させたことを」

「そうですか」

相も変わらず囀《さえず》るレビオス司教。

この人喋るだけ無駄っぽいな。自分の正義を妄信しているというか、何というか。

きっと参考人招致があったとしても、同じように自身の正義を語るだけ語っていたのかもしれない。だからこそ、のらりくらりと招致を躱す方向ではなく、逃げる方に舵を切ったのかもな。

気になることはまだある。あの騎士たちの出どころだ。

装備を見た限り、当たり前だがレベリオ騎士団じゃあない。だが、そんじょそこらの野盗や盗賊と言うには装備も実力も整い過ぎていた。

恐らく、イブロイが言っていたスフェン教の教会騎士団、という線が一番しっくりくる。俺は教会騎士団の騎士と会ったことがないから、正確には分からないけれど。

まあその辺りも、あの現場をレベリオ騎士団が検《あらた》めればはっきりするだろう。俺の仕事はレビオス司教を捕えて騎士団庁舎に連れて行くまで。そこから先はアリューシアやヘンブリッツの仕事だ。

「価値のない者たちを神に捧げて何が悪いというのだ。モノの価値の優先順位も付けられん馬鹿者ども、が……ッ!?」

「それ以上、口を開かないことです。怪我をしたくなければね」

飛び出してきた言葉に、思わず気が昂る。気が付けば、レビオス司教の胸倉を摑んでいた。

「先生、落ち着いて」

そんな俺の行動を見てしまったフィッセルは、少し驚いた様子を見せながら冷静に俺を諭す。

「……ああ、すまない」

こいつは下種だ。それは間違いない。

しかし、その裁きを下すのは俺個人であってはならない。

それではただの私刑だ。剣を教え、道を説く役目でもある俺が、そんなことをするわけにはいかない。何のために国があり、司法があるのかという話にもなる。

理屈では分かっているが、胸糞悪い奴というのはこんなところにも居るもんだな。

力を込めた拳を、ゆっくりと解していく。

「……離せ。貴様ごときが触れていい我が身ではない」

「……」

言い合うだけ無駄だな、これは。

はー、このやり場のない怒りをどうしてくれようか。流石にこいつをボコボコにするのはちょっと外聞が悪いしなあ。腐ってもスフェン教の司教である。

「黙って。お前はこれ以上喋るべきじゃない。あと、口が臭い」

「……ふん、小娘が」

フィッセルの声にも、明確な怒りと苛立ちが見える。

そんな小娘に捕まってるお前は何様だよ、という言葉が喉までせりあがってきたが、なんとか飲み込む。

こんなところで体力も精神力も疲弊したくはないのだ。もうこいつは無視しよう無視。黙って連れてってとっとと引き渡す。それでいいや。

「……」

一悶着起きかけたが、なんとか自制心を働かせて夜の道を歩く。俺とフィッセルと縛られたレビオス司教。三人が無言で夜の街を歩く時間が続く。

夜のバルトレーン、しかも北区をゆっくり歩くのは中々ない機会だが、残念ながら呑気に観光目線で歩けるほど状況は生易しくなかった。今度時間が出来たら改めて観光にこようかなと心に留め置き、歩みを続ける。

しかし、どうしても解けない疑念がある。

レビオス司教を捕える。果たしてそれですべてが丸く収まるのか。

俺ごときが考えても詮無いことではあるんだが。

まあいいや。細かいことは知らん。あとはアリューシアなりルーシーなりイブロイなりにぶん投げりゃいい。

とりあえず、さっさとこいつを引き渡そう。

◇

どれくらい歩いただろうか。結構な距離と時間を移動に費やした気がする。俺やフィッセルは慣れているからいいが、レビオス司教なんて結構息を切らしてるぞ。まあ、普段から運動しているようには思えない体型だけどさ。

「先生、お待ちしておりました」

「アリューシア？　居たのかい」

そうして辿り着いたレベリオ騎士団庁舎。

俺たちを出迎えてくれたのは夜間警備に入っている騎士ではなく、騎士団長のアリューシアであった。

意外な顔に、少し声が上擦る。

普通なら、とっくに自宅へ帰っている時間帯。だというのに、お待ちしておりましたなんて言葉を使うとは、俺の到着が待たれていたのかな。クルニとフィッセルを寄越すくらいだ、全て織り込み済みだったということか。

そして同様に、ルーシーとイブロイの策もアリューシアに通じていたことになる。

これ、結果的に上手くいったからいいものの、万が一俺がしくじっていたらどうするつもりだったんだろう。

騎士団も魔法師団も参考人招致の前にドンパチやる気満々だったんじゃないのか。わざわざイブロイを通して俺に依頼を出した意味とは。

「まったく……肝が冷えるね、こういうことは」

「ふふ、先生なら問題ないと思っていましたので」

その心情を少し吐露してみれば、返ってきたのはやっぱりアリューシアの無条件の信頼であった。

やめろやめろ、こっちはただのおっさんだぞ。

「団長。こちらの者は」

「地下へ連行を。明日以降、然るべき対応を行います」

「はっ！」

アリューシアの周りに居た騎士たちが、レビオス司教を連行していく。司教もここまで来て無駄な抵抗を行う気はないのか、見る限りは素直なものだ。

ふー。とりあえずこれで俺への依頼は完了かな。

いやしかし、あのシュプールという騎士は強敵だった。武器がこれでなけりゃヤバかったかもしれん。

「お疲れ様です先生。そしてフィッセルも」

「ああ、ありがとうアリューシア」

「いえ……これも仕事、です」

アリューシアからの労いに言葉を返す。そしてやっぱりフィッセルはちょっと縮こまってしまっていた。愛《う》いやつめ。

「それじゃ、私は帰る。またね先生」

「うん、気を付けて」

騎士団庁舎に到着し、レビオス司教を無事引き渡したところでフィッセルが離脱。

フィッセルも強くなったものだ。魔法を扱うようになったのは割と最近だと思うのだが、それでも上手く剣術と融合させているなと、去り際の後ろ姿を眺めながら考える。

あの剣魔法、使われたら相当厄介だ。フィッセルの剣捌きも相当な上、その剣先に合わせて様々な魔法が飛んでくるってのは、ちょっとどころでなく面倒くさい。

その点では、ルーシーのような完全後衛型とはまた違った強みがある。

多分、単純な魔法の出力で言えばルーシーの方が強いのだろうが、あらゆるシチュエーションでの実戦を考えたら、フィッセルがルーシーを食う場面もあるんじゃなかろうか。それくらい、柔軟性と対応力に優れる手札だと思う。

「先生も、今日は休まれますか？」

「いや、少し報告したいこともあるからちょっと時間貰えるかな」

「ええ、構いませんよ」

アリューシアからの言葉を受けて、一旦思考を止める。今はフィッセルとルーシーの対戦予想をやっている場合ではない。

夜も更けた時分、明日の報告でもいい気はしたが、まあついでに今日気になったことも伝えておこう。その情報をどうするか考える時間も必要だと思うしね。

「ところで、現場の確保は？」

「クルニからの報告を受けて、部隊を派遣しています。恐らくは問題ないでしょう」

「そりゃよかった」

どうやらクルニは俺たちが到着するより前にちゃんと報告が出来たらしい。今ここに居ないってことは、彼女も現場に再度赴いたのかな。

「……大分、お疲れのようですが」

「うん、まあ……疲れたと言えば疲れたね。手練れも居たから」

どうやら表情に少し出てしまっていたようだ。

いや確かに疲れたと言えば疲れたんだけども。それくらい相手は強かった。

あれ程の練達には中々お目にかかれないだろうなとも思う。バルデルの打ったロングソードが頑丈でよかった。俺が勝利を収めることが出来たのは、偏に武器の性能でゴリ押し出来たおかげである。

「先生を苦戦させる程の手練れ……ですか」

「よせよせ、大袈裟だよ」

俺を苦戦させる程度の使い手くらい、この広い世界にはごまんと居るはずだ。わざわざそれを物差しの一つとして語られても困る。というか恥ずかしい。

「まあ確かに強かったけどね……レビオス司教とともに居た騎士風の男たちはプレートアーマーに身を包んで、エストックを使っていた」

「エストック……」

王国ではやはり珍しい得物なのだろう。俺の報告を聞いたアリューシアは一言呟くと、しばらく思考の海に沈んだ。

「レベリス王国に存在する組織で、エストックを主に使うのは私の知る限り、教会騎士団だけです」

「やっぱりか……」

これでほぼ確定だな。イブロイは時間さえあれば教会騎士団を呼ぶとも言っていたが、レビオス司教の一派が教会騎士団の内部にまで影響力を持っていたことになる。

そうなるとやはり、レビオス司教を捕えて終わり、という話でもなさそうだ。これで勢いを失ってレビオス一派が自然崩壊でもしてくれれば助かるんだけど。

うーん、まあいいか。

お隣とは言え、他国のあれやこれやに首を突っ込む理由も義理もなし。俺には関係のない話である。イブロイさんには頑張って頂きましょう。

「現場には倒した騎士たちもいるだろうから、事情を聞けばおおよその裏は取れると思うよ」

「そうですね。まずは彼らの背景をしっかり洗うこととします」

他国の騎士団が自国で悪さをしていたとなれば、これはもう国際問題待ったなしである。ただその分、事が事だけに調査は慎重に行わなければならない。

言いがかりだけで吹っ掛けるわけにはいかないだろうからな。慎重かつ迅速に裏を取り、間違いないとなった段階で国としての声明を出す。そんなところだろう。

「それに……あまり斬りたくないものも斬った」

「……？」

「いや、何でもない」

俺の呟きに、アリューシアは少し困っている様子だった。

ミュイへの説明はどうしようかな。むしろ下手に俺が語らない方がいいとまで思う。あれは俺だけの秘密として墓まで持っていった方が、彼女の精神衛生上いいだろうしなあ。

うん、決めた。この事実は俺だけの秘密にしておこう。我ながら情けない結論かもしれないが、それでも俺個人の力ではどうしようもなかった以上、闇に葬るのが一番いいはずである。

何かの事実を告げることは、必ずしも最善の結果に繋がるわけではない。事情と時と場合と限度を加味したところ、これは喋らない方がいいと見た。

ただでさえ不安定な状況であろうミュイに、これ以上余計な心理的負担を強いるわけにもいかない。黙っておくことはいい方には転ばないだろうが、悪い方にも転ばないだろう。

後は、いずれ時間が解決してくれる。時間というのは人類皆平等に処方される薬だ。年を取ると一概にそうとも言えないが、ミュイほどの若者なら、やはり一番の解決は時間になるのである。

「さて、それじゃ後処理は騎士団に任せるとして、俺はそろそろ宿に戻るよ」

「はい、お疲れ様でした先生。あとは我々にお任せください」

ルーシーやイブロイへの報告は明日でも構わないだろう。そもそも俺はイブロイが普段どこに居るのかも知らないけど。まあそこはルーシーに伝えれば、あとは良いようにしてくれると思っている。

アリューシアの心強い言葉も頂戴できたことだし、あとは騎士団の面々に任せることにしよう。

特別指南役とかいう肩書は、こんな時に何の役にも立たんのである。

ということで、細部はどうあれこの件はこれで一件落着。と、俺の立場からはそう申し上げるしかないわけで。

今日のところはすっかり日が沈んだバルトレーンの街を、一人ぶらついて宿に帰るくらいしかもうやることが残っていない。

「くあぁ……」

騎士団庁舎を離れて間もなく、意識せずとも欠伸が漏れる。

今日は疲れた。早く戻ってベッドでひと眠りしたいところだ。

年寄りに夜更かしは地味にキツいからね。というわけで、さっさと帰ってひと眠りしよう。

◇

翌朝。

「よう。待っておったぞ」

「ん？　ルーシーじゃないか」

とりあえず昨日は忙しかったが、さりとてそれで俺の職務が軽減されるわけでもないので、今日も今日とて騎士たちの指導のために庁舎へ向かったところ。

その入り口で腕を組んで待ち人を待っている影が居た。言わずもがな、魔法師団の長ルーシー・ダイアモンドである。

「わざわざ待ってたのかい？　悪いね」

「構わんよ。無茶を言ったのはこっちじゃからの」

どうやら俺を待っていたらしい。わざわざ朝早くから待ち伏せとはご苦労様である。

俺としても、ルーシーには報告を入れた方がいいよな、とは思いつつ、かといっていきなり彼女の家に突撃するのもなんだか憚《はばか》られていたから、待たれていたというのは実は丁度いい。いろいろと話し合いたいこともあるし。

「またうちで構わんか？」

「それはいいんだけど、一応俺も職務があるから」

別に彼女からのお誘い自体は吝《やぶさ》かでないんだが、俺も一応特別指南役である以上、毎日のお仕事があるのである。前回は日も沈みかけていた時分だからよかったものの、今は朝っぱら。これから鍛錬という時間帯であった。

ルーシーの家に行くのはいいにしても、それなら今日は鍛錬に顔を出せないことを誰かに伝えておく必要がある。サボりだとか思われたくないからね。

「アリューシアには伝えてある。問題ないじゃろ」

「あ、そう……手際のいいことで」

だが、どうやら俺の心配は杞憂だったようで、既にルーシーからアリューシアへ情報の共有が済んだ後らしい。

無駄に、ってほどじゃないが、ルーシーは本当に思いついたら即行動だな。思考から行動までのレスポンスが極めて速い。これくらいの思い切りの良さは俺もどこかで見習いたいところだ。どこで見習うべきかはよく分からんけれども。

「改めて、昨日はご苦労じゃった。おおよその話はアリューシアから聞いておる」

「うん、まあ、それなりには大変だったよ」

庁舎には入ることなく、ルーシーの家を目指して歩きながら一言二言を交わす。

そういえば騎士団庁舎や魔法師団の本拠地、そしてルーシーの家には相互間通信が出来る魔装具が置いてあるんだっけ。情報の伝達が速いことはいいことだ。

「まあ、細かい話はあとで聞く。イブロイのやつも来るでな」

「あ、やっぱりそうなるのね」

どうやら集まる面子は昨日と変わらないらしい。そりゃまあルーシーは仲介こそ果たしたものの、形式的に言えば俺へ依頼を出したのはイブロイだ。もっと言えば、スフェン教からの秘密裏の依頼でもある。そこに依頼者が居ないというのは、ちょっとおかしいことになるからな。

「そういえば、ミュイはあれからどうだい」

道すがら、若干の手持無沙汰を感じた俺は、ルーシーの家で客人として迎えられている幼い子供の話題を向けた。

「元気じゃよ。ただまあ、大人しいもんじゃ。多分、今後の身の振り方をどうすればいいのか、あやつ自身がまだ分かっておらんのじゃろうなあ」

「そっか」

返ってきたのは、とりあえずは元気にしているという内容。まあ、その答えが聞けただけでも良かったということにしておこう。

それに、ミュイの気持ちも分からんでもない。いきなり住む世界を強制的に変えられて、どうやって生きていけばいいのか分からないというのは尤もだ。これまで仄暗い世界に居たのだから尚更である。

ただ、そこは昨日も思ったが、いずれ時間がある程度解決してくれるだろうとも思っている。

確かに生活は大きく変わるが、俺やルーシーと違って、トータルの人生の大部分をそこで過ごしたわけでもない。彼女にはまだ輝かしい未来という時間が大いに残されている。

あとは彼女が今の世界に順応していくのを気長に待てばいい。子供の成長を待つというのは大人の特権だ。俺は子供居ないけどさ。

「まあ、その辺りはいずれ時間が解決してくれるのを待つしかない、か」

「同感じゃな、ミュイはまだ若い」

そういったことを零してみれば、どうやらルーシーも同じ考えらしい。

ここら辺、アリューシアやスレナよりもルーシーの方が、価値観というか考え方というか、近しいように感じる。やっぱり年齢が近いからだろうか。見た目はミュイよりも幼いのに俺より年上と聞いてみる。

か、あんまり考えたくないけれども。

「あ、そういえば」

「ん？」

ルーシーの家に着くのはもうちょっとかかりそうなので、折角というか、気になっていたことを聞いてみる。

「フィッセルは君の差し金かな」

「……さあ？　何のことじゃろうな」

こ、この野郎とぼけやがって。

ただ、その表情は何というか、微妙にニヤついているようにも見えた。やっぱりこいつ分かってやがるな。それでも口にはしない辺り、そこら辺の線引きは曲がりなりにもしっかりしたいということなのだろう。

そうであれば、俺からこれ以上言うことはない。

フィッセルとクルニが来たのはたまたまだった。それで片付けるのが正解というものだ。

そうして、取り留めのない雑談をいくつか交わしながら歩いていたところでルーシーの家に到着した。

「ルーシー君、ベリル君。おはよう」

「ようイブロイ。すまんの、また待たせたか？」

「いや、ついさっき来たところさ。昨日と違ってね」

昨日と違って、門前でイブロイが待っている。言葉通り、本当についさっき到着したらしい。

俺も彼とは昨日会ったばかりで親交も何もあったもんじゃないが、それでも昨日知り得た限りの為人で言えば、彼は遠慮なく家の中で待っているような気がした。

「どうも」

「ベリル君、昨日ぶりだね。話は後ほど詳しく聞こう」

とりあえず、といった体で会釈を返しておく。どうやらイブロイには事の仔細はまだ伝わっていないようだった。そりゃまあ昨日の今日の出来事だしな。

「まあ立ち話もなんじゃ。入ってくれ」

「遠慮なくそうさせてもらうよ」

ルーシーが俺たちを家へと招けば、イブロイは慣れた様子で後に続く。

「ルーシー様。それにイブロイ様とベリル様も。おはようございます」

「やあハルウィ君。お邪魔するよ」

玄関を開けると、そこにはこれまた昨日と同じようにハルウィさんが待ち構えていた。

俺も結構早く起きている自負があるが、この人たちいったいいつから起きてるんだろうな。ハルウィさんとかは家政婦だそうだから、早く起きているのは不自然じゃないけれども。

ルーシーなんて、結構生活リズムおかしくなっていても不思議じゃないんだが。いやこれは完全に俺のイメージだけどさ。

「さて……とりあえず、昨日はご苦労だったね、ベリル君」

昨日と同じ応接室に三人が通り、それぞれ椅子に腰かけたところでイブロイが一言。

彼は詳細を知らないはずだが、どうやら俺が依頼をすっぽかしただとかそういう方向には考えていないようだ。俺もそんなつもりはなかったけれども。

「お気遣いありがとうございます。まあ、ほどほどには大変でしたよ」

「ははは。昨日も言った通り、ちゃんと礼はするよ。それで……どうだったかな、首尾の方は」

いや、ほどほどとは言ったが本当に大変だった。

まあ、その苦労をイブロイにぶつけても仕方がない。依頼を受けたのは俺だからね。

「結論から言えば、レビオス司教の捕縛には成功しました。今はレベリオ騎士団の地下に勾留してあります」

「そうか、それは何よりだ」

俺の報告を受けて、イブロイ司祭の表情が解れる。

彼としても、不穏分子ともとれるレビオス一派の悪道は看過しづらかったのだろう。

「わしの言った通りじゃろ、イブロイ」

「そうだね。ベリル君を頼ってよかったよ」

「いえいえ、そこまで言われるほどでは」

お褒めの言葉をそれとなく躱す。確かに働いたっちゃ働いたが、そこまで畏まって言われるほどのことではない気もする。いや戦闘もあったといえばあったのだが。

まあいずれ、レビオス司教には然るべき処罰が下るだろう。俺の与り知らぬところで。

「礼はちゃんとするよ。僕の位階も上がるだろうしね」

「は、ははは……」

そりゃ司教が捕まったとなれば、他に司教を擁立する他ない。その有力候補にイブロイが挙がっている、ということか。

この人、初見の頃から思っていたがやっぱり食えないおっちゃんだな。腹の奥にどれだけの思惑を秘めているのか。

まあ、それが直接俺に害がないなら好きにしてくれって感じだけども。

「それと彼を捕える際、恐らくですが奇跡を行使しました。出てきたのは、その……操られた死体のようなものでしたが……」

「……そうか。疑わしくはあったが、どうやら確定だね」

あわせて、レビオス司教が捕まる前に使ったと思われる奇跡についても伝えておく。

ほぼ間違いなく、あれが研究されていた死者蘇生の奇跡、の、出来損ないだ。魔法の研究自体を否定する気はないが、やはりああいう人道に反したものに対する反応は厳しい。

「ふん。まあ後は国が裁くじゃろ」

そしてやっぱり、そういう話題になってくるとルーシーの反応が辛《から》いものになる。余程死者蘇生に関して思うところがあるんだろうか。

「そうそう。ついでじゃないが、お主への礼をわしも考えとってな」

「うん？」

話題を嫌ったのか、それとも単なる思い付きか。

ルーシーが声色と表情を明るいものに変え、俺への報酬について話しだした。

俺としても、貰えるものは貰っておくことに吝かではない。ただ余計な金銭を抱えるつもりはないし、宿暮らしだから下手に物品を貰っても困る。

「ベリル、家は要らんか？」

「え？」

なんて？

「えっ家？」

飛び出してきた単語に思わずビビる。

なんだ家って。いや確かに欲しいとは思っていたし実際探してはいたし、その話をルーシーにした記憶もあるけれども。

「そうじゃ。なんじゃ、要らんか？」

「いやちょっと待って。話が飛び過ぎてて混乱してる」

見てみろ、イブロイさんも何？　みたいな顔してるじゃん。いきなり家を報酬として差し出すってどんな流れでそうなるんだよ。

とりあえず出てきた情報が突然かつ限定的過ぎる。いきなり家要らないかと問われて、はい貰います、になる方がおかしいだろう。

「そのままの意味なんじゃが……」

俺の混乱が想定外だったのか、ルーシーが少ししょんぼりとした口調で漏らす。

申し出自体はありがたいっちゃありがたい。しかし、何故その一言で通ると思ったのか。

「ああ、そういえば」

と、そこでイブロイが何かを思い出したかのように呟いた。

「ルーシー君、この家を買う前の持ち家があったよね」

「そう、それじゃ」

どうやらイブロイの方はルーシーが申し出た家に心当たりがある模様。

しかし初対面の時から思っていたが、ルーシーとイブロイは結構付き合いが長いんだな。この家を彼女がいつ買ったのかは知らないが、それでも前の家を知っている辺り、浅い付き合いではなかったのだろう。

イブロイの語り口からいけば、ルーシーはこの家を買う前にもう一つ家を持っている。で、今回の報酬としてそれを俺に譲ろうとしている、と。

えっいいのそれ。ていうか家ってそんなぽんぽこ渡せるようなものでもない気がするんですけど。

「あ、ありがたい申し出ではあるけど……貰っていいものなの、それ」

「構わん構わん。定期的に掃除はしとるが、誰も住んでおらんしのぅ。むしろわしにとっても丁度いいわい」

一応聞いてみたものの、どうもその家ってのは所有はルーシーではあるものの、誰も住んでいないらしい。

だったら売りに出せばいいじゃんとも思うけども。まあそこは何かしらの事情があったりするんだろうな。

「お主、まだ宿暮らしじゃろ？　丁度ええと思うんじゃが」

「いや、それはそうだけどさ……」

これが見知らぬ誰かからの提案であれば、まず間違いなく裏があるとみて疑っているところだ。

相手がルーシーであるということでぎりぎりその嫌疑は免れているが、それでも怪しいことには変わりない。

「僕としても、そっちの方がありがたいかな。ほら、お礼を送る先が宿だと困るし」

「はあ……」

ここでイブロイがルーシーの提案に乗ってきた。

いやまあ客観的事実としてだね、いい年こいたおっさんが住所不定の宿暮らしってのはマズいことくらいは分かるよ。

別にそこら辺の外聞を極端に気にする性質でもないけど、一応騎士団の特別指南役とか仰せつかっているわけだし。最低限のところはちゃんとしたいな、みたいな気持ちもある。そのために合間を縫って家探しをしていたわけですし。

ただなあ。なんというかとにかく話が唐突過ぎる。

ルーシーのことだから、別に俺を騙そうとか陥れてやろうとか、そういうつもりじゃないのは分かるんだが。

でもお前、ちょっと手伝った報酬が家って。びっくりするに決まってんでしょそんなもん。

「ま、まあ、それは前向きに考えておくよ……」

「そうか？　てっきり即決でくるもんじゃと思っておったんじゃが」

誰が即決するんだよ。そんな奴が居たら顔を見てみたい。

「そ、それよりもほら、レビオス司教のことだよ大事なのは」

ちょっと話が飛び過ぎているので、話題を元に戻す。

正直な話、俺はそこまで報酬に拘《こだわ》っていない。依頼を受けた以上それ相応のものは貰うべきだし、そうでないと依頼という言葉が成り立たないのでそこは分かるんだが、かといって過剰な報酬は要らんのである。

そういうのは大体が厄介ごとやら次の依頼、それも割の合わないものに繋がったりする。

無論、必ずしもそうであると決めつけるわけではないが、それでもやっぱり警戒はしてしまうのである。これはもう相手がどうこうではなくて俺の性だな。

「そうだね、スフェン教に身を置く者としては些か業腹ではあるけれど……まあ、司教の座は剝奪されるだろう」

「それで、その空席にイブロイさんが座る、と」

「ははは、気が早いねベリル君」

そう言いながら笑うイブロイの真意は、分からない。

まさかここまでまるっと全部、彼の謀《はかりごと》ってことはないだろう。それは流石に計画が壮大かつ杜撰《ずさん》過ぎる。

ただ何にせよ、この人食えないやっちゃなー、という感想は変わらないけどな。本当に底が知れない印象が強いおじさんである。

「あと、レビオス司教の護衛には騎士と思われる人間も複数いました。エストックを扱っていましたが……」

それとあわせて、その場に居たのが司教だけではなかったことも伝えておこう。

アリューシアは教会騎士団だと言っていたが、その予測が当たっているのかどうか。

「それは……ほぼ間違いなく、教会騎士団だろうね。そうか……」

どうやらイブロイの見立てでも、彼らはスフェン教の教会騎士団のようだ。

俺の報告を受けたイブロイはしばらく考え込む仕草を見せる。

「……まあ、そこから先を僕たちだけで考えてもどうしようもないか。一先ず、依頼の成功を祝おう」

しかし程なくして、イブロイはその表情を柔らかなものにしていた。

うーん、まあ言う通りではある。仮に何か陰謀めいたものが蠢《うごめ》いていたとしても、今この場で、この三人だけでそれを予測するのは不可能だ。

レビオス司教はあの様子だったから、きっと取り調べでも奇跡の重要性だか意義だかを声高に語るのだろう。具体的にどういう法に触れてどういう罰が下るのかは分からないが、無罪放免とは流石に考えられない。

少なくとも、盗賊と結託して罪のない人を攫《さら》っていた罪は確実にある。

そこから先どうなるかは、分からない。それこそ神のみぞ知るってやつだ。

「よくやってくれたもんじゃよ本当に。ご苦労さん」

「はは、ありがとう」

ルーシーがぽんぽんと俺の肩を叩きながら一言。

見た目幼女に労わられる四十路過ぎのおっさんという絵面がヤバい。

「さて、それじゃあ譲る予定の家でも見に行くかの？」

「えっ、そういう流れ？」

だからどういう流れでそうなるんだよ。

ルーシーから、何が何でも俺に家を譲りたいという強い意志を感じるんだが。

「貰っておけばいいじゃないか。ベリル君も、いつまでも宿暮らしでは困るだろ？」

「まあ、それはその通りなんですが……」

渋っていたら、イブロイも本格的に推してきた。これで二対一である。いや別に反対をするつもりではないんだけれども。

うーん、でもまあ家が貰えるってのは想定外ではあれど、嬉しい申し出ではある。何も即決する必要もなし、実際に立地と中身を見てから判断してもいいなら、そうした方が賢明なのかもしれない。おじさんよく分からなくなってきたよ。

「一度見てから判断してもよいぞ。強制ではないでな」

「んー……それじゃあ、そうさせてもらおうかな」

「よしよし、じゃあ行くとするかの」

俺が肯定的な返事を返すと、ルーシーはその表情を一層明るいものへと変えて、椅子から腰を上げた。

やっぱり改めて思うけど、とにかく動き出しが早いんだよなルーシーは。常に即断即決で動いているんじゃないかと思うくらいだ。

「僕も戻るとするかな。しばらく教会も忙しくなりそうだしね」

「うむ、そっちはそっちで気張るがよい」

確かに司教が捕まったとなれば、教会は教会で慌ただしくなるだろう。どういう落としどころを定めるのかはイブロイの手腕次第、といったところかな。

「おや、皆様お出かけですか？」

「うむ、ちょっとな」

三人揃って応接室を出たところで、ハルウィさんに声を掛けられた。

そりゃまあ、家を見に行くってついさっき言われてついさっき決まったからね。ハルウィさんが驚くのも無理はない。

「あっちの家を見てくる」

「あらまあ、それは……ふふ、分かりました」

ルーシーが外出の用件を端的に伝えたところ、ハルウィさんが微笑む。

何だろう、この人はこの人でルーシーの気質にしっかり合わせているというか、年季を感じさせるな。アリューシアなどとはまた違った意味で、仕事の出来る女性、という感じである。

「いってらっしゃいませ」

ハルウィさんからお言葉とお辞儀を頂戴し、ルーシーの家を後にする。

さて、なんかもう半分くらい俺もまだ意味分かってないけど、話が進んじゃった以上はもうしょうがない。俺も切り替えて内覧と洒落込もう。

◇

ルーシーの家を出て、空を眺める。

今日もいい天気だ。からりと晴れた空の下での散歩は、いい気分転換にもなる。

「今日もいい天気だねえ」

「そうじゃな。こういう気候が続けば過ごしやすくて助かるんじゃが。くぁ……」

何の気なしに呟いた言葉に、ルーシーが返す。

やっぱり雨や雪といった崩れた天気よりは、晴れた日の方が過ごしやすい。それはルーシーも同じだったようで、ぐぐ、と伸びと欠伸をしながらの歩みとなった。

「それで、家ってどこら辺にあるの？」

「ここからならそう時間はかからんよ」

ルーシーの今の家からそう遠くないということは、恐らく前の家も中央区にあるのだろう。となれば、それだけで中々の物件である。首都バルトレーンの中央区となれば地価は相当高い。

出来ればギルドや騎士団庁舎に近いと助かるんだけどなあ。

「……あー、そうだ。昨日の出来事なんだけど」

「うん？　まだ何かあるのか？」

のんびりと歩く中、一つの話題を切り出す。

気分よく散歩をしている中で持ち出すには、ちょっと暗い話題だけれど。

「斬った死体の中に、ミュイのお姉さんらしき人も居た。……確定ってわけじゃないけど」

「……そうか」

もしかしたら他人の空似かもしれない。似たような顔を持つ人なんて、世の中に三人は居るらしいし。

ただ、あのような色合いの髪を持つ人は、俺の知る限りではそう多くない。自ずと結びつけてしまうのも、無理もないことに思えた。

「ミュイには言わん方がいいじゃろうな。伝えても仕方がない」

「あ、やっぱりルーシーもそう思う？」

俺の思惑と同じくルーシーもやはりミュイには伝えない方がいいと言う。俺の感覚はどうやら間違ってはいなかったようだ。

貴方のお姉さんは悪い司教に都合よく利用された挙句、操られていたので俺が斬りましたよ、なんて情報、何がどう転んでも幼い子に伝えていいもんじゃないからな。

「ただまあ、フォローはしてやってくれ。あやつ、寂しがっておるじゃろうからの」

「……？　うん、そのつもりではあるよ」

確かに俺も放りっぱなしにするつもりはないが、どっちかと言えばそのフォローって一緒に住んでるルーシーがする方がよくない？　今となっては俺とミュイとの日常的な接点って、そう多くないはずなんだけど。

「そうそう、ミュイじゃが、魔術師学院に入れようと思っとる。魔法の才をここで潰すには惜しいからの」

「そうか。それは俺も賛成だね」

まあルーシーはルーシーで、ちゃんと彼女の事を考えているようだ。

ただ無為に日常を過ごさせるより、何かしらの目標というか目的というか、もっと雑に言えば気を紛らわせる何かは必要になる。

将来的に魔法師団に入るかどうかってのはまた置いといて、折角の才能があるのだから、魔術師学院でその腕を磨かせる、というのは悪くない手段に思える。いつまでも塞ぎ込んでいるのでは、解決するものも解決しなくなっちゃうしね。

「っと、ここじゃな」

「へえ……悪くないね」

で、そうやって話しながら歩いた先で辿り着いたのは、中央区の中で少しだけ中心部から外れた、やや閑静とも言える土地であった。

人の行き来は、少し疎《まば》らだ。多分、ここにはいくつかの住宅があって、今は皆、働きに出ているところなのだろう。

体感で言えば、騎士団庁舎とルーシーの家の中間、ややルーシーの家寄り。

庁舎に通う分にも遠くもなく近くもなく、といった具合である。うん、毎日通うことを考えても歩けない距離ではない。悪くない立地ではなかろうか。

「あまり広くはないがの。別に困らんじゃろ？」

「十分だと思うよ」

立ち止まった視線の先。目に入るのは平屋の、中央区の建物としてはやや小ぢんまりとした佇まいの家であった。

小ぢんまりとはいえ、俺一人が生活する分には十二分の広さだ。もともとビデン村の実家から荷物というものはほとんど持ってきていない。剣と路銀と着替えくらいである。

「さて、と。おるかー？」

「えっ？」

ルーシーが平屋の玄関をどんどんと叩く。

待って。誰かいるの？　誰も住んでないって言ったじゃん。いきなりの行動に、俺の脳みそが一瞬止まる。

「誰だ……って、ルーシーさんか」

「……ミュイ？」

出てきたのは、くすんだ青髪と吊り目がちな目元が特徴の少女。ミュイ・フレイアであった。

ルーシーの家に居ないなと思っていたら、こっちに居たのか。

「……オッサ、あー……ベリルさんも居たのか……居たん、ですね……？」

「いいよいいよ、気を遣わなくても。普段通りで」

何だそのへんてこな言葉遣いは。どこかばつが悪そうに視線をきょろきょろとさせながら、慣れない敬語を喋っているようにも思えた。

いやあ、これはこれで可愛げがあっていいな。完全に子供を見るおじさんの目線である。

「ははははは。ハルウィが言葉遣いにはうるさくてのー」

「なるほどね」

確かにハルウィさんは、誰かに仕える者として申し分ない。ルーシーの奔放さとは真逆を行くしっかりした人だ。

そんな人だからこそ、客人とは言え粗暴な言動をする少女を放ってはおけなかったんだろうな。

ハルウィさんに窘《たしな》められて、しょんぼりしているミュイの顔が思い浮かぶ。

「それで、ミュイはここで何してたの？」

「あー……片付けとか、料理とか、色々」

ふむ、なんだかミュイくらいの少女が片付けた家をもらい受けるって、ものすごい罪悪感があるんだが。これ深く考えたらダメなやつかな。よし、この部分に関しては考えないようにしよう。

思うに、ルーシーの家でいつまでも保護の延長を行うのではなく、こうやって少しずつ独り立ちの準備をさせているのだろう。

その方が彼女のためであると思う。見守るのと過保護になるのとでは、やはりわけが違うからね。

「どれ、折角なら中も見て行くか」

「そうだね」

実際に住むのなら内装も確認しておきたいところだし、言葉通り折角なので中も覗かせてもらうとしよう。

「細かいとこはまだだけど、大体掃除は終わってる」

「ご苦労様、ミュイ。偉いね」

「……ふん」

頑張っているなあと素直に褒めてみたんだが、感触はイマイチ。けれど、昨日会った時にも思ったが、出会った当初と比べれば随分と棘が取れている。

やはり平穏な生活をしていると性格も丸くなっていくものなのだろう。ミュイはまだ若いし、そこら辺の変化も大きいのだろうな。

「ベリル、どうじゃ？」

「うん、悪くないよ。いい家じゃないか」

「はは、そりゃ何よりじゃな」

しばらく三人で一通り見て回ったが、若干の古さは感じるものの人が住むには十二分な造りであった。ミュイが直近で片付けをしていたというのも大きいだろう、特に不自由は感じられない。

家具も一通り揃っているみたいだし、すぐに住み始めることも出来そうだ。

いざここに住むとなれば長らく世話になった宿のことや、宿から程近い行きつけの酒場なんかが思い出される。

いやまあ、宿はともかく酒場は行けばいいんだけどさ。それに、新しい食の楽しみを開拓するのも悪くない。

「決まりじゃな。なに、金を取ろうとは思っておらんよ。初対面の時に吹っ掛けた詫びも兼ねておるでな」

「あー、あったね、そんなことも」

そういえばこいつとの初対面はいきなり戦闘から始まったんだった。まったくいい迷惑である。

しかし、彼女の思い付きに付き合った報酬が立地の良い家となれば、それはそれで割には合っているのかもしれない。

「……まあ、その、よろしく」

「うん？　何が？」

そっかー、この家が俺の新しい住まいかー、と少しばかりの感慨に耽っていると、ミュイが謎の挨拶を寄越してきた。

よろしくって何？

「何がってお主、ミュイと一緒に住むんじゃぞ。あれ、言っておらんかったか？」

「は？」

は？

そんなこと一言も聞いてないが？

「待って待って。どういうこと？」

おかしいでしょ。どうして俺とミュイが一緒に住むとかいう話になるんだ。

ミュイのよろしくってそういうことかよ。ていうかミュイはミュイで納得してるんじゃないよ。

いつもの気の強さはどうした。

「流石にうちでずっと預かるわけにもいかんじゃろ？」

「うん、そこは分かるよ」

そう、別にそれ自体はいいんだ。

ルーシーだって、今後一生かけてミュイを養っていくわけにはいかないだろうし、あくまで彼女が預かっているのは一時的な処置。

それは分かる。だがそこから先が分からない。

「ミュイも自立せねばならん。かと言って、いきなり放り出すわけにもいかん」

「うん、そうだね」

「……」

いつものミュイなら「アタシ独りでも生きていける」とか言いそうだけど、ここでは何も言わなかった。まあ、スリ以外の手段で今まで生きてこなかったから、それを封じられたらどうしたらいいか分からないのかもしれない。

「そこで、お主に白羽の矢が立ったわけじゃな」

「なんでそうなるかなあ……」

おかしいでしょ。何度でも言うけどおかしいでしょ。本当に話の流れが俺の理解の範疇を超えているんだが。

「じゃが、ミュイは納得しておるぞ」

「……ミュイは、それでいいのかい？」

「……まあ、悪くはねえよ……良くもねえけど……」

改めてミュイに確認を取ってみれば返事は貰えたものの、ぷいっとそっぽを向かれてしまった。

うーん、拒絶されたりするよりはマシな態度ではあるんだろうが、俺そこまで懐かれるようなことしたっけな、と疑問に思う。子供の相手は道場で慣れてるけどさ、門下生とはちょっと扱いが違うわけで。

もしかして、昨日のあれこれがちょっと効いているのだろうか。確かに彼女にはもっと今の生活を甘受していいとは伝えたが、かと言って俺と一緒に住むまで話が進むってのは、おじさん些か急過ぎると思うんです。

「……ふう……」

とは言え、だ。

俺は彼女に対して、何らかの責任は取らなければならない、というのは確かにあるだろう。

彼女のお姉さんのこともある。俺では姉の代わりはきっと務まらないが、それでも彼女が独り立ちするまでは、関わってしまった以上大人としての義務が発生する、と俺は思っている。

「それに、お主を選んだ理由もちゃんとあるからの」

「ふむ。聞かせてもらっても？」

仕方なく、という表現は適切ではないが、ミュイのことに考えを走らせていると、どうやら俺を選んだ理由というものがルーシーの中にはある様子。

せっかくだ、それも聞いておこう。聞いて損するもんじゃないだろうし。

「ミュイには魔法の才がある。じゃから魔術師学院に入学させるのが一番いいというのは、お主も納得したじゃろ」

「そうだね」

それはその通りだと思う。

この国で魔法の才能を持つ者が一番輝ける場所は、間違いなく魔術師学院だ。なんせ魔法が使えるというただそれだけで待遇が違う。

それにルーシー曰く出自や育ちも問わないということだから、ミュイの状況を想えば、ほぼ理想的な道筋だろう。

「ただ、魔術師学院に入学するには、親か後見人の承認が必要なんじゃよ」

「……そうなんだ」

それは初耳だ。俺は魔法については本当に無知だから、そんな規則があることすらも知らなかった。

　しかし、俺に白羽の矢を立てた流れは読めたぞ。

　ミュイには親が居ない。いや、もしかしたら今も生きているのかもしれないが、物心ついた時から居なかったということでは望みは薄いだろう。

　そして、唯一の肉親であるお姉さんも居なくなった。

　彼女は今、言ってしまえば天涯孤独の身である。そんな中で、親か後見人が必要な魔術師学院への入学は、普通ならちょっと厳しい。

　となれば自然、誰かを後見人に仕立て上げないといけないわけだ。

「そこで、ベリルに後見人になってもらおうと思ってな」

「なるほどね……」

　話の流れは分かった。納得出来るかどうかは置いといて、理解はした。

　後見人になるということは、ミュイの今後の人生において、少なくとも魔術師学院を卒業して独り立ちするまでは俺が責任を負うということだ。

　流石にミュイも、今から改めて盗みを再開します、なんてことは考えていないだろう。そこは信頼してあげてもいいと思う。

「……迷惑はかけねえよ。多分……」

「ああ、そこの心配はしてないよ」

　俺とルーシーのやり取りを否定的なものと捉えたか、ミュイがちょっと申し訳なさそうに言の葉を落とす。

話の流れは確かに急だったが、別にミュイを信じていないわけじゃあないんだ。そこははっきりと明言しておこう。じゃないと流石にミュイが気の毒である。

「学院には寮もある。基本はそっちで過ごすでな、大きな問題にはならんじゃろう」

「そういう問題かなあ……？」

なんか微妙に問題の本質をはぐらかされている気がしないでもない。確かに寮暮らしとなれば、俺とミュイが同じ屋根の下で顔を合わせる機会は格段に減るし、それはそれで余計な気遣いをせずに済むかもしれないけれど。

「ちなみに、そういうことならルーシーがなるわけにはいかないの？」

「わしの立場でそれをやると、ちょいと都合が悪くてな。わしがよくとも、ミュイの肩身が狭くなる」

「ふむ……」

まあ確かに、現役の魔法師団長が後見人となって認めた孤児が魔術師学院に入学する、となれば色々とよくない噂が立ちそうではある。

忘れそうになるが、彼女は立派な立場のある人間だ。俺も肩書だけで見ればそうかもしれないが、その歴史と重み、そして何より知名度と影響力が違う。

そのしわ寄せがミュイに降りかかる可能性を考えれば、出来ることなら避けたいというのは尤もではある。

「アリューシア……もダメだね」

「そうじゃのう。年齢的にもまずいじゃろ」

もう一人、事情を知っている騎士団長の顔を思い浮かべるが、言ってすぐに自分でダメだと気付いた。

　彼女もまだなんだかんだで若いからなあ。そんな重荷を突然背負わせるわけにもいかない。そもそも、レベリオ騎士団長が背負っていい内容じゃない。

「……なるほどねぇー……」

　一通り考えた結果、確かに最適というか、消去法で俺しか選択肢が残されていなかった。自然と手が頭に伸びる。ばりばりと、頭を掻く音だけが小さく響いた。

　ミュイについて、出来る範囲とはいえ責任を取るといったのは俺だ。その言葉に嘘はないし、なんとかしてあげたい気持ちもある。

「まあ、なんじゃ。わしが言うのもあれじゃが、所詮は書類上のことじゃからの。何も親子として振舞えなどとはわしも言わんよ」

　いや、仮にも君の立場でその発言はマズくないかね。魔法師団長という、魔術師学院の存在意義のトップがそれを言っちゃうのはおじさんどうかと思うの。

「はぁ……分かったよ」

　俺ではきっと、ミュイのお姉さんの代わりにはなれない。

　けれど、道場で小さい子供を教えていた経験はそれなり以上に持っているつもりだ。無論、親と師がまったく同じとは言わないが、その不安をミュイの居る前で吐露するわけにはいかない。

「ほ、ホントか……？」

「うん、まあ……こちらこそ、よろしく頼むよ」

子供ってのは、本当にずるい。こんな表情をされたら、誰だってお願い事を聞いてしまいたくなるというものだ。

既に死しているとはいえ、彼女の姉を斬ってしまったことに、罪悪感がないとは言わない。それを正直に言えない俺も、本来ミュイの立場からすれば、責められて然るべきなのだろう。

ただ、俺にはここで彼女に全てを話す選択肢を、終に取れなかった。きっと最初の誓い通り、これは俺とルーシーの間で互いに墓まで持っていく類の話題だ。

こういうのを世間では贖罪、とでもいうのだろうか。俺にはよく分からない。

しかし、俺が彼女の面倒を見る。それが彼女の成長と今後の人生に大いに繋がるのであれば、今のこの状況は甘んじて受け入れるべき結果のようにも感じた。

「よし！　学院に出す書類はこれじゃ、ペンもあるぞ」

「準備のいいことで……」

俺の返答を聞いたルーシーは、懐から素早く二枚の書類を取り出した。

多分、魔術師学院に入学するための書類と、俺がミュイの後見人になることを証明する書類だろう。

幸か不幸か、ここには椅子もテーブルもある。書類にサインを認《したた》めるくらい、すぐに出来る環境は整っていた。

「そういえば、ミュイは字は書けるの？」

「……少しなら」

彼女が今までまともな教育を受けてこなかったことは容易に予測出来る。やっぱりというか、文字の読み書きはこれから学んでいくといった段階のようだ。

「仕方ない、家に居る時は読み書きの勉強でもしようか」

「……分かった」

「はっはは！　早くも親子じゃの！」

やかましいわ。ぶん殴ったろかこいつ。

いやでも、家を貰っちゃう以上、最終的な貸し借りで言うと俺が借りている状態になるのか？

よく分からなくなってきた。

けれど、まあ。

彼女の世界に土足で踏み込み、勝手に引きずり出した責任はやはり、どこかで取らなければいけないのだろう。

それが今、この時だというだけの話。

なあに、子供の相手はスレナで慣れてる。きっとそれなりに上手くやれるさ。

「んー……ミュイ……ミュ……フ……？」

「ああ、その字はね——」

椅子に腰かけ、書類へのサインに苦戦しているミュイのペン先を眺める。

文字で思い出した。俺も、ビデン村に手紙を書くべきなのかもしれない。こっちに来て色々あったし、道場のことやランドリドが上手くやっているかも気になる。

手紙の書き出しはさてどう始めるべきかなと悩んですぐ、書くならこうなるな、と一つの結論に思い至り、人知れず苦笑が漏れた。


——拝啓、おやじ殿へ。

嫁さんを見つける前に家が見つかって、子供が増えました。

末 片田舎のおっさん、飯を奢る

「いらっしゃいませー。二名様ですか？」

「ああ、はい」

「畏まりました。テーブル席へどうぞー」

ガランガラン、と、飯処の入り口に備え付けられたドアベルが鳴る。

新たな住まいとなったルーシーの元持ち家、から、歩いて程なくのところ。どうやらあの周辺は俺の予想通り、中央区の中ではちょっと閑散とした住宅が中心のエリアみたいで、少し足を伸ばせばこのような店も複数点在している。

今俺はその中でも、ちょっとお高そうな店に足を運んでいた。宿から通っていた酒場と違っても う扉の出来からして違う。それとなく見回してみれば、カウンターやテーブル席にお行儀のよさそうな方々が腰かけ、思い思いの料理を味わっているように感じられた。

やはりと言うか何というか、安酒場なんかとは違って店や客層の雰囲気も良い。賑やかではあるがやかましさはあまりなく、心地よい賑やかさと言えるね。

「さ、テーブルにいこうか」

「お、おう……」

入り口で内装を見て尻込みしているミュイを連れ、店内へと足を進める。

今回、こんな店にわざわざやってきたのはまあ、ミュイのためというのが大きい。一緒に住むことになったお祝い……と言うと少し違うが、彼女にとっては新しい人生の門出でもある。

そういうイベントは、やはり良い思い出とともに仕舞われるべきだ。だからこうして、ちょっとお高め、しかしそこまで厳しくないお店を選んだのである。

これまでの彼女にはきっと、悪い思い出が多く残っている。それらを消すことは出来ないが、これからの彼女に良い思い出を沢山残してあげたい。そう思うのは、おじさんの我が儘だろうか。

ちなみに店はルーシーに教えてもらいました。だって仕方ないじゃん。俺ここら辺の地理全く分からないんだもの。

「ははは、ただご飯を食べるだけさ、そんなに緊張しなくてもいい」

「だ、だってよぉ……」

テーブルに着いたミュイは、分かりやすくそわそわしていた。

そりゃまあ、こんなところに足を運ぶ機会なんてなかっただろうしな。だからこそ連れてきたわけだし。

別に彼女を虐めたいわけでは決してないのだが、こういう反応を見ているとこちらも和やかになるというものである。

「さて、と。何を頼もうかな」

「ア、アタシは何でもいい……」

この店は肉料理を中心に、どうやら揚げ物も豊富に取り揃えているらしい。

揚げ物は言葉の通りめちゃくちゃ油を使う。湯水のように油を使える店は、そう多くない。俺が宿暮らしの時に贔屓にしていた酒場だって、中心は煮込み料理と焼き料理だった。

「せっかくだ、普段食べないようなものを食べようか」

「うー……分かった……」

ルーシーの家で世話になっている間に、ミュイの食生活、というか生活水準は大分向上したはずだ。俺もこの店のようなレベルを基準にするつもりはまったくないが、それでも彼女に不自由な生活はさせたくない。

いうなれば、この店のチョイスは俺の見栄もちょっと入っているわけである。たまにはこんなご馳走も、悪くはないだろう。

「すみません、エールとぶどうジュースを」

「はい、畏まりました」

まずは飲み物から。ミュイは当然まだお酒を飲める年齢ではないので、ジュースにしておく。ただそれだけでも、スリを働いていた頃の生活では中々口に出来ないだろう代物だ。

程なくして、飲み物が運ばれてくる。木のジョッキになみなみと注がれたエールと、二回りは小さいコップに注がれたぶどうジュース。

「それじゃ、ミュイの新しい生活を祝って、乾杯ってね」

「……かんぱい」

コップとジョッキを手に取り、ゴツンとぶつける。エールの泡がその衝撃に揺られ、ジョッキの縁からほんの少しこぼれ出ていた。

「っとと……うん、美味い」

「……ん」

上品に、とは言えないが、周りから浮かない程度にエールを喉に叩き込む。

かあーたまりませんな。仕事終わりのエールはまた格別だが、こういう記念事の際に飲むエールもまた格別だ。つまるところ、エールはいつだって美味しいのである。

ミュイはミュイで、ちびちびとぶどうジュースを味わっていた。一気にいかないあたり、彼女なりにジュースを長い時間味わおうとしているのだろう。お代わりくらいしてくれてもいいのにな。

そんな彼女を見て、また頬が緩むのを感じる。ミュイくらいの子供は道場の門下生にも勿論いたが、こうやって食卓を共にすることはなかったからな。

実の娘ではないが、後見人になってしまったからには娘みたいなもんである。一挙手一投足を愛でるくらいしてもいいはずだ。多分。

「とりあえず、軽いものからいこうかな。ミュイは何か嫌いなものとかある？」

「……ねえよ。なんでも食う。今までそうしてきたから」

「……そっか。嫌いなものがないのはいいことだよ」

「ふん」

注文の前に好き嫌いを聞いてみたが、これはちょっと失策だったかもしれない。

ミュイが言う通り、小さい頃から食料を選り好みする余裕なんてなかったのだろう。不味かろうが腐ってようが、口にしなければ死を待つだけ。そんな生活をしていたのだと思う。

しかしだ。曲がりなりにも一緒に住むことになった以上、そんな不自由はもうさせんぞ。俺も富裕層ではないが、子供一人食わせるくらいの収入はある。主にアリューシアのおかげではあるけれど。

「じゃあ、この山菜の素揚げと、茸のシチューを」

「畏まりました」

ボーイさんに注文を投げる。

山菜の素揚げはエールにあうだろうなという俺のチョイス。シチューはミュイの口にもあうだろうということで彼女に寄せたチョイスだ。

贔屓にしていた酒場もシチューが美味かったなあ。あの腸詰は絶品だった。

しかし、今日のメインディッシュは揚げ物にすると決めている。俺も普段食べることはないが、ミュイなんて多分、食べたことすらないだろう。だからこそ、今日という日に目いっぱい美味しいものを食べてほしい。

「おお、美味しそうだね」

「……うん」

程なくして運ばれてくる、山菜の素揚げと茸のシチュー。

山菜はカラっと揚がっており、立ち昇る湯気がまた食欲をそそる。

添えられた塩も気にはなるが、まずはそのまま一口。シャク、という小気味良い音が響き、自然の旨味が口全体にじゅわじゅわと広がっていく。

うーん、これはたまらん。エールとの相性も抜群だ。やはり揚げ物は身体に良い。

次いで、塩を一振りして、また一口。くぅー、キレの良い塩味が山菜の豊富な旨味とほのかな苦みと相まって、これまた相性抜群。実に美味い。

「ほら、ミュイも食べなよ」

「ああ、うん……」

俺が山菜をパクついているのを見てたってなにも面白くないだろう。運ばれたシチューを前にしばし固まっていたミュイだが、意を決したような表情を一瞬見せると、スプーンでシチューを掬い、口元へと運ぶ。

「……うまっ」

「だろう？」

そうして一度口にすれば、あとは流れに身を任せるのみ。

決して上品とは言えない、がっついた食べ方ではある。スプーンの持ち方もなっちゃいない。カチャカチャと音を鳴らしながら、ひょいひょいとシチューを口に運ぶ。

これがハルウィさんなら、小言の一つでも飛ばしているかもしれない。けれど、そんな姿すらも愛いものに映るのは何なんだろうな。

彼女に、いや、彼女のお姉さんの事情に対する負い目も、もしかすればあるのかもしれない。俺が自分で思っている以上に、ミュイに肩入れしている自覚が少し芽生える。

出会いは確かに歪《いびつ》だった。後見人になった経緯だって、真っ当とは言い難い。

それでも、一人の大人として、彼女が成長するまではちゃんと面倒を見ようと、山菜を齧《かじ》りながら決意を俺は新たにするのである。

大体子供は皆可愛いもんだが、書類上とはいえ自分が面倒を見る子となるとその感慨もひとしおだな。おやじ殿が早く孫の顔を見せろとせっついていたのも少し分かる気がする。俺が生まれた時もそんな感じだったんだろうか。

「慌てなくても、シチューは逃げないよ」

「……う、うるせえ」

俺に言われて、初めてがっついていた自覚が芽生えたのだろうか。照れ隠しのようにそっぽを向かれてしまった。

ただし手は止まっていない。

ははは、食欲には誰も抗えないのだよ。

「さて、と」

山菜は大方齧った。ミュイのシチューは放っておいても程なく空になるだろう。

となると、次に攻めるとなればいよいよメインディッシュ。

「すみません。ボアのフリッターをお願いします。あと、エールとぶどうジュースのお代わりを」

満を持しての揚げ物登場である。山菜の素揚げも揚げ物なんだが、やはり食卓の主役は肉でなくてはな。

ついでに飲み物も補充しとこう。ミュイのジュースもほぼ空になっていることだし。

ボアというのは中型の動物で、以前クルニやフィッセルと西区を散策した時にも食したやつだ。あの時は串焼きだったが、今回はフリッター。お味は如何程か、そのポテンシャルをじっくり味わわせてもらうとしよう。

「お待たせいたしました」

「おぉ……」

しばらくして運ばれてきたのは、金色の衣を纏ったボアのフリッター。

もう見るからに美味そうなオーラが凄い。思わず俺も喉が鳴るってもんよ。揚げたてですよと言わんばかりの湯気が立ち昇り、衣からはじゅわじゅわと油の跳ねる音が木霊する。

これで美味しくなかったら嘘でしょ、みたいな風体だ。弥が上にも期待値が爆上がりしていくのを感じる。

「すっげ……」

そんなフリッターを目にしたミュイの表情もまた凄かった。

間違いなく、彼女が今まで食べたことのない代物だろう。黄金色に輝くご馳走を前にしたミュイはその瞳を輝かせ、年相応の顔になっているようにも思えた。

心の傷を癒すのはいつだって時間だが、時には食も含まれる。これは俺の持論だけどね。旨い食べ物というのは、それだけ心が洗われるのだ。

「さて、熱いうちに頂こう」

「お、おう……！」

ミュイからすれば究極のご馳走ともいえるボアのフリッターを前に、彼女の気合も自ずと入る。たかだか飯だぞ、とは俺もここでは言わない。今の彼女の感情に水を差すのは、ただのいけすかない大人がやることだからだ。

ボアの肉は、そのままだとちょっと硬い。ナイフを入れると、まずはカリっとした衣が裂け、その先に確かな弾力を感じる。

少し力を入れて切り分ければ、じわりと肉汁が染み出し、中までじっくり火の通ったボアの裸体が眼前にまろび出る。

おほー、美味そう。そうそう、こういうのがいいんだよこういうのが。

「……はふぅ」

まずはそのまま一口。

口に入れて一噛みした途端、暴力的なまでの肉と油の旨味が瞬く間に口内を支配する。確かな噛み応えを感じる肉を自前の歯で切り裂けば、そこから先は一段ギアを上げた肉汁の暴風雨。思わず火傷しそうになるほどのアツアツの肉汁が、狭い口の中で暴れまわる。

そして山菜の素揚げの時にも思ったが、油の臭みというものがほとんど感じられない。やはり都会の店は使う素材からして違う。片田舎に住んでいる限りでは、決して口にすることは出来ないだろう逸品である。

くぅーー、これほどまでとは。不肖ベリル、揚げ物のポテンシャルをそれでもまだ下に見ていたことを認めざるを得ません。これは認識を上方修正しなくては。

揚げ物、ヤバい。

「……！　……ッ!!」

俺でさえこれなのだ。初めて揚げ物を口にするであろうミュイのリアクションなど、推して知るべしである。

恐る恐るボアの肉を口に運んだ彼女だが、一嚙み、二嚙みとするうちにみるみるその表情は明るくなっていき、最終的には下手したらここで暴れかねないくらいの驚き様にまでなっていた。

うーん、可愛い。いやこれは決して子供自慢とかそういう話ではなくてね。美味しい食べ物に喜ぶ子供なんて可愛いの権化である。異論は認めない。

「……」

「うん？　どうかした？」

ひょいひょいぱくぱく。凄い勢いで肉を放り込んでは嚙みしめていたミュイだが、はたとその動きを止める。

どうしたんだろう。熱かったから火傷でもしたんだろうか。

「……やる」

「え？」

数瞬止まっていたミュイだが何を思ったのか、切り分けたボアの肉の一つを不器用な手つきで俺の皿に移し始めた。

「もうお腹いっぱいかい？」

「……いや、そういうんじゃねえけど……めちゃくちゃ美味いけど……」

俺の皿にボアの肉を移し終わったミュイが、もごもごと口ごもる。

なんだろう、何かあったのかな。互いにうまい飯を突っついていただけだと思うんだが。

「その、アタシはさ……こうやって、誰かと飯食うの……姉さん以外としたことがねえ」

「……うん」

少しずつ、少しずつ。言葉を慎重に選ぶように、ミュイが続ける。

「なんか、上手く言えねえけど……その、オッサンと食う飯も悪くないなって思った。……だから、やる」

「……そっか。ありがとう」

彼女の中で、どんな心境の変化があったかは分からない。

けれど、それはきっと良い変化だろう。姉を亡くし、幼いながら独りで裏社会を生きてきた少女にとっては、きっと掛け替えのない変化だ。

だから、俺は彼女の気付きを大事にしなければならない。わざわざ切り分けなくてもいいのに、なんて無粋な言葉を投げちゃいけない。

「ミュイはさ。これからどんどん美味しいものを食べて、優しい人に触れて、沢山勉強して……きっと将来、すごく魅力的な大人になるよ。俺が保証する」

「……んだよ。なんだよそれ」

「だって、美味しいものを俺に分けてくれたんだろう？　随分と優しくて、魅力的じゃないか」

「……うっせ」

「ははは」

相変わらず、彼女はふくれっ面のままだ。それでも、出会った時のような刺々しさは完全に鳴りを潜めていて。

切り分けて貰ったボアの肉を取る。切り口は随分とガタガタで、衣も半分剝がれかけてしまっていた。

これがもし給仕の仕業だったら、そいつは失格ものだろう。

だけどこのボアの肉は。不細工にカットされたフリッターの一欠片は。

今日食べた肉の中でも、いっとうの美味しさを誇っていた。

あとがき

皆様お久しぶりです、佐賀崎《さがざき》しげるです。

この度は『片田舎のおっさん、剣聖になる 2』をお手に取って頂き、ありがとうございます。皆様の応援もあって続刊を出すことが出来ました。一巻に引き続き、お楽しみ頂けたなら幸いです。

一巻の発売から五ヵ月経過しての第二巻発売となりました。読み手として待っていると五ヵ月って結構長いんですが、出す側になると慌ただしいものですね。初めて一巻が出た時と変わらず、あっという間に時間が過ぎ去っていった感じがします。

二巻では、ベリルがこれから引っ張り出されることになる世界の構築を主軸に書き進めていました。

世界観の説明に傾倒しすぎないよう、さりげなくこの世界の枠組みを広げられたんじゃないかなと自分では思っています。

ちなみに、レベリス王国が存在している大陸名、覚えていますでしょうか。また、レベリス王国を建国した初代の王の名前、覚えていますでしょうか。特にテストに出たりはしません。

聞いておいてなんですが、別に覚えていなくてもいい情報です。必要になったらまた出てきます。その出てきた時に「ああ、なんとなく聞き覚えあるな、なんだっけな」くらいの認識でいてくれましたら十分です。

今のところ、拙作はそんなに堅苦しい文体で進める予定はありません。読みやすさ、という点に関してはかなり苦心しておりますので、それが良い形で作品に表れていたら何よりです。

また、前回のあとがきでも触れました通り、本作のコミカライズが秋田書店様発行の『どこでもヤングチャンピオン』にて始まっております。

作画の乍《さ》藤《とう》和《かず》樹《き》先生には原作をよく読みこんで頂き、その上で上手くリワークして漫画に落とし込んで頂いておりますので、そちらも是非読んでみてください。きっと楽しめると思います。

あわせて、乍藤先生より二巻あとがきにも寄稿を頂きました。この場にて改めてお礼申し上げます。

次に皆様にお会いできるのは恐らく来年でしょうか。それまで読者の皆様のご健勝をお祈り申し上げまして、末筆とさせて頂きます。

それでは、また。

2巻発売
おめでとう
ございます!
「どこでもヤングチャンピオン」で
コミカライズ連載中です!
佐藤和樹

SQEXノベル

片田舎のおっさん、剣聖になる　2

～ただの田舎の剣術師範だったのに、大成した弟子たちが俺を放ってくれない件～

著者
佐賀崎しげる
イラストレーター
鍋島テツヒロ

2021年 9 月 7 日　初版発行
2024年 7 月 1 日　8刷発行

発行人
松浦克義

発行所
株式会社スクウェア・エニックス
〒160－8430
東京都新宿区新宿6－27－30　新宿イーストサイドスクエア
（お問い合わせ）スクウェア・エニックス　サポートセンター
https://sqex.to/PUB

印刷所
TOPPANクロレ株式会社

担当編集
鈴木優作

装幀
百足屋ユウコ+石田隆（ムシカゴグラフィクス）

ISBN978-4-7575-7462-5 C0093　　Printed in Japan